Gabriele Beyerlein

In ein Land, das ich dir zeigen werde

Kapitel 1

Heimat war nicht nur ein Wort. Auch nicht nur eine Erinnerung: grüne Wiesen an sanften Hängen, durchbrochen vom Muster der Mauern, glänzend vom letzten Regen, aufleuchtend in der jäh hervorbrechenden Sonne, jenes Licht, das es nur in Erin gab, gegen das die Farben der Fremde stumpf erschienen. Das Singen der Drossel, verwoben mit dem Rauschen des Eibenbaums und dem Dröhnen der Pferdehufe zu einem einzigen großen Lied. Die Stimme des Vaters, warm wie das Lächeln der Mutter, wie die Flamme des Herdfeuers.

Heimat – das war der Schmerz, der nie verstummte, der ihn wach werden ließ in der Nacht, über ihn herfiel mit wütender Macht, in ihm bohrte, daß er zitterte.

Denn unwiderruflich hatte er verloren gegeben, was er geliebt hatte.

Er hatte von daheim geträumt. Noch war ihm, als spüre er die Sonne auf seiner Haut, höre die vertrauten Stimmen.

Er lauschte. Das Brausen des Sturmes um die kleine Hütte mischte sich mit dem fernen Tosen der Brandung. Ohne Vorwarnung war vor Tagen der Herbst hereingebrochen, und mit ihm der Sturm. Wer jetzt das Meer befuhr . . .

Leise richtete er sich auf, warf die dünne Decke zurück, kniete auf dem kalten Boden nieder. Gerne hätte er laut gebetet, halb singend, halb sprechend, um die Stimmen zu übertönen, die der Traum beschworen hatte. Aber er wollte Willibert nicht wecken, den Klosterbruder, der lange krank gewesen war und Kräfte sammeln mußte im kurzen Schlaf zwischen Nachtgebet und Morgengebet.

Er schlug das Kreuzeszeichen und begann, lautlos die Lippen be-

wegend: »Voce mea ad Dominum ... Ich schreie mit meiner Stimme zu Gott, zu Gott schreie ich, und er erhört mich. In der Zeit meiner Not suche ich den Herrn, meine Hand ist des Nachts ausgereckt und läßt nicht ab ...«
Von selbst reihte sich Wort an Wort, Vers an Vers. » ... Ich denke der alten Zeit, der vorigen Jahre.«
Da plötzlich riß der Strom des Gebets. Und er erinnerte sich.

Der Wind blies ihm ins Gesicht, weich, warm und würzig. Die Mähne des Pferdes wehte. Hell, beinahe silbern glänzte sie im Sonnenschein.
Aed beugte sich weit vor und flüsterte dem Schimmel zu: »Flieg, mein Silberner, flieg!«
Der Wallach spielte mit den Ohren und streckte sich. Kaum schienen seine Hufe den Boden zu berühren. Aed wurde eins mit dem Pferd. Mit seinem Pferd, das der Vater ihm geschenkt hatte, vor wenigen Tagen erst, als er mündig geworden war. Mündig. Und heute schon hatte der Vater ihn mit einer so wichtigen Aufgabe betraut, ihn, Aed, den Erben.
Fergus, der ältere Bruder – eigentlich hätte dieser an seiner Stelle stehen müssen. Das Herz klopfte ihm im Hals, wenn er an den Bruder dachte. Lange lag die Zeit ihrer gemeinsamen Kindheit, ihrer Spiele, Streiche und Abenteuer zurück, und doch wußte er noch so genau, wie er ihn bewundert hatte, den um ein Jahr Älteren: seine Kraft, seine Unternehmungslust, seinen unbezähmbaren Übermut, seinen Stolz, gegen den selbst der Vater nicht ankam. Doch dann, an jenem Tag, hatten Tränen in den Augen des Bruders gestanden, und sein Gesicht war starr gewesen vor Verzweiflung. Da hatte er, Aed, kein Wort mehr sagen können, kein einziges, nur stumm die Hand heben zum Abschied. Und Fergus war mit dem Vater davongeritten. Am Tag darauf war der Vater alleine zurückgekehrt.

»Wann kommt Fergus wieder heim?« hatte er den Vater gefragt, kaum daß dieser vom Pferd gestiegen war.
»So Gott will, niemals!« hatte der Vater erwidert und das Kreuzeszeichen gemacht.
»Aber warum!« hatte er geschrien. »Er ist doch mein Bruder! Er ist doch dein Kind!«
»Er ist Gottes Kind«, hatte der Vater ruhig gesagt und ihm die Hand auf die Schulter gelegt. »Deine Mutter und ich, wir haben ihn Gott geweiht. Und dem Kloster gebracht. Dort wird er in die Schule gehen und lernen. Und wenn die Zeit dafür gekommen ist, wird er sich entscheiden. Ich bete darum, daß er sich für Gott entscheidet. Er für uns alle.«
Er, Aed, hatte daheim bleiben dürfen, war nicht wie viele Kinder anderer bedeutender Familien zur Erziehung Verwandten anvertraut worden, sondern gemeinsam mit Ziehgeschwistern am elterlichen Hof aufgewachsen. Fergus hatte er all die Jahre nicht wiedergesehen. Bis zu dem Tag im letzten Jahr in der Besuchszelle des Klosters, bevor Fergus die Gelübde abgelegt hatte.
Aed strich sich über die Augen. Nein, er hatte Fergus nicht wiedererkannt. Nichts von Kraft, Unternehmungslust, Übermut und Stolz. Eine schmächtige Gestalt, ein schmales Gesicht, Hände, denen man angesehen hatte, daß sie weder Zügel noch Schwert zu führen wußten.
»Soll ich dich hier herausholen?« hatte er Fergus zugeflüstert und sich heimlich umgesehen. »Ich habe ein Pferd vor dem Tor. Und der Zaun ist nicht unüberwindlich.«
Fergus hatte gelächelt: »Ich werde hier nicht gefangengehalten, Aed!«
»Willst du denn nicht heraus? Willst du denn nicht nach Hause?!«
»Nach Hause? Aber Aed, hier ist mein Zuhause! Soweit wir auf Erden überhaupt ein Zuhause haben. Meine wahre Heimat ist im Himmel.«

Als er das gesagt hatte, hatten seine Augen geleuchtet. Fast wie früher. Und doch ganz anders. Stiller und zugleich glühender.
Da hatte Aed gewußt, daß er keinen Bruder mehr hatte.
Am nächsten Tag war Fergus das Haar geschoren worden, von Ohr zu Ohr.
Das Haar geschoren!
Aed schauderte.
Unwillkürlich faßte er sich selbst in seine dichten blonden Haare, die sein unverhohlener Stolz waren. Dann schüttelte er sie im Wind. Zugleich schüttelte er die Erinnerungen ab.
»He! Holla!« rief er der braunen Stute zu, die an der langen Leine hinter seinem Schimmel hertrabte. »Zeig, was du kannst!«
Im schnellsten Galopp jagten sie dahin. Doch bald ließ er die Pferde wieder in langsamen Schritt fallen. Er durfte die Stute nicht so erhitzen, nicht jetzt, kurz bevor er mit Cet mac Conaill über ihren Preis verhandeln würde.
»Cet mac Conaill ist ein alter Fuchs. Sei zäh beim Verhandeln, sonst legt er dich herein! Und schau dir die Kälber genau an!« hatte der Vater ihn gewarnt.
»Wieviele Kälber soll ich anfangs fordern? Und wie weit darf ich höchstens zurückgehen?« hatte Aed gefragt.
Aber der Vater hatte nur gelacht: »Du machst das Geschäft, Aed! Du mußt es wissen!« Dann plötzlich hatte er ganz ernst hinzugefügt: »Und du weißt es auch.«
Dieses Vertrauen.
Er würde es nicht enttäuschen. Bestimmt nicht.
Er erreichte die Höhe des Hügels. Dort, auf der gegenüberliegenden Anhöhe über dem Bachtal, lag der Hof von Cet mac Conaill, ein mächtiger Ringwall, hinter dem man kaum die Spitzen der schilfgedeckten Dächer sehen konnte.
Viele Rinder und Schafe weideten auf den Wiesen ringsum. Cet mac Conaill war ein wohlhabender Herr, das Oberhaupt einer bedeuten-

den Sippe. Und doch nicht so reich und nicht so mächtig wie Aeds Vater, wie Aeds Sippe.
Er traf Cet auf der Wiese am Bach. Der Handel dauerte Stunden. Cet war wirklich ein alter Fuchs. Er fand jeden noch so geringen Mangel der Stute. Auch manchen, den es gar nicht gab. Und immer wieder versuchte er, Aed ein schwächliches Kalb anzupreisen. Aber Aed, herangewachsen zwischen Pferden und Rindern, ließ sich nicht täuschen. Je länger, je mehr machte ihm die Sache Spaß. Als sie sich endlich die Hand gaben, wußte er, daß es ein anständiges Geschäft war.
Cet schlug ihm auf die Schulter: »Du bist ein zäher Bursche, Aed. Dein Vater kann stolz auf dich sein. Komm mit in mein Haus, auf diesen Handel müssen wir trinken!«
Sie schritten durch das Walltor in den kleinen Hof, gingen über das Steinpflaster vorbei an zwei rechteckig erbauten Hütten zum größeren Rundhaus, traten ein. Ein Feuer brannte auf der Herdstelle, eine Magd rührte im Kessel.
»Geh, hol Finda! Sie soll unseren Gast bewirten!« schickte Cet sie hinaus.
Wenig später stand Finda in der Tür.
Aed hatte Cets Tochter lange nicht mehr gesehen. Nun war es ihm, als sehe er sie zum ersten Mal.
Die Sonne schien zur Tür herein. Findas Haar, schwer und glänzend, leuchtete flammend rot.
Es war nur ein Augenblick. Aber es gibt Augenblicke, die zählen.
Finda schenkte ihm Bier ein, reichte ihm Brot und Braten. Jetzt konnte er ihr Gesicht sehen. Ihre Haut war sehr hell, wie durchsichtig.
»Aed hat es mir nicht leichtgemacht. Wären alle Partner so wie er, meine Herde wäre kleiner!« sagte Cet zu Finda und lachte dröhnend.
Finda lächelte Aed zu. Sie ließ sich ihm gegenüber nieder. »Ich habe

dich beim Pferderennen gesehen!« sagte sie. Ein Unterton schwang in ihrer Stimme mit, von Bewunderung oder Verheißung.
Aed hatte beim Pferderennen gesiegt. Der Kleinkönig höchstpersönlich hatte ihn dafür ausgezeichnet. Aed war trunken gewesen vor Glück. Dennoch, wie war es möglich gewesen, daß er Finda nicht bemerkt hatte?
»Erzähl uns etwas, Aed!« forderte Cet ihn auf.
Aed spürte Verlegenheit in sich aufsteigen. Geschichtenerzählen war ein alter Brauch, aber wie sollte er ihn erfüllen? Wie könnte er erzählen! Er war doch kein Erzähler, hatte nie davon geträumt, einer zu sein. Der Rücken der Pferde, das Schwirren des Pfeils, der Flug des Speers, das Klingen der Schwerter, das war die Welt, von der er träumte.
Zu sein wie die Helden der alten Lieder. Wie Cu Chulainn.
Nein, erzählen konnte er nicht. Aber plötzlich wußte er, wie er der Aufforderung Cets dennoch nachkommen konnte. Er würde das Lied vortragen, das er mehr liebte als alle anderen. Der Priester Innell, der ihn einige mühevolle Jahre in Latein unterrichtet hatte – denn der Vater hatte darauf bestanden, daß auch sein Sohn Aed nicht ungebildet bleiben dürfe –, hatte es ihn gelehrt, Innell, der nach dem Unterricht, nach dem Zuschlagen der lateinischen Bibel, stets von den alten Geschichten erzählt und dabei den Eindruck gemacht hatte, als gehe ihm der Text der seit alters mündlich überlieferten Sagen leichter von den Lippen als das Latein der Bibel.
»Erzählen kann ich nicht«, sagte Aed. »Aber ich weiß ein Lied. Kennt ihr die Geschichte der Königin Medb, ihren Krieg gegen die Helden von Ulster? Habt ihr von der Seherin Fedelm gehört? Wie sie die Königin und ihre Krieger vor Cu Chulainn warnen wollte, dem gefährlichsten aller Helden? Das Lied der Seherin über Cu Chulainn, das kann ich. Wenn ihr es hören wollt . . .«
»Ja, bitte!« sagte Finda. Sie strahlte auf.
Aed räusperte sich. Er durfte Finda nicht ansehen – er fühlte, daß

dann die Worte nicht über seine Lippen kommen würden. Angestrengt musterte er die Binsen auf dem Boden, als er begann:

»Einen Mann mit weißer Haut
voller Wunden ich geschaut,
Sieg steht hell in sein'm Gesicht,
Heldentum sein Aug verspricht.

Siebenfach die Edelstein
seines Mutes um ihn sein,
Glänzend leuchtet hell sein Speer,
rot sein Mantel um ihn her.

Edel ist sein Angesicht,
Ehr' der Frau verwehrt er nicht.
Schön ist dieser junge Mann,
drachengleich er kämpfen kann.

Hund des Culann nennt er sich,
ruhmvoll seinen Ruhm stets sprich!
Wenig weiß ich, doch genug:
Rot dies Heer durch seinen Zug!

Seine Hände ziehen beide
Schwerter vierfach aus der Scheide.
Läßt er kunstvoll tanzen sie,
bricht das Heer alsbald ins Knie.

Schwert und Speer sind seine Waffen,
doch kann er auch andre schaffen.
Blitzschnell ändert er den Ort,
rot sein Mantel hier und dort.

Beide Speere schleudert er,
wutverzerrt vom Wagen her,
wild verwandelt die Gestalt
durch des Zornes Kraft geballt.

Kampfbereit tritt er heran,
hüte sich, wer denken kann!
Euch zum Kampfe naht er schon:
Cu Chulainn, des Sualtach Sohn!

Er wird euer Heer erschlagen,
gräßlich sind die Niederlagen.
Hört Fedelm, die Seherin:
eure Köpfe – sein Gewinn!

Blut wird fließen aus euch Helden,
seinen Sieg wird man vermelden!
Leichenteile, Weiberweinen:
Werk des Cu Chulainn, des einen!«

Sie schwiegen. Aed war noch ganz in das Lied versunken, das ihn auch heute gefangengenommen hatte wie immer. Cu Chulainn: So stark und so edel, so furchtbar im Kampf, so unbesiegbar wäre er auch gern. Wenn der Kleinkönig ihn in seine Gefolgschaft aufnehmen würde! Vielleicht könnte er sich eines Tages so auszeichnen, daß er Vorkämpfer würde! Hatte er nicht schon so manchen Wettkampf gewonnen? Dann würden die Mädchen und Frauen ihn bewundern.
Finda.
Befangen hob er den Kopf und sah Finda an. Ihre Wangen glühten. Das Schweigen änderte sich, nahm an Bedeutung zu.

»Ja, die alten Lieder«, sagte Cet schließlich langsam. »Die Zeit der Helden. Sie ist vorbei.«
»Wer weiß!« meinte Finda und spielte mit ihrem Zopf. Und dann noch einmal, leise und mit einem verträumten Blick auf Aed: »Wer weiß.«
Sie stand auf und holte den Bierkrug. Aed hielt ihr den Becher hin. Auch sie griff nach dem Becher. Er ließ ihn nicht los. Ihre Hände berührten einander, er spürte, daß sie ein wenig zitterte. Der Becher füllte sich, Bier floß darüber, über seine Hand, über ihre Hand.
»Entschuldige«, sagte sie und zog die Hand zurück. Er wollte lachen, aber es gelang nicht recht. Er merkte, daß Cet sie beobachtete. Es schien ihm, als habe Findas Vater nicht ungern gesehen, was er gesehen hatte.
Nach dem Essen zeigte Cet ihm sein ganzes Anwesen. Dann begleitete er Aed zur Weide und achtete genau darauf, welche Kälber Aed zusammentrieb. Er trug Aed Grüße an den Vater auf und verabschiedete ihn herzlich. Aed schaute sich suchend um. Aber Finda war nicht zu sehen.
Enttäuscht schwang er sich aufs Pferd, trieb die Kälber voran. Von der Anhöhe blickte er noch einmal zurück, vergebens.
Doch dann, als er abwärts ritt und am Haselgebüsch vorbei war, sah er sie. Sie ging über die blühende Wiese, den Arm voller Blumen, bückte sich hin und wieder.
Aed hielt an und stieg ab. Sie kam genau auf ihn zu, blieb dicht vor ihm stehen.
Da wußte er, was er tun würde, so selbstverständlich, wie am Morgen die Sonne auf- und am Abend untergeht. Er legte den Arm um ihre Schulter, zog sie zu sich heran und küßte sie.
Sie sträubte sich nicht. Ganz im Gegenteil.
Dann löste sie sich von ihm und strich sanft über seine Wange. »Kommst du wieder, Aed mac Nechtain?« fragte sie leise.

»Ja. Ich komme wieder, Finda!« antwortete er und hörte selbst die Befangenheit in seiner Stimme.
»Das ist gut.« Sie nahm eine Blume aus ihrem Strauß und steckte sie unter seine Gewandnadel. Dann wandte sie sich ab und ging.
Er blickte hinter ihr her. Auf der Höhe drehte sie sich noch einmal um und winkte ihm. Da endlich löste sich der Knoten in seinem Hals, und er rief laut wie einen Jubelschrei ihren Namen. Noch lange schaute er zu der Stelle, an der sie verschwunden war.
»Ich würde lieber auf die Kälber achten, als hinter Finda herzustarren!« hörte er eine spöttische Stimme hinter sich. Er schreckte auf und sah Lugaid mac Colbai, einen Gleichaltrigen, Angehörigen einer benachbarten Sippe. Auch Lugaid hatte an jenem Pferderennen teilgenommen.
Lugaid wies auf die ein gutes Stück entfernt grasenden Kälber: »Falls du es wissen willst: Eines hat sich selbständig gemacht.« Und dann fügte er lachend hinzu: »Nun ja, Finda hat schon manchem den Kopf so verdreht, daß er nicht mehr wußte, wo er seine Augen hatte!«
»Wie meinst du das?« fuhr Aed auf.
»Oh, das ist ein offenes Geheimnis. Du bist nicht der erste, der sie geküßt hat, bei weitem nicht, falls du das geglaubt haben solltest. In der Osternacht, am Osterfeuer, und nicht nur da . . .«
»Halt deinen dreckigen Mund!« schrie Aed.
Lugaid lachte nur. Es war kein gutes Lachen.
Da kamen Aed die Worte über die Lippen, er wußte selbst nicht wie: »Nimm dich in acht, Lugaid! Du redest von meiner künftigen Frau. Du redest von der Mutter meiner künftigen Kinder!«
Um Lugaids Mund zuckte es verächtlich: »Dann paß nur auf, daß du auch der Vater deiner künftigen Kinder bist!«
Aed hatte gewußt, daß er stark war. Er hatte gewußt, daß er in Kampfrausch verfallen konnte. Daß er so zuschlagen konnte, daß er so die Besinnung verlieren konnte, das hatte er nicht gewußt. Mit

geballten Fäusten schlug er auf Lugaid ein, auf diesen Mund, der solche Dinge über Finda gesagt hatte, in dieses Gesicht, das so verächtlich über sie gelacht hatte.

Er wußte nicht mehr, was er tat.

Als er wieder zu sich kam, lag Lugaid am Boden. Blutüberströmt.

Aed starrte auf ihn wie auf einen Fremden. Warum liegt er da so, fragte er sich in ratloser Verwunderung.

Nur langsam, zögernd stieg die Ahnung in ihm auf, was er getan hatte.

Er kniete neben Lugaid nieder und rüttelte ihn an der Schulter.

Lugaid rührte sich nicht.

Kein ehrenvoller Kampf. Nicht angekündigt, herausgefordert und angenommen, Schwert gegen Schwert. Sein Schwert, keinen Augenblick hatte er an die Waffe gedacht. Blind hatte er zugeschlagen, im rasenden Zorn.

Nicht mehr die Zeit Cu Chulainns.

Diese Sünde.

Das Feuer der Hölle.

»Herr im Himmel, großer, allmächtiger Gott, gib, daß ich Lugaid nicht getötet habe! Laß Lugaid die Augen aufschlagen!«

Lugaid rührte sich nicht.

»Wenn Lugaid am Leben bleibt, dann will ich für meine Tat die härteste Kirchenbuße auf mich nehmen. Zum Kloster Bangor werde ich ziehen und jede Buße, die mir dort auferlegt wird, freudig erfüllen. Und müßte ich drei Jahre bei Wasser und Brot büßen! Nur laß mich nicht Lugaid getötet haben!«

Lugaid rührte sich nicht.

»Wenn Lugaid wieder gesund wird, so werde ich meinem Erbe entsagen und all mein Gut dem Kloster stiften!«

Lugaid rührte sich nicht.

»So will ich auch der Welt entsagen und mein Haar scheren lassen und Mönch werden wie mein Bruder Fergus!«

Aber Lugaid rührte sich noch immer nicht.
Nun stürzte die Verzweiflung vollends über ihm zusammen, und er schrie: »So will ich alles aufgeben und das Schwerste tun, meine Heimat verlassen wie ein ausgestoßener Übeltäter und in ein Kloster über das Meer ziehen, wo Erins Sonne nicht scheint. Und niemals, niemals will ich zurückkehren!«
Da bewegte Lugaid den Kopf und stöhnte.

Aed, der Mönch in seiner Hütte im weltweit bekannten Kloster Iona auf der kleinen Insel Hi, schlug die Hände vor das Gesicht. Alles spürte er noch einmal. Die Angst. Die Verzweiflung. Und die Dankbarkeit.
Er ließ sich vornüber zu Boden gleiten, breitete die Arme aus, lag so zum Gedächtnis des gekreuzigten Herrn und betete: »Tibi silens laus Deus ... Gott, man lobet dich in der Stille zu Zion, und dir bezahlt man Gelübde. Du erhörest Gebete, darum kommt alles Fleisch zu dir ...«
Ja, Gott hatte sein Gebet erhört. Lugaid war wieder gesund geworden. Und er, Aed mac Nechtain, hatte sein Gelübde bezahlt, bezahlte es täglich neu.
Damals, als er, den verletzten Lugaid auf sein Pferd gebunden, in den Hof seines Vaters zurückgekehrt war, hatte er es nicht über sich gebracht, den Eltern von seinem Gelübde zu erzählen.
Er hatte es nicht gekonnt, nicht, nachdem sein Vater, ohne mehr als eine einzige Frage zu stellen – mit einer Kopfbewegung auf den schon wieder bewußtlosen Lugaid: »Warst das du?« –, Aeds stummes Kopfnicken ohne Erwiderung zur Kenntnis genommen hatte, den Verletzten vom Pferd gehoben, ins Haus getragen und dann ihn, den Sohn, der solches getan hatte, schweigend in die Arme geschlossen hatte. Nicht, nachdem die Mutter die Verletzungen gewaschen und verbunden und zu ihm gesagt hatte: »Nun erzähl, wie das über dich kommen konnte, Aed«. Und kein Wort der Anklage

gesagt hatte, als er geendet hatte. Da hatte er nicht mehr sagen können als: »Ich will die Kirchenbuße tun. Ich werde nach Bangor ziehen!«
»Bangor«, hatte der Vater erwidert, »steht im Ruf größter Strenge.« – »Ich weiß«, hatte er gesagt, und der Vater hatte genickt: »So geh dorthin. Und komm wieder heim, sobald es dir erlaubt ist. Ich werde hier alles regeln, was zu regeln ist. Den Ehrenpreis an Lugaids Familie leisten. Und wir werden Lugaid hier im Hause pflegen, wie das Gesetz es verlangt.«
Da hatte er die Mutter umarmt und dem Vater die Hand gegeben und war gegangen, zu Fuß, und hatte geweint, den ganzen Weg, nicht nur um sich, auch um seine Eltern.
Die Buße, die ihm in Bangor von dem Mönchspriester auferlegt worden war, den man ihm zum Seelenvater gegeben hatte, diese Buße, die er in den Zellen im Randbereich des Klosters gemeinsam mit anderen Bußwilligen abgeleistet hatte, war hart gewesen. Aber weder der Hunger noch der Schlafmangel noch die Bußübungen hatten ihn wirklich gequält. Schlimmer waren die Gedanken gewesen, die Erinnerung an sein bisheriges Leben, das er nie wieder leben würde, an die Wünsche, die nie in Erfüllung gehen würden, die Sehnsucht nach Finda, der Zweifel, ob sie es wert gewesen war, ob Lugaid nicht doch recht gehabt hatte, die Furcht vor einem Leben im Kloster, das Entsetzen bei der Vorstellung, die Heimat verlassen zu müssen. Doch auch das hatte nachgelassen, wenn er sich mit noch mehr Härte gegen sich selbst den Übungen hingegeben hatte.
Am meisten gequält hatte ihn der Gedanke an seine Eltern.
Und dann war der Tag gekommen, den er gefürchtet hatte. Er war, von seinem Seelenvater in Bangor mit der Absolution und dem Segen entlassen, nach Hause gekommen, und die Eltern hatten ihn voller Freude empfangen. Der Vater hatte gleich ein Kalb schlachten und die Mutter ein Festmahl vorbereiten wollen, »Zu deiner

Heimkehr!« hatte sie gesagt und sich verstohlen über die Augen gestrichen. Da hatte er erwidert: »Nein. Ich bin nur gekommen, um Abschied zu nehmen. Für immer.«
Nach diesen Worten hatte sich die Stille ausgebreitet wie die Kälte im Winter.
Und dann hatte er ihnen alles erzählt. Sein Gelübde.
»Erst Fergus. Dann du. Für wen habe ich nun gearbeitet. In wem lebe ich fort«, hatte der Vater leise gesagt, und die Bitterkeit seiner Worte war schlimmer gewesen als jede Anklage. Die Mutter aber hatte geweint und ihn beschworen und geschluchzt: »Dich will ich nicht auch noch verlieren, dich nicht auch! Weißt du, daß mir drei Kinder gestorben sind, ehe ich Fergus geboren habe? Drei kleine Kinder. Da haben wir in unserer Verzweiflung Fergus Gott geweiht und darum gebetet, daß er am Leben bleibe und uns noch ein Erbe geschenkt werde. Und dann wurdest du geboren. Und lebtest. Meinst du, es hätte mir nicht schier das Herz zerrissen, Fergus für immer hergeben zu müssen! Aber nun nicht auch noch dich!«
Er hatte nicht mehr zu sagen gewußt als: »Ich habe es gelobt, Mutter.«
Da hatte der Vater ihm stumm die Hand gereicht, die Mutter aber hatte sich ihm in den Weg gestellt, als er auf die Tür zugegangen war, und geschrien: »Ich lasse dich nicht fort! Dich nicht!«
Doch Aed hatte die Worte gesprochen, die sein Seelenvater ihm mit auf den Weg gegeben hatte: »Christus spricht: Wer Vater oder Mutter mehr liebt als mich, ist meiner nicht wert!«, hatte seine Mutter beiseite geschoben und war gegangen.
So war er Mönch geworden.
Nicht von einem Tag auf den anderen, nein. Es war ein weiter Weg gewesen.
Er hatte den Kampf gegen den inneren Feind aufgenommen, täglich, stündlich. Er hatte körperliche Arbeit verrichtet wie ein Knecht, bis an die Grenzen seiner Kraft und über sie hinaus. Er hatte

den Gedanken an die ersehnte Gefolgschaft des Kleinkönigs aus seinem Herzen verbannt und sich mit aller Kraft und Treue der Gefolgschaft des Himmelskönigs verschrieben.
Er hatte gelernt, seine Wünsche abzutöten und seine Gedanken von der Erde auf den Himmel zu richten. Statt im Reiten und Kämpfen hatte er sich im Bibelstudium, im Schreiben und in der Buchmalerei geübt. Und er hatte erfahren, wie Fasten, Wachen und Beten ihm zu Zeiten einer beinahe unwirklichen Ruhe, zu einer schwebenden Leichtigkeit der Gedanken, zu einer Entrückung der Sinne verhalfen, die sein tiefstes Glück wurden.
Leicht hatte er die erste Stufe der Vollkommenheit des Mönchs erreicht: das Entblößtsein von allen irdischen Gütern und ihre Verachtung. Schwer hatte er um die zweite gerungen und immer wieder zu ringen: die Reinigung von den Lastern. Würde er jemals die dritte erreichen, die höchste und immerwährende Liebe Gottes? Wenn nur dieser Zweifel nicht wäre! Wenn nicht jeder Zeit der Gewißheit wieder eine Zeit der Bedrückung folgen würde! Warum hatte er schon wieder von daheim geträumt? Warum sich erinnert, anstatt zu beten?
Er würde es beichten.
Die Glocke läutete zum Morgengebet. Mit steifen Gliedern erhob sich Aed und stützte Willibert, seinen Zellenbruder, der vor Schwäche taumelte. Gemeinsam beugten sie sich beim Verlassen ihrer Hütte zur Erde und beteten, gingen durch den Sturm über den Hof, knieten vor dem hölzernen Hochkreuz nieder, baten um den Segen der älteren Brüder, die sie trafen, segneten die jüngeren, betraten ehrfurchtsvoll das Oratorium.
Der kleine Raum der einfachen Holzkirche füllte sich mit den Brüdern. Friede erfaßte Aed, kaum daß er die Schwelle überschritten hatte. Die vertraute Zeremonie trug ihn mit sich fort, die bekannte Abfolge zwischen Niederknien, Stehen und Sitzen, der Wechsel zwischen dem Singen der Psalmen, dem Sprechen der

Gebete und dem Hören der Lesungen, die liebgewordenen Melodien, die klare Fülle der Stimmen seiner Brüder, in die sich seine eigene Stimme so einfügte, daß er sie kaum unterscheiden konnte, Teil nur des Ganzen, Tropfen im unendlichen Strom.
»Confitemini Domino, quoniam bonus ...« Ja, der Herr war gut. Und heute erwies Er ihm, Aed, die Gnade, daß Er seine Seele zu Sich entrückte, so daß Aed hinter dem Sprechen und Singen der Worte, hinter dem Nachhorchen etwas anderes spüren durfte: die Gemeinschaft. Gemeinschaft mit den Brüdern. Gemeinschaft mit Ihm.
Als Aed das Oratorium verließ, waren die Erinnerungen, Schmerzen und Zweifel der Nacht von ihm abgefallen und einem stillen Glück gewichen.
Der Sturm hatte nachgelassen, nun trieb ein feiner kalter Regen über die Insel. Das Meer, grau und schwer im dämmrigen Morgenlicht, rollte mit trägeren Wellen heran. Ein leichter Salzgeschmack legte sich auf die Lippen.
Aed hatte Mühe, seine Schritte zu zügeln, nicht ungeziemend hastig auf das Skriptorium zuzueilen. Heute, am ersten der beiden wöchentlichen Fastentage, gab es keine Morgenmahlzeit. Er konnte gleich seine Arbeit dort fortsetzen, wo er sie gestern unterbrochen hatte. Das Rankenmuster, das er begonnen hatte, mit den niemals endenden, kunstvoll ineinander verschlungenen Linien, erwartete ihn.
Er betete um gutes Gelingen, tauchte den Pinsel in das leuchtende Braungelb und begann die erste der Ranken, die rings um die Titelseite des Evangeliums führte, farbig auszumalen. Immer wieder prüfte er den Verlauf der Linie, fuhr mit den Augen aufmerksam ihre Spur nach.
Waren nicht auch die Wege, die Gott die Menschenkinder führte, verschlungen, schienen sie nicht oft verworren und folgten doch dem großen Plan? War nicht auch sein Leben erst in eine ganz

andere Richtung verlaufen, bis Gott ihm die Wendung gegeben hatte? Durfte er da nicht darauf vertrauen, daß Er es auch zum Ziel führen würde?
»Bruder Aed!« Er zuckte zusammen, stand hastig auf. Beinahe hätte er nicht gemerkt, daß der Vorsteher der Schreibstube ihn angesprochen hatte.
Ehrerbietig senkte er das Haupt vor dem Älteren.
»Bruder Aed, lege deine Illustration in die Mappe und nimm den Platz von Bruder Cormac ein! Von Stund an wirst du schreiben. Das heilige Lukas-Evangelium.«
Gehorsam, so hatte Aed in den Jahren seines Klosterlebens erfahren, war die erste und grundlegende aller Klosterregeln. Es hatte vieler Schläge und Fastenbußen bedurft, ehe Aed diesen Gehorsam gelernt hatte, Gehorsam bis zur Selbstverleugnung. Nicht nur zu tun, was befohlen wird, ohne ein Wort des Widerspruchs, ohne die geringste Bitte um Aufschub, sondern dies auch willig zu tun, ohne innere Auflehnung. So schwer es auch war.
Es war furchtbar schwer. Diese Linie, die danach schrie, weitergeführt zu werden, dieses Muster, das auf Vollendung wartete.
Die Finger krampften sich um den Pinsel. Dann legte er ihn sacht weg, drehte das Pergament um, so daß er es nicht mehr sehen mußte. »Wie du willst, Bruder Vorsteher«, sagte er mühsam. »Und verzeih mir, wenn mir das Herz schwer ist dabei.«
Wenig später schrieb er mit dem gespitzten Federkiel an der Stelle weiter, an welcher der erkrankte Bruder Cormac geendet hatte: »Wer seine Hand an den Pflug legt und sieht zurück, der ist nicht geschickt zum Reich Gottes.«
Und sieht zurück.
Hatte er nicht erst heute nacht wieder zurückgesehen?
So war er nicht geschickt zum Reich Gottes.
Diese Zweifel. Nie ließen sie ihn los. Vor allem nicht der eine: Was war seine Entsagung von Welt und Heimat wert, wenn sie doch nicht

freiwillig geschehen war, nicht aus freudigem Entschluß, sondern in Erfüllung eines Gelübdes?
Erwartete Gott nicht anderes von ihm? Ein Opfer aus freiem Herzen?
Aber wie, da er doch schon alles geopfert hatte?
Der Friede, beim Morgengebet geschenkt, war schon wieder gestört. Seine Hand zitterte, als er weiterschrieb.
Draußen läutete eine Glocke, dünn und jammernd wurde ihr Ton vom Wind verweht. Es war doch noch nicht Zeit für das Vormittagsgebet!
»Geh, Bruder Aed, und sieh nach, was das Läuten bedeutet!« sagte der Vorsteher.
Aed erhob sich, verbeugte sich in der Tür bis zur Erde und ging in den Regen. Ein jüngerer Mönch stand in der Mitte des Platzes, den die verstreut liegenden Hütten in ihrer Mitte ließen, und schwenkte in der hoch erhobenen Hand die kleine Glocke. Aus mehreren Richtungen kamen Brüder herbei, versammelten sich um den Läutenden. Der älteste sprach ihn an: »Gott segne dich. Welchen Grund hat dein Läuten?«
Der junge Mönch hatte rote Flecken im Gesicht, mühte sich umsonst, seine Aufregung zu verbergen. Dennoch verneigte er sich erst demütig vor allen älteren Brüdern und bat um ihren Segen, ehe er antwortete: »Ein Schiff. Ein Schiff nähert sich unserer Insel.«
Ein Schiff.
Wen mochte es bringen? Reisende, die der Sturm hierher verschlagen hatte? Brüder, die begehrten, in dieses Kloster aufgenommen zu werden? Gelehrte aus der Ferne, die kamen, um sich den heiligen Studien zu widmen, um ihre Gelehrsamkeit mit der Gelehrsamkeit der hier arbeitenden Mönche fruchtbar zu vereinen? Oder Schüler, die unterwiesen werden sollten, vielleicht einen Prinzen?
Wer auch immer: Gäste. Vielleicht Nachricht aus der Heimat.
Die Freude malte sich in den Gesichtern der Mönche, so sehr sie

auch ein gemessenes Verhalten an den Tag legten. Nicht einer, der in diesem Augenblick nicht an die Heimat gedacht hätte, wo sie auch liegen mochte. Im nahen Piktland, im fernen Erin oder in Northumbrien wie die des angelsächsischen Willibert.
Später waren sie alle am Hafen versammelt. Der Küchenmeister und die Mönche, die ihm unterstanden, hatten erhitzte Gesichter, in solcher Eile hatten sie ein festliches Essen vorbereitet, auf das heute, am Fastentag, die Küche noch weniger gerüstet gewesen war als sonst. Auch dem Gästemeister und seinen Untergeordneten merkte man die Anspannung an, denn fieberhaft hatten sie alle Gästehäuser hergerichtet. Konnte man denn wissen, wie viele Männer dieses Schiff bergen würde? Das Schiff, das den Herbststurm überstanden hatte, mit dem Gott Großes vorhaben mußte, sonst hätte Er es nicht aus der Not des Unwetters sicher hier zu dieser Insel geleitet.
Dann waren die Fremden an Land. Zwölf Mönche waren es, dazu die Schiffsbesatzung. Einer trug den Bischofsstab, hatte den Vortritt, wurde von den anderen mit deutlicher Verehrung und Hochachtung behandelt, kniete als erster an Land nieder und küßte den Boden, wurde als erster von Abt Adomnán emporgehoben und herzlich umarmt.
»Gott segnet unsere Insel, daß er einen solchen Mann zu uns führt«, flüsterte der alte Mönch, der neben Aed stand.
»Wer ist es?« fragte Aed leise zurück.
»Killena ist es, Mönch und Bischof. Er steht im Ruf großer Frömmigkeit. Lange schon hält er Verbindung zu unserem Kloster.«
Sie gaben den Gästen feierliches Geleit, zogen zur Kirche, feierten einen Dankgottesdienst. Noch voller als sonst klang der Gesang und tröstete Aed wunderbar.
Beim Essen, das am langen Tisch im gebotenen Schweigen verlief und heute zu Ehren der Gäste reichlich und gut war wie an einem der höchsten Festtage, beobachtete Aed den fremden Bischof.

Etwas ging von diesem Mann aus, das ihn zwang, immer wieder zu ihm hinzusehen, er wußte selbst nicht, was es war: Sicherheit, Zuversicht, geistliche Durchdrungenheit? Gespannt wartete er darauf, daß nach dem Essen der Abt den Bischof bitten würde, zu ihnen zu sprechen.

Und dann sprach Killena. Er begann mit dem Psalmwort: »Qui descendunt mare in navibus . . .«, sprach von Seenot und gnädiger Errettung, von der unerschöpflichen Güte des Herrn. Und dann erzählte er vom Grund seiner Reise: daß er Kunde davon erhalten habe, wie sehr noch an den fernsten Grenzen des fernen Frankenreichs die Verkündigung des reinen Evangeliums im argen liege, wie sich der wahre Glaube dort mit Irrlehre, ja mit schrecklichem Götzendienst und heidnischer Zauberei mische, und daß ihm diese Kunde in den tiefsten Winkel seines Herzens gefahren sei. Daß er den Ruf verspürt habe, besser als bisher sein Leben Gott zu weihen, sein Kreuz auf sich zu nehmen und der Heimat für immer den Rücken zu kehren gemäß dem Wort: Gehe aus deinem Vaterland und von deiner Freundschaft und aus deines Vaters Hause in ein Land, das ich dir zeigen will. Daß er nun, obwohl er nur der unwürdigste Diener des Herrn sei, nicht anders könne, als den Auftrag auf sich zu beziehen, alle Völker zu Jüngern des Herrn zu machen und sie zu lehren, Christi Wort zu halten. Daß er zwölf Brüder um sich versammelt habe, gleich den heiligen Aposteln des Herrn, daß aber einer von ihnen gestorben sei, ehe sie sich eingeschifft hätten.

Und dann endete er: »Wir stachen in See, um die Küste des Frankenreichs anzufahren. Doch die Stürme erfaßten uns und trieben uns hierher. So hat Gott selbst uns den Weg zu euch geführt. Und darum bin ich davon überzeugt, daß ich mit der Erlaubnis eures verehrten Abtes unter euch den zwölften finden werde, der die Stelle des verstorbenen Bruders einnehmen wird. Einen Bruder, der von dem glühenden Verlangen erfüllt ist, Gott das Wertvollste

zu opfern, das er hat. Der um der Liebe Christi willen in die bitterste Ferne ziehen möchte, in die äußerste Heimatlosigkeit, zu einem Volk, das unsere Sprache nicht spricht und kaum das Licht des Evangeliums kennt. Der die Geborgenheit des Klosters aufgeben und ein Fremder unter Fremden sein möchte um des ewigen Lebens willen. Der ernstmachen will mit dem Wort: Wer mir nachfolgen will, der verleugne sich selbst, nehme sein Kreuz auf sich und folge mir nach. Der bereit ist, von heute an die Hand an den Pflug zu legen und nicht zurückzusehen.«
Aed hatte atemlos zugehört, betroffen, als spreche der Bischof nur für ihn allein. Die letzten Worte trafen ihn, als schnitten sie ihn mittendurch.
Bischof Killena schwieg. Seine Augen, leuchtend, ernst und klar, wanderten von einem Mönch zum anderen, schienen jedes Gesicht zu durchforschen.
Dann verharrten sie bei Aed.

Kapitel 2

Wieder war alles Hoffen vergebens gewesen. Auch die Kerze, die sie der heiligen Mutter Gottes in der Kirche hatte abbrennen lassen, die Kerze in der Größe eines neugeborenen Kindes.
Dabei war sie diesmal so sicher gewesen, von Tag zu Tag, von Woche zu Woche sicherer geworden: Es würde wachsen in ihr, geboren werden und leben, das Kind, das ein unzertrennbares Band zwischen Gozbert und ihr knüpfen würde, das Kind, in dem sie noch einmal neu beginnen könnte, das vielleicht ihr Werk vollenden würde. Und ihre leeren Arme füllen.
Und dann: die Schmerzen, das Blut.
Das Gesicht von Arohild, der Magd, die gesehen hatte und verstanden, ohne ihr Wissen in Worte zu fassen.
Die Enttäuschung.
Geilana preßte die Lippen zusammen. Nein, sie würde nicht weinen. Die Tränen ihres Lebens hatte sie in ihrer Jugend vergossen.
Sie drehte sich im Bett zur Wand. Die Amulette in ihrer kleinen Beuteltasche an ihrem Gürtel drückten, als sie sich darauf legte. Sie griff danach, umfaßte die kostbare Meeresschnecke, die auf den Handelswegen weit aus dem Osten hergebracht worden war. Kühl und glatt lag sie in der Hand. Mit dem Finger fuhr sie die gezackte Linie des Schlitzes entlang. Die Verheißung der Fruchtbarkeit. Sie drückte die Schnecke, bis ihre Hand schmerzte.
Die Magd kam, bot ihr schweigend Fleischbrühe und Brot an. Schon wollte sie heftig abwehren, doch dann richtete sie sich auf, nahm die Schüssel, aß alles. Sie mußte rasch wieder zu Kräften kommen.
Sie würde es tun, in wenigen Tagen schon.

Gozbert, der Gemahl, war verreist. Er inspizierte seine Güter, die Königsgüter, überwachte die Eintreibung des Zehnten, ordnete die Verwaltung, kontrollierte die Dienstmannen, hielt Gericht.
Unter einem Vorwand hatte sie ihn nicht wie gewöhnlich begleitet, in Wahrheit mit Rücksicht auf ihren Zustand, den sie ihm hatte verschweigen wollen, solange sie nicht ganz sicher war. Ihren Zustand! Sie schmeckte die Bitterkeit auf der Zunge.
Wenn sie in die Heimat könnte, nach Thüringen! Zu dem Heiligtum auf dem Felsen, im tiefsten, dichtesten Wald. Dorthin, wo Ihr geopfert wurde, der Großen, Fruchtbaren, Furchtbaren. Die Mutter hatte Ihr jedes Jahr geopfert, schwere Opfer – und jedes Jahr hatte sie ein Kind geboren, Sohn um Sohn. Unerschöpflich war der Segen, der aus Ihrem Schoße quoll.
Sie, Geilana, war nur einmal dort gewesen, als sie vom Kind zum jungen Mädchen geworden war.
Geilana schloß die Augen. Alles spürte sie wieder, als wäre es erst gestern gewesen: die Hitze des Feuers, den Blutgeruch der Opfertiere, die Schmerzen in den stundenlang erhobenen Armen, jenes Ziehen und Gleiten, das von den immer drängender werdenden Gesängen und dem Rhythmus der Trommeln ausging, die ekstatische Bewegung des Tanzes, und dann jenes schwebende Verlassen des eigenen Körpers, für das es keine Worte gab.
Sie fuhr sich über die Stirn. Nein, dorthin durfte sie nicht. Die Reise war zu weit, würde sich nicht verbergen lassen, Aufsehen erregen – und Gozberts Unwillen.
Gozberts Unwillen: nicht so leicht erregbar wie der seines verstorbenen Bruders Hruodi, ihres ersten Gemahls. Und doch gab es da jene Grenze, die jeder zu spüren bekam, der sie zu überschreiten versuchte. Seinen Zorn auf sich zu ziehen, nein, das wagte sie nicht. Beinahe sich vor sich selbst entschuldigend fügte sie hinzu, sie dürfe den Einfluß nicht verscherzen, den sie auf ihn habe. Es galt, die Sache nicht zu gefährden, das Ziel.

Oder war es noch etwas anderes?
Wenn sie einen gemeinsamen Sohn hätten ...
Nun blieb ihr wieder nur Theotbald, der Sohn aus der Ehe mit Hruodi. Aber ob er die Kraft haben würde?
Heden, Gozberts Sohn, hatte sie. Doch dunkel wurde sie das Gefühl nicht los, daß das kein Segen war, sondern eine Gefahr.
So sehr hatte sie sich ein gemeinsames Kind gewünscht, einen gemeinsamen Erben!
Die heilige Mutter Gottes hatte ihre Hilfe versagt. So würde sie die Hilfe der Göttin erflehen.
Sie hatte von dem Heiligtum gehört, jener Quelle am Beginn des großen Waldes im Osten, keinen Tagesritt von hier entfernt, im Gebiet, dessen Grundherr Graf Matto war. Die Gräfin Matto würde sich ihren Besuch zur höchsten Ehre anrechnen. Zu ihr würde sie reisen und dort den Wunsch nach einer Falkenjagd äußern, in eben jenem Wald. In der Nähe der Quelle würde sie ihr Gefolge verlassen, allein Sie aufsuchen, Ihr opfern, sich des Beistandes der weisen Frauen versichern, die Ihr dienten.
Sie würde niemandem davon erzählen. Sie hatte gelernt, vieles im Verborgenen zu hüten, in sich zu verschließen, lange schon, seit jenem Tag, als sie gezwungen worden war ...
Sie warf die Decke zurück, stand auf, versuchte die ersten Schritte, unterdrückte die Schwäche.
Wenn sie von der Quelle zu ihrem Gefolge zurückkehrte, würde sie schweigen.
Und keiner würde es wagen, ihr eine Frage zu stellen, ihr, Geilana, der Herzogin.

*

Geilana überließ sich der Bewegung des Pferdes, dem sanften, gleichmäßigen Wiegen, und folgte ihren Gedanken. Sie kehrten

immer wieder zu jenem Abend an der Quelle zurück, zu den Worten der Priesterin. Seither erfüllten sie neuer Mut und mehr denn je trotzige Entschlossenheit.
Sie hatte ohne Scheu gesprochen, diese Priesterin Wolfburg, als habe sie nicht eine Christin vor sich, die Gemahlin eines Franken, des höchsten Franken, des Stellvertreters des Königs: des Herzogs. Ihr seid getauft? hatte die Priesterin gefragt. Nicht aus eigenem Entschluß, hatte sie, Geilana, erwidert. Sie hatten sich angesehen. Und in diesem Blick waren sie Gleichgesinnte geworden, Vertraute, Verschworene.
Die Herzogin! hatte die Priesterin voller Bitterkeit gesagt, und doch eine von vielen! Wie oft begegnen mir Frauen und Männer, denen es ergangen ist wie Euch! Ich hasse diese Priester Christi, wenn sie die Menschen unseren Göttern entreißen und ihrem Christengott zu eigen geben! Mit Schmerz und Zorn erfüllt es mich, wenn die Mächtigen, die Könige, Herzöge und Grafen, ihr Volk dazu bringen, unsere Götter zu verraten und sich mit ihnen taufen zu lassen auf den Namen Christi!
Denn die, die ihnen folgen, weil sie nichts anderes kennen oder nicht anders können als zu gehorchen, wissen nicht, was sie tun. Sinnlos plappern sie nach, was man ihnen vorgesprochen hat. Und verraten die Wurzeln unserer Einheit.
Mitten durch unser Volk gehen die Grenzen des Glaubens, mitten durch unser Dorf, trennen Nachbarn vom Nachbarn.
Denn dieser Christus duldet keine Götter neben sich. Und seine Priester verteufeln, was wir verehren.
Wir aber sind Hüterinnen des Alten, dem wir dienen mit all unserem Sein. Wir retten, wir bewahren unser Erbe. Wir geben es weiter von Frau zu Frau.
Wir retten, wir bewahren unser Erbe. Dieser Satz war es, der mächtig die Vergangenheit lebendig werden ließ, der Satz der Mutter, Beschwörung aus ihrer Kindheit, unzählige Male geraunt

beim Rauch des Opferfeuers. Wir retten, wir bewahren unser Erbe. O ja, anders noch als diese Wolfburg es gemeint hatte. Gehörte nicht auch das zum Erbe: die uneingeschränkte Freiheit, die völlige Unabhängigkeit, das Königtum?! Das große Ziel, dem sie sich verschrieben hatte, damals, als . . .

»Mutter, ich habe Durst!«

Sie fuhr hoch, sah Theotbald, der sein Pferd neben ihres gedrängt hatte, erwiderte abweisend: »Das sagst du nun schon zum dritten Mal!«

»Aber wenn ich doch Durst habe!« Nun war die Stimme des Knaben weinerlich. Der Ton, den sie haßte.

Heden, der das kleine Gefolge anführte, wandte sich um, lachte: »Nur Geduld, Kleiner! Wenn wir aus dem Wald sind, kommt bald ein Dorf. Dort wird es Milch für dich geben!«

»Danke!« Theotbald strahlte auf, trieb sein Pferd an, ritt neben Heden. Die Bewunderung für den großen Stiefbruder sprach deutlich aus seinem Gesicht. Immer schon war das so gewesen, auch früher schon, als sie noch nicht Stiefbrüder gewesen waren, nur Vettern, Brudersöhne.

Ich muß aufpassen, dachte Geilana, Heden gewinnt immer mehr Macht über Theotbald. Wenn ich erreichen könnte, daß Gozbert Heden wegschickt, vielleicht zu den verwandten Fürstenhäusern!

Ihre Blicke bohrten sich in den Rücken des Stiefsohnes. Eine gute Erscheinung war dieser junge Mann, schlank und doch kräftig, geschickt im Führen der Waffen. Doch das war nicht alles. Nein, sie beging nicht den Fehler, Heden zu unterschätzen.

Wenn man die beiden Stiefbrüder so nebeneinander auf ihren Rappen sah – wie schlecht Theotbald ritt!

»Theotbald, sitz gerade!« rief sie nach vorne. Sofort versteifte sich der Körper ihres Sohnes.

»Nicht wie ein Stock! Lernst du es denn nie! Du mußt die Bewegung deines Pferdes mitmachen!«

Heden gab Theotbald einen kleinen Stoß in die Seite: »Komm, wir galoppieren. Los!« Sie sprengten voran, waren bald um die Wegbiegung verschwunden. Geilana folgte langsam mit ihrer Hofdame und den beiden Gefolgsmännern.
Ob sie Gozbert von dem Kind, von ihrem gemeinsamen Unglück, erzählen sollte? Eine Schulter, an die man sich anlehnen könnte. Nein, nicht anlehnen, eine solche Schulter hätte es nur einmal für sie geben können, vor langer Zeit. Und dennoch . . .
Sie verließen den Wald, erreichten das Dorf. Am Zaun des ersten Bauerngehöfts waren die beiden Rappen angebunden, Theotbald stand daneben, ein paar halbnackte Kinder starrten ihn mit offenem Mund an.
Heden war nicht zu sehen.
Plötzlich stürzte mit wütendem Gebell ein großer Hund aus dem offenen Hoftor auf Theotbald zu, blieb drohend dicht vor ihm stehen, knurrte. Geilana, noch auf dem Pferd, einige Schritte von ihrem Sohn entfernt, spürte seine Angst, ahnte, was er tun würde, schrie ihm zu: »Keine Angst zeigen! Stehenbleiben!«
Doch Theotbald drehte sich um und rannte davon. Der Hund duckte sich, streckte sich.
Da war Heden da, stand auf einmal dicht vor dem Tier, sah ihm fest in die Augen, sprach ruhig und freundlich auf es ein. Die Bäuerin, einen Krug in der Hand, trat aus der Tür des Wohnhauses, rief den Hund zurück. Die Gefahr war gebannt.
»Du solltest einen solchen Hund nicht frei herumlaufen lassen!« herrschte Heden die Bäuerin an. Diese stand da, verwirrt, hilflos, wußte nichts zu sagen, flüchtete sich schließlich in einen Kniefall.
Geilana sog tief die Luft ein, versuchte ihr rasendes Herz zur Ruhe zu zwingen.
Theotbald, blaß und verweint, tauchte hinter einem Baum auf, blieb unsicher stehen. Da entlud sich ihr Zorn. »Wie kannst du so feige sein!« schrie sie ihren Sohn an. »Hat man dir nicht beigebracht, wie

man mit Hunden umgeht? Habe ich dir nicht noch zugerufen, du sollst stehenbleiben? Und du läufst davon!«
»Ich hatte Angst!« stotterte der Junge.
»So mußt du lernen, keine Angst zu haben! Ich will dich heute nicht mehr sehen! Du reitest zur Burg zurück!«
Theotbalds Augen füllten sich erneut mit Tränen. »Aber der Herr Herzog . . ., Ihr habt doch gesagt, ich darf ihm mit Euch entgegenreiten . . .«
»Das hast du dir mit deiner Feigheit verscherzt!« Sie wandte sich an einen der beiden Gefolgsmänner, befahl: »Du begleitest Prinz Theotbald zur Burg zurück!«, trieb ihr Pferd an, ritt weiter, ohne sich noch einmal umzusehen.
Einen Augenblick meldeten sich Zweifel: Bin ich zu hart? Er ist doch noch ein Kind.
Aber dann schüttelte sie den Kopf: Er muß es lernen. Wie soll er sonst einmal neben Heden bestehen!
Gegen Mittag erreichte sie jenen herzoglichen Gutshof, den, wie ihr am Vortag ein Bote mitgeteilt hatte, der Herzog vor seiner Heimkehr noch zu besuchen gedachte. Hier wollte sie auf ihn warten.
Ihr Eintreffen löste fieberhafte Unruhe aus. Man hatte für den Nachmittag mit dem Herzog gerechnet, wußte auch von dessen Kommen erst seit kurzem. Das Erscheinen der Herzogin brachte das mühsam gewonnene Gleichgewicht zum Zusammenbruch. Die Mägde, die die Knüppelwege kehrten, welche die einzelnen Holzhäuser, Stallgebäude, Speicher und Grubenhäuser des Hofes miteinander verbanden, wußten nicht, ob sie ihre Arbeit fortsetzen sollten oder nicht. Kinder vertrieben die Schweine und Hühner vom Hof, rutschten in der Aufregung auf dem matschigen Boden aus, schrien wild durcheinander. Im Wohnhaus des Meiers wurde gerade aus Böcken und Platten die Tafel für die Bewirtung des Herzogs und seines Gefolges vorbereitet, kein Polsterstuhl und keines der

zierlichen Tischchen stand an seinem Platz, die Teppiche wurden hinter dem Haus geklopft. Die Meierin stand mit erhitztem Gesicht an der Feuerstelle, schrie eben eine Magd an, begriff nicht, welch hoher Gast auf einmal ihr Haus betrat. Der Meier gab drei Befehle gleichzeitig, und alle widersprachen sie einander.
Geilana sah das alles, erklärte ruhig, man solle für sie und ihre Begleitung Stühle und einen Tisch unter den Baum vor dem Hoftor bringen, sie mit Milch und Bier bewirten, mehr sei nicht nötig, man möge seine Arbeit fortsetzen und die Ankunft des Herzogs vorbereiten.
Längst wußte sie, daß es ein Fehler gewesen war, Gozbert entgegenzureiten: nicht der rechte Rahmen, um ihn zu begrüßen, und doch war ihr am gestrigen Abend, als sie den Boten empfangen hatte, der seine baldige Heimkehr ankündigte, gewesen, als verlange er nach ihr. Oder war sie selbst es, der es nach ihm verlangte?
Sie stand auf, ging hin und her, spürte Unruhe, Zweifel. Doch dann, als der Sohn des Meiers von seinem Baum, den er als Aussichtspunkt erklommen hatte, herabrief, der Herzog sei im Heranreiten, ging sie entschlossen in den Gutshof, verlangte nach Wein, nahm das Glas, trat damit ins Hoftor, erwartete Gozbert.
Er ritt heran, sie sah das Erstaunen in seinem Gesicht, das Aufblitzen der Freude, jeder Zweifel fiel von ihr ab, sie sprach die Worte des Willkommens, trank ihm zu, reichte ihm lächelnd das Glas.
Er erwiderte ihren Gruß, den Gruß Hedens, nahm die Huldigungen des Meiers, seiner Familie und des Gesindes freundlich entgegen. Als aber der Meier ihn bat, zum Festmahl zu kommen, wehrte er ab: Später, er wolle zunächst mit der Herzogin sprechen, bestimmte seine Begleiter, sich im Hof umzusehen, ob alles zum Rechten stünde, reichte ihr den Arm. Sie nahm ihn und dachte: So liebt er mich also wirklich. Ich werde es ihm erzählen. Jetzt.
Doch der Herzog winkte seinen Sohn heran und sagte: »Du auch, Heden. Ich habe mit euch beiden zu sprechen.«

Sie schluckte die Enttäuschung hinunter wie ein bittere Medizin, ging an seinem Arm neben ihm her, vernahm nicht seine Worte, spürte nur den Schmerz, zwang sich schließlich mühsam zum Zuhören: »... gestern abend erfahren. Pippin hat eine große Schlacht gegen Berchar geschlagen. Und gewonnen. So gewonnen, daß sein Sieg endgültig ist. Weißt du, Geilana, was das bedeutet?«
Geilana schloß die Augen. Die Gedanken überstürzten sich. Berchar, der neustrische Hausmeier des Königs, und Pippin, der Arnulfinger. Rund zehn Jahre mochte es her sein, als ihr schon einmal diese Frage gestellt worden war, damals, als sich die Arnulfinger mit dem ebenso mächtigen wie ruchlosen Hausmeier Ebroin verbündet hatten, gegen Dagobert, den König Austrasiens, des östlichen Frankenreiches. Weißt du, Geilana, was das bedeutet? Damals war es Hruodi gewesen, der diese Frage gestellt hatte, doch nicht, um ihre Antwort zu hören, sondern um seine Worte hervorzuheben: Die Arnulfinger wollen selber das Hausmeieramt über Austrasien. Sie gieren nach Macht. Und wenn sie sie haben, werden sie sie ausüben. Über uns alle. Ein Trost nur, daß sie sich an Ebroin die Zähne ausbeißen werden! Wenn er sie heute braucht, was schert ihn das morgen!
Hruodi hatte recht behalten. Hruodi behielt immer recht.
Nach der Beseitigung des letzten Königs des östlichen Frankenreichs – munkelte man nicht, ein Arnulfinger sei an seiner Ermordung beteiligt gewesen? – hatte Ebroin sich gegen seinen Verbündeten gewandt. Hruodi hatte höhnisch gelacht: Was habe ich dir gesagt, Geilana! Ebroin braucht Pippin nicht mehr. Er hat ja König Theuderich in seiner Gewalt, und dank der Hilfe der Arnulfinger ist Theuderich nun der einzige König, der König über West und Ost! Was schert Ebroin, was er versprochen hat! Nun, ich muß sagen, ein Pippin auf der Flucht vor Ebroin ist mir lieber als ein Pippin als austrasischer Hausmeier!
So hatte Hruodi gesprochen. Doch dann war Ebroin ermordet

worden, und sein Nachfolger hatte sich mit Pippin ausgesöhnt. Aber der Traum des Arnulfingers vom Hausmeieramt schien zerronnen – er mußte es sich genügen lassen mit seinem eigenen Fürstentum. Und kein austrasischer Hausmeier mischte sich in die Angelegenheiten des Herzogs in Thüringen und in den Mainlanden, kein austrasischer Hausmeier beschränkte seine Macht. Fast hatte man vergessen können, daß es noch einen König gab, der rechtmäßig über dem Herzog stand. Und einen Traum träumen . . .
Mit einem Schlag alles verändert. Pippin hat dem neustrischen Hausmeier Berchar den Krieg erklärt. Und gewonnen.
Sie öffnete die Augen. »Das ist der Griff nach der Macht!« sagte sie langsam.
Der Herzog nickte: »Ich habe es lange schon vorhergesehen. Nie habe ich geglaubt, daß er sich bescheidet, nie der Ruhe getraut. Ich kenne Pippin. Er ist wie das ganze Geschlecht der Arnulfinger. Der Hunger nach Macht lebt in ihm. Auch Hruodi dachte so von Pippin, du weißt es, Geilana. Pippin genügt nicht sein Herrschaftsbereich. Pippin genügt nicht sein angestammter Besitz. Er will mehr als die Lande um Mosel und Maas. Er will alles. Das ist die wahre Bedeutung dieser Schlacht. Es ist der Griff nach dem König. Es ist der Griff nach der Macht, wie du es nennst. Fragt sich nur noch, wie sich das für uns auswirkt.«
»Was ist mit dem Hausmeier Berchar?« fragte sie.
Der Herzog zuckte die Achseln: »Er hat die Schlacht an der Somme verloren, mehr weiß ich nicht. Doch selbst wenn er lebt, ist er vernichtet. Es gibt keinen Hausmeier Berchar mehr.«
»Und der König? Wird er Pippin anerkennen?« warf Heden atemlos dazwischen.
Der Herzog lachte bitter auf. »Der König! Herrscher über das gesamte Frankenreich! Die Zeiten sind lange vorbei, als ein König über seinen Hausmeier bestimmen konnte. Nun bestimmt der Hausmeier über seinen König. Du glaubst doch nicht im Ernst, daß

unser König Theuderich dem Arnulfinger Pippin im Wege stehen wird! Das konnte nur einer, und das war Berchar. Doch nun nicht mehr. Nun ist Pippin der mächtigste Mann in West und Ost.«
In West und Ost. Geilana blickte ihren Gemahl an, sah nicht ihn, sah seine Gedanken, verstand: Die Erde hat gebebt. Ein Gefüge ist ins Wanken geraten. Und Gozbert und mir ist eine Gefahr erwachsen. Mir noch viel mehr als Gozbert.
»Wir müßten wissen, was Pippin plant«, sagte sie leise.
»Wir dürfen nicht einfach abwarten, bis Nachrichten zu uns dringen, Nachrichten von Ereignissen, die aufzuhalten es dann zu spät ist!« bestätigte der Herzog nachdenklich. »Wir sind hier am äußersten Rande des Reiches. Zu weit weg vom Zentrum des Geschehens.«
Sie sah ihm fest in die Augen, sprach langsam, mit sorgfältig gewählten Worten: »Wie, wenn wir einmal nicht mehr weit genug entfernt wären?«
Sie sah ihre Sorge in ihm aufkeimen, Wurzeln schlagen, wachsen, die Sorge, es könne der Tag kommen, an dem der Arnulfinger auch nach der Wirziburg seine machtgierigen Finger ausstrecken würde – nach Thüringen! Der Tag, an dem der starke Arnulfinger Rechte geltend machen und durchsetzen würde, die vor langer, langer Zeit einmal ein starker Merowinger gehabt hatte, der Tag, der Gozberts Eigenständigkeit ein Ende bereiten würde, vielleicht gar seiner Herrschaft überhaupt. Und viel mehr noch ihren eigenen Träumen, den Träumen, von denen Gozbert nicht wußte, von denen keiner wußte außer dem einen . . .
Entschieden sprach Herzog Gozbert: »Ich werde einen Vertrauten an Pippins Hof senden, der dort eine Zeitlang leben soll. Und mir berichten kann, wohin Pippin steuert.«
»Bitte schickt mich, Vater!« rief Heden.
Der Herzog blickte von Heden zu Geilana. Mit den Augen stimmte sie zu.

»Ja, Heden, ich schicke dich«, erklärte der Herzog.

*

»Bitte erzählt, Mutter, bitte!« Theotbald saß am Boden neben der Feuerstelle, hatte die Arme um die Knie geschlungen und sah zu Geilana auf. Vor dem Dunkel des Raumes leuchtete sein Gesicht. Es war der Schein des Feuers, doch mehr noch seine Erwartung. Seine Augen hingen schon an ihren Lippen, bevor sie begann. Er konnte wunderbar zuhören. In seinen Zügen lebte ihre Geschichte, wurde Wirklichkeit.

Geilana rückte näher, beugte sich vor. »Du weißt«, sagte sie leise, »sie gehören nur uns beiden, meine Geschichten, nur dir und mir!«

Theotbald nickte: »Ja, sie sind unser Geheimnis.«

»Unser Geheimnis, genau. Gleich erzähle ich dir weiter. Doch erst laß hören, ob du noch weißt, was ich dir letztes Mal erzählt habe.«

»Von dem Krieg habt Ihr mir erzählt, der mehr als eineinhalb Jahrhunderte zurückliegt. Wie die Thüringerkönige miteinander im Streit lagen, und wie die Frankenkönige das ausgenützt haben. Wie die Frankenkönige Theuderich und Chlothar gemeinsam mit den Sachsen das mächtige Reich der Thüringer überfallen haben, als nur noch König Hermenefred am Leben war, wie er sich gewehrt hat, aber wie er geschlagen wurde bei der großen Schlacht an der Unstrut, wie König Hermenefred mit seiner Familie fliehen konnte, aber wie die Frankenkönige ihn in eine Falle gelockt haben. Wie sie ihn gebeten haben, mit ihnen zu verhandeln, wie sie ihm freies Geleit versprochen haben, Sicherheit für Leib und Leben, und wie sie ihn dann heimtückisch ermorden ließen!« Seine Stimme bebte vor Empörung.

»Und weißt du, warum sie das taten? Weißt du, warum sie Hermenefred ermorden ließen? Weil sie ihn fürchteten. Weil er ein mächtiger König war eines mächtigen Volkes. Weil sie nach allem Un-

recht, das sie ihm angetan hatten, keine Stunde mehr hätten ruhig schlafen können, solange er lebte.«
Sie hielt inne. Wenn Gozbert wüßte, welche Geschichten ich meinem Sohn erzähle, Geschichten, wie sie einst meine Mutter mir erzählt hat, Geschichten, deren Macht in mir lebt! dachte sie. Wenn er es jemals erfährt! Dann gnade mir Gott.
Sie legte neue Scheite ins Feuer. Sie brauchte das Lodern und Lecken der Flammen. In ihm erstanden die Bilder, die sie beschwor.

Sie war einmal dort gewesen, an der Stelle, an der früher der stolze Königshof gestanden haben sollte, ihre Mutter hatte sie hingeführt. Nichts war mehr zu sehen gewesen von stolzen Palästen, von hohen, goldschimmernden Giebeln. Und nichts von rauchgeschwärzten Trümmern. Dickicht hatte stumm die Stätte des Glanzes bedeckt, die Stätte des Grauens. Und doch war es gewesen, als würde der Boden schreien.
»Heute erzähle ich dir von Radegunde. Sie war die Nichte König Hermenefreds. Ihr Vater Berthachar war einer der Teilkönige des Thüringerreiches und ließ sein Leben in einem der Kämpfe. Da lebte Radegunde mit ihren Geschwistern am Hof ihres Onkels Hermenefred ...« Geilana erzählte von der Pracht des Königshofes, von der Macht und dem Reichtum, von der Freundschaft mit den Ostgoten und den Langobarden, von der Bedrohung durch die Franken, von frohen Festen und wilden Jagden, und dann erzählte sie von Radegunde, die jung war und schön und die Amalafred liebte, ihren Vetter.
Sie blickte ins Feuer. Das Weitersprechen fiel ihr schwer, ein Zittern war in ihrer Stimme. »Sie hat ihn immer geliebt, weißt du, vom ersten Tag an, als sie als Kind an den Hof seines Vaters kam und ihn sah. Obwohl er schon ein junger Mann war. Anfangs war es wohl nur Gutmütigkeit, auch Mitleid mit der Waisen, daß Amalafred sich um sie kümmerte. Doch als Radegunde heranwuchs, da war es auch

bei ihm mehr. Und ohne daß sie je darüber gesprochen hätten, wußten sie, daß sie zusammengehörten unverbrüchlich.«

Unverbrüchlich. Sie sah die beiden vor sich, die einander vertraut waren auf tausendfache Weise, sah sie am Fluß stehen, die Hände fest ineinander verschlungen, in den Abendhimmel sehen, der blutrot seine Glut über sie ergoß wie ein schlimmes Vorzeichen, sah ihr Gesicht, sah seines, doch es waren nicht Amalafred und Radegunde, es waren Baderich und . . .

»Und dann?« fragte atemlos Theotbald.

»Und dann«, wiederholte sie hart, »und dann kamen die Franken, und Amalafred, der mit seinem Vater im Krieg war, konnte fliehen, aber Radegunde und ihre Geschwister waren am Königshof geblieben, und die Franken überfielen den Hof und erschlugen alle Jungmannen und legten die Häuser in Schutt und Asche, mordeten die Kinder, meuchelten die Frauen, rissen Radegunde an ihren Haaren aus dem brennenden Palast, zwangen sie, das unaussprechliche Grauen zu sehen, mit bloßen Füßen durch den schauerlichen Sumpf aus Leichen und Blut zu gehen, die Schreie der Sterbenden zu hören – und selbst zu leben. Als Beute nahmen sie sie mit ins Frankenland wie ihren Bruder, und das letzte, was sie von ihrer Heimat sah, durch einen Schleier von Tränen, waren Feuer und Blut.«

Geilana brach ab. Die Flammen loderten immer höher. Sie spürte die Hitze auf der Haut. Sie spürte die Glut im Herzen.

»Mutter!« sagte Theotbald leise, flehend, »Mutter, sagt, wie ging es Radegunde weiter? Hat Amalafred sie befreit? Er hat sie doch befreit, nicht wahr, Mutter, sagt?«

Sie schüttelte den Kopf. »Nein«, erwiderte sie mühsam, »er hat sie nicht befreit. Und die Frankenkönige benutzten Radegunde, um dem Unrecht, das sie getan, einen Anschein von Recht zu geben, um sich nicht nur als Eroberer, sondern auch als Erben des Thüringerreiches auszuweisen. Radegunde wurde gezwungen, König

Chlothar zu heiraten. Und sie mußte erleben, wie ihr eigener Gemahl zum Mörder ihres Bruders wurde.«
Theotbald schrie auf, sprang auf die Füße, stieß unter Tränen hervor: »Ich hätte sie gerächt! Wenn ich gelebt hätte, damals, ich hätte sie gerächt!«
»Ja, Theotbald, das hättest du. Vergiß nicht, vergiß es nie: Radegundes Blut fließt in deinen Adern. So viele Generationen darüber auch vergangen sind, meine Familie hat es nie vergessen, wird es nie vergessen: Wir sind Verwandte des Thüringer Königshauses. Nicht gänzlich alle konnten damals ermordet werden. Und die letzten leben fort in uns. In mir und in dir.«
»Aber Heden sagt, wir sind Franken!«
Sie zuckte zusammen, schrie beinahe, beherrschte sich: Auch Hedens Mutter war aus hohem thüringischem Haus gewesen, doch aus was für einem ganz anderen, einem Geschlecht, das nichts Höheres kannte, als es den Franken gleich zu tun, seine eigene Geschichte vergessen zu machen!
Sie nahm Theotbalds Hand, legte sie auf sein Herz, hielt sie dort fest. »Du mußt fühlen, was du bist, Theotbald. Du bist, was du fühlst. Fühlst du nicht, daß du ein Thüringer bist?«
Seine Augen wurden groß und dunkel. Ein Schauern durchbebte seinen Körper. »Ja, Mutter, ich fühle es.«
Sie umarmte ihn, hielt ihn noch lange, ehe sie die Kindsmagd rief und ihn schlafen schickte.
Sie nahm ihre Stickerei, machte ein paar Stiche, ließ die Arbeit wieder sinken.
Die Bilder gingen nicht aus ihrem Kopf, die Bilder, die ihre Erzählung hatte entstehen lassen.
Baderich und sie, an jenem Abend, als sie allein zum Fluß hinunter gegangen waren, in den Abendhimmel geblickt hatten. Und er zum ersten Mal nach ihrer Hand gefaßt hatte. Sie hatten nicht gesprochen, sie hatten nur einfach dagestanden und sich an den Händen

gehalten. Aber in ihrem Schweigen war ein Singen gewesen, sie hatte es ganz deutlich gehört. Er nicht auch?
Geilana wickelte sich den Faden um den Finger, riß an ihm, bis er ins Fleisch schnitt. Sie wollte nicht daran denken. Sie tat noch immer weh, nach so vielen Jahren, die Wunde, die auch Gozbert nicht hatte heilen können, nur bedecken.
Doch dann half alles Sträuben nicht mehr. Die Erinnerung brach über sie herein:

Sie stand im Webhaus am Webstuhl, webte an dem Festmantel für den Vater, den die Mutter nicht mehr hatte vollenden können. Die Freundinnen sangen. Ihre Lieder mischten sich mit dem dumpfen Schlagen, wenn das Holz des Webbaumes gegen den Rahmen fiel, mit dem leisen Klappern der Webbrettchen. Eine Insel des Friedens war dies in der Betriebsamkeit, die seit Tagen über dem Hof lag. Hruodi, der Herzog, war gekommen, hoher, doch nicht willkommener Gast.
Die Tage der Vorbereitungen waren so mit Arbeit angefüllt gewesen, daß keiner zu einem Augenblick des Atemholens gekommen war. Doch dann, am Vorabend der Ankunft des Herzogs, als die Häuser glänzten und geschmückt waren, das Bett gerichtet, das Bier gebraut, das Brot gebacken, das Vieh geschlachtet und das Essen soweit wie möglich vorbereitet, da hatte der Vater Familie, Gefolge und Gesinde zusammengerufen und an den Gräbern der Ahnen ein Opfermahl gehalten. Trotziger als sonst hatten die alten Lieder geklungen. Und als der Vater dem großen Wodan das Trankopfer gebracht und sie alle von dem geweihten Bier getrunken hatten, da hatte sie gefühlt: Mag er kommen, der Herzog, der unser Herr ist und dem wir Tribut schulden, wir beugen uns ihm nicht. Dem Franken nicht und dem Gott der Franken nicht.
Wie stolz und frei Baderich im Gefolge ihres Vaters dem Herzog gegenübergetreten war! Wie ganz anders war Baderich, gut und

warmherzig, als dieser Herzog Hruodi, in dessen Gesicht ein Zug von gefährlicher Wachsamkeit, ja von Härte und Grausamkeit lag! Baderich ...

Die Tür ging auf, eine Magd rief aufgeregt: »Geilana! Euer Herr Vater schickt nach Euch! Ihr sollt dem Herrn Herzog zum Abschied Wein kredenzen. Der Herr Herzog bricht auf!«

Etwas Besseres kann er nicht tun, dachte sie, hielt ungeduldig still, als ihre Freundinnen ihr Haar kämmten, die goldenen Ohrringe einhängten, am Rock zupften, die bronzene Zierscheibe am Gürtelgehänge zurechtrückten, den Sitz der goldenen Spange am Halsausschnitt prüften, ging in den Hof, um als Tochter die Stelle der verstorbenen Hausfrau zu vertreten, ihr Amt auszufüllen. Mit höflichen Worten reichte sie dem Herzog den Wein, ihre Hand zitterte nicht. Doch dann, als sie seinen Blick auf sich fühlte, wurde ihr die Luft eng. Der Herzog reichte ihr das Glas zurück und sagte: »Die Zeit wird kommen, Geilana, in der du mir öfter zutrinken wirst. Bis dahin nimm meinen Ring!«

Und dann zog er einen goldenen Ring von seinem kleinen Finger, nahm ganz selbstverständlich ihre Hand, steckte ihn ihr an, stieg aufs Pferd, grüßte noch einmal und sprengte davon.

Längst war der Herzog mit seinem Gefolge davongeritten, hatte sich die Staubwolke im Hof gelegt. Sie hielt noch immer die Hand mit dem Ring des Herzogs von sich gestreckt, als gehöre sie nicht zu ihr. Schweigend standen die Familie und die Gefolgsmänner ihres Vaters im Hof.

Endlich hob sie den Kopf, suchte mit den Augen Baderich. Baderich hatte den Kopf gesenkt, blickte zu Boden.

Da trat ihr Vater neben sie, faßte sie an der Schulter, schob sie ins Wohnhaus, schloß die Tür hinter sich.

»Herzog Hruodi hat mich um deine Hand gebeten. Heute morgen, kurz vor seinem Aufbruch.«

Sie starrte noch immer auf den Ring.

»Viele Mädchen wüßten kein größeres Glück, als Hruodis Gemahlin zu werden. Ich weiß, daß du nicht zu ihnen gehörst, Geilana. Aber ich mußte zustimmen.«
»Warum gerade ich?« flüsterte sie tonlos.
»Hruodi sucht gute Beziehungen zu den alten thüringischen Familien, ebenso wie es sein Bruder Gozbert tut. Die ständige Bedrohung durch die Wenden und vieles mehr noch. Er weiß, daß er uns thüringische Adalinge braucht. Und du bist die einzige Tochter aus einer der ältesten Familien. Diese Heirat ist ein sehr kluger Schritt von ihm. Und ich kann es mir nicht leisten, sie abzulehnen. Hruodi ist nicht irgendein Freier. Hruodi ist mein Herr.«
»Aber ich will nicht!« schrie sie. »Ich will nicht diesen Franken heiraten, ich will nicht Herzogin werden, ich will nicht!«
Er nahm sie in den Arm, sie schluchzte an seiner Brust. Er drückte ihre Schulter. »Du mußt«, sagte er leise.
Sie riß sich von ihm los. »Nein!« schrie sie und trommelte mit den Fäusten gegen seine Brust. »Nie! Nie!«
Sie sah das drohende Zusammenziehen der Augenbrauen ihres Vaters, das Aufblitzen in seinen Augen, wußte, daß sie zu weit gegangen war, daß sie so sich ihrem Vater gegenüber nicht verhalten durfte, nahm ihre Kraft zusammen, beherrschte sich, bat verzweifelt: »Bitte, Vater, bitte!« Und dann, nach tiefem Atemschöpfen: »Ich kann doch den Herzog nicht heiraten. Ich liebe doch Baderich!«
»Baderich?« Jetzt war die Stimme des Vaters scharf. »Ich habe dich nicht Baderich versprochen!«
»Nein, aber . . .« Verstand er denn nicht?
Wenn nur ihre Mutter noch lebte!
Der Gedanke an die Mutter gab ihr neuen Mut. »Mutter hätte es nicht gewollt!« sagte sie. »Mutter hat immer gesagt, wir dürfen nicht vergessen, wer wir sind. Wir müssen unser Erbe bewahren, hat sie gesagt, rein und unverfälscht!«

»Es gibt eine Zeit des Kampfes, und es gibt eine Zeit der stillen, aber zähen Verfolgung seiner Ziele. Jetzt ist nicht die Zeit des Kampfes. Deine Mutter wäre klug genug gewesen, das Unvermeidliche zu erkennen und sich darein zu schicken. Sie wäre klug genug gewesen zu wissen, daß es viele Wege gibt, das Erbe zu bewahren. Und daß das Bett des Herzogs nicht der schlechteste Weg dazu ist!«

Sie zuckte zusammen unter der schonungslosen Rohheit seiner Worte. Sie fand keine Antwort auf dies.

»Geilana, sei dir darüber im klaren: Du wirst Hruodi heiraten. Du weißt, daß ich dich zwingen kann. Wenn es sein muß, werde ich es tun. Aber es wäre besser für dich, du würdest dich fügen.«

Verzweifelt suchte sie nach einem Ausweg, rief die Göttin an, die Große. Da fiel ihr plötzlich ein, und triumphierend sagte sie, sicher, daß sie nun gerettet sei: »Aber der Herzog ist Christ! Er würde kein Mädchen heiraten, das nicht seinen Glauben hat!«

Das würde ihn überzeugen, den Vater, der ein glühender Anhänger des Glaubens der Ahnen war, der so streng auf die Einhaltung der Bräuche achtete, der jedes Jahr ein Pferd opferte, der ...

Doch der Vater sagte: »Ja. Der Herzog hat befohlen, daß du getauft wirst. Er hat den Priester dagelassen, der ihn begleitet hat.«

Da fing sie an zu schreien, hoch und wild, einen Schrei, der nicht mehr zu ihr zu gehören schien, der sich losriß von ihr und der erst abbrach, als der Vater ihr ins Gesicht schlug.

Und es begann ein erbitterter Kampf zwischen ihrem Vater und ihr. Der Vater sperrte sie ein, in einem kleinen Grubenhaus, das schon öfter als Gefängnis gedient hatte. Keiner durfte sie besuchen außer dem einen, den sie nicht sehen wollte: dem christlichen Priester. Jeden Tag kam dieser zu ihr und sprach fremde Worte, die sie nicht verstand, von Hölle und Teufel, vom ewigen Gericht und der Vergeltung guter und böser Taten, von Auferstehung, von heiliger Dreieinigkeit und dem einen Gott.

Sie hörte nicht zu.

Sie brütete vor sich hin.
Sie wartete auf Baderich, der kommen würde, kommen müßte.
Dann fiel ihr ein, was sie tun könnte, was ihr als einziges blieb: Sie verweigerte jede Nahrungsaufnahme. Der Hunger bohrte in ihrem Magen, doch schlimmer war der Durst, wie die Zunge am Gaumen klebte, der Körper qualvoll nach dem Wasser verlangte, das die Magd ihr bittend hinhielt.
Doch stärker als der Durst war ihr verzweifelter Wille.
Ihr Vater kam immer wieder zu ihr, redete zu ihr, bat sie, drohte ihr.
Sie schwieg.
Sie wurde immer schwächer.
Dann – am wievielten Tag? – ging wieder die Tür auf. Sie hob nicht den Kopf. Sie wollte ihn nicht sehen, den Priester.
Da umfaßten warme Hände ihre kalten. Und eine vertraute Stimme sprach ihren Namen.
Der Blick kehrte in ihre Augen zurück, und sie sah Baderich. Er war neben dem Stuhl, auf dem sie seit Stunden reglos gesessen hatte, niedergekniet, hielt sie.
Baderich. Endlich.
So lange hatte er auf sich warten lassen. Nun hatte er also doch einen Weg gefunden, sie zu befreien.
Jetzt würde alles gut werden.
Er reichte ihr einen Becher Bier: »Trink, Geilana!« sagte er. Seine Stimme klang so, wie nur seine Stimme klingen konnte: warm und zärtlich. Sie nahm den Becher und trank. Er gab ihr Brot, sie biß hinein, kaute langsam, trank noch mehr Bier.
Ein merkwürdiges Schweben war in ihrem Kopf. Sie würde nicht mehr laufen können. Er würde sie tragen müssen. In seinen Armen tragen.
»Geilana, ich habe es dir nie gesagt. Aber jetzt sage ich es: Ich liebe dich. Glaubst du mir das?«
Sie nickte. Ja, natürlich. Wie lange hatte sie auf diesen Augenblick,

auf diese Worte gewartet! Nun klangen sie irgendwie anders als erhofft.
»Dann mußt du jetzt auch tun, was ich dir sage. Versprichst du mir das?«
Sie nickte.
»Schwöre es! Schwöre, daß du tun wirst, worum ich dich bitte!«
Sie schwor.
»Geilana, du und ich, wir verstehen uns. Wir lieben unsere Heimat. Wir würden alles tun, um ihr zu dienen. Kein Opfer wäre uns dafür zu groß, nicht wahr?«
Sie sah ihn unverwandt an. Warum sprach er von solchen Dingen – jetzt? Warum sprach er nicht von ihnen beiden, von ihrer Flucht?
Er fuhr fort: »Und darum müssen wir tun, was notwendig ist. Wir müssen tun, was uns abverlangt wird. Ich muß es, und du mußt es. So sehr es uns auch wehtut, dir und mir. Geilana, du mußt Herzog Hruodi heiraten.«
Es ist nicht wahr, dachte sie. Es ist nicht Baderich, der das verlangt. Baderich nicht.
»Geilana, ich muß dir etwas sagen. Ich werde . . .« Er stockte, sprach dann sehr rasch weiter: »Ich werde Menia heiraten. Dein Vater hat es von mir gefordert. Du mußt verstehen, Geilana, er ist mein Gefolgsherr, ich habe ihm Gehorsam geschworen. Ich habe mich heute mit Menia verlobt.«
Sie merkte nicht mehr, wie er sie wieder verließ. Später waren die folgenden Stunden und Tage nur noch ein schwarzes Loch in ihrer Erinnerung.
Diese setzte, bruchstückhaft und verworren, erst wieder ein bei ihrer Taufe.
Das weiße Gewand, die lateinischen Beschwörungsformeln, die sie nicht verstand, von denen sie dennoch begriff, daß sie durch sie auf ewig von ihren Göttern getrennt werden würde, die Fragen: Schwörst du ab dem unreinen Geist . . . Bekennst du, daß es der

Teufel war, den du verehrt hast... Schwörst du ab allem Teufelsdienst... Gelobst du Gehorsam dem Glauben der heiligen Kirche...., Fragen, auf die der Priester kein Ja verlangte, auf die er ihre Sprachlosigkeit als Zustimmung nahm, ihre Willenlosigkeit, mit der sie alles mit sich geschehen ließ, als sei sie eine Tote, das Untertauchen im Fluß, in nomine patris et filii et spiritus sancti. Amen. Und dann die Hand des Priesters, das Kreuzeszeichen, mit dem er Stirn, Augen, Ohren, Nase und Mund, Brust und Herz versiegelte und dabei den Geistern verbot, zu ihr zurückzukehren, ihren Göttern, und sie noch immer stumm, ausgeliefert den Händen dieses Mannes. Des Priesters, der kein Recht hatte, sie zu berühren.
Und später dann die Hände Hruodis, ihres Gemahls.

»Herrin, bitte, hört Ihr mich nicht?« Arohild, die vertraute Magd, stand vor ihr.
Geilana blickte auf, brauchte lange, um in die Gegenwart zurückzukehren, wehrte ab: »Ich will nicht gestört werden!«
»Aber der Herr Herzog bittet Euch zu sich. Es sind Gäste da. Herrin, bitte!«
Widerstrebend stand sie auf. Gozbert verlangt nach mir. Gozbert – er ist ganz anders, als Hruodi war. Wäre ich gleich mit Gozbert verheiratet worden, was wäre mir erspart geblieben!
Sie riß sich aus ihren Gedanken, ließ sich von Arohild den Schmuck anlegen, das Haar kämmen, das Haarnetz mit den beiden Goldnadeln feststecken und ging über den Burghof in die hohe Halle.
Jene Männer des engen, ausgewählten Gefolges des Herzogs, die er mit dem Recht zu seiner Tischgemeinschaft ausgezeichnet hatte, saßen mit Gozbert beim Bier, dazu heute auch einige hohe Dienstmannen, Mundschenk, Leibarzt und Hofpriester, doch auch eine Gruppe Fremder, ungewöhnliche Gestalten, in seltsame ungefärbte Kapuzenmäntel gehüllt, die sie mehrfach um sich geschlungen trugen.

Alle außer dem Herzog erhoben sich, als Herzogin Geilana die Halle betrat. Sie ging auf die Fremden zu, die sich verneigten. Ehrfurchtsvoll schlugen sie vor ihr die Augen nieder, nur einer blickte ihr ins Gesicht, mit klarem, ernstem Blick.
Der Herzog sagte: »Unsere Gäste sind Mönche aus dem fernen Hibernien, das in ihrer Sprache Erin heißt, du hast sicher von ihrer Heimat gehört, Geilana, der Insel der Heiligen. Sie kommen zu uns, getrieben von der Liebe zu unserem Herrn Christus, in dem Wunsch, hier unseren Glauben zu verkündigen. Dies hier ist Killena, er ist Bischof, und dies sind seine Begleiter Totnan, Colman, Aed, Tadg, und wie sie alle heißen. Bischof Killena erbittet meinen Schutz für sein Werk und das seiner Gefährten, den ich ihm zugesagt habe. Unten in der Siedlung jenseits des Mains werde ich ihnen eine Bleibe zuweisen. Im übrigen kommt der Bischof auf Anraten Pippins und mit dessen Schutzbrief zu uns. Er war an Pippins Hof und hat dort Heden kennengelernt. Heden gab ihm den Auftrag, uns von ihm zu grüßen. Es gehe ihm sehr gut, läßt Heden uns wissen. Und er hat mir einen Brief mitgesandt, den er hat schreiben lassen.«
Noch immer sah Geilana diesen Bischof Killena an, noch immer erwiderte er ihren Blick. Das war kein Mann, der zurückwich.
Endlich trat er einen Schritt auf sie zu. »Gott segne dich, meine Tochter!« sagte er und berührte ihre Stirn, um sie mit dem Zeichen des Kreuzes zu segnen.
Die Hände des Priesters.
Sie fuhr zurück: »Ich bin nicht deine Tochter!« Ihre Stimme klang wie ein Aufschrei.

*

Aed stieg die Leiter auf den hölzernen Turm hinauf, hob die Handglocke, läutete sie nach Norden und Süden, nach Osten und Westen,

den Fluß hinauf und hinunter, in die Talbucht hinein und hinüber zum Burgberg und dem Herzogshof jenseits des Mains. Wie daheim im Kloster zeichnete er so mit dem Klang der Glocke ein Kreuz über das Land, segnete es.
Laudate Dominum omnes gentes: Lobet den Herrn, alle Heiden, preiset ihn, alle Völker!
Mit jedem Glockenton schwang seine Seele mit. Was für ein Tag!
O Herr, daß du mir die Gnade erweist, diesen Tag erleben zu dürfen! Daß ich es bin, den Bischof Killena dazu bestimmt hat, zu Deinem Gottesdienst zu rufen, dem ersten im neuerbauten Oratorium! Im Herzen dieser Siedlung, genau da, wo der Fernweg von der Furt durch den Fluß herkommend endet, unser Oratorium! Könnte es einen bedeutenderen, einen bedeutungsvolleren Platz geben? Ausgezogen sind wir in die Fremde, und so wunderbar hat uns der Herr ans Ziel geführt.
Hat nicht Sein Segen uns von Tag zu Tag geleitet, bei der Überfahrt, auf der Wanderschaft, am Hof des Größten der Großen, des mächtigen Pippin, und nun hier, im Schutze Herzog Gozberts, der uns dieses Oratorium errichten ließ? Auch unsere Zellen wollte er erbauen lassen, aber Bischof Killena hat darum gebeten, daß wir dies selbst tun dürfen, unserem Brauch gemäß. Bald werden sie fertig sein. Kleine Hütten neben dem Oratorium – fast wie im Kloster.
Nein, nicht wie im Kloster. Nicht abgeschieden, sondern mitten im weltlichen Leben, zwischen Händlern und herzoglichen Dienstmannen, Bauern und Handwerkern. Bischof Killena sucht nicht die Einsamkeit, er sucht die Wirkungsmöglichkeit, getrieben von der Liebe Gottes.
Wer erfaßt ist von der Wahrheit Gottes, der kann nicht schweigen. Der muß sie denen bringen, die sie nicht kennen. Gehet hin und lehret alle Völker …
Ja, er lehrt sie, und sie kommen und hören. Täglich werden es mehr.

Getaufte und Ungetaufte. Die Finsternis, in der die Getauften leben, ist kaum geringer als die Finsternis der Heiden. Im gleichen Augenblick schlagen sie das Kreuz und sprechen einen Abwehrzauber. Sie feiern die Heilige Messe und opfern den Dämonen. Statt auf den Schutz des Gebetes vertrauen sie auf den Schutz von Zauberamuletten. Und sie vergessen, daß Christus am Kreuz gestorben ist für unsere Sünden und daß sein Kreuz tragen muß, wer ihm nachfolgt. Unser Bischof aber zündet unter ihnen das Licht an, das in der Dunkelheit leuchtet.
Keiner kann so lehren wie Bischof Killena. Wenn ich ihm zuhöre, ist Frieden in mir, ein Frieden, wie ich ihn früher nicht kannte. Sich seiner Führung zu überlassen. Sicher und geborgen kann sich fühlen, wer das tut. Hoch sind seine Anforderungen, doch er selber erfüllt sie als erster. Seine Güte und seine Weisheit – aber auch seine Strenge. Er sieht nichts nach, legt seinen Finger genau auf die wunde Stelle. Sehr schmerzhaft ist das oft, doch immer heilsam.
O Gott, ich danke Dir, daß Du mich diesem Mann zugesellt hast, der mir den Weg zu Dir weist!
Aed ließ die Glocke sinken, stieg vom Turm hinunter, trat zu den anderen Mönchen, zog mit ihnen gemeinsam ins Oratorium ein. Der kleine Raum war übervoll. Auch die herzogliche Familie wohnte dem Einweihungsgottesdienst bei.
»Gott sei uns gnädig und segne uns, er lasse uns sein Antlitz leuchten, daß man auf Erden erkenne seinen Weg, unter allen Heiden sein Heil. Es danken Dir, Gott, die Völker, es danken Dir alle Völker . . .« sangen die Mönche in lateinischer Sprache.
Halb andächtig, halb neugierig hörten die Männer und Frauen aus der Burg, dem Herzogshof, der Siedlung und den verstreut liegenden Bauerngehöften dem Gesang zu, der feierlicher und vollkommener klang als alles, was sie von ihren früheren Gottesdiensten gewohnt waren. Sie ließen kein Auge von den fremden Gestalten. Adliger Herkunft seien die meisten von ihnen, erzählte man sich,

aus großen, bedeutenden Familien, vielleicht zählte gar einer einen König zu seinen Vorfahren! Und doch hatten sie alles verlassen, was ihnen zu Gebote stand, und lebten so arm!
Nur eine blickte nicht die Mönche an: die Herzogin. Mit unbewegtem Gesicht und zusammengepreßten Lippen schaute sie den ganzen Gottesdienst über zu Boden.

*

Aed rann der Schweiß die Stirn herab. Es war Mittag, die Sommersonne brannte herab, eine schwüle Hitze stieg aus den sumpfigen Wiesen, welche die flache Erhebung rechts des Flusses umgaben und schützten, auf der die Siedlung errichtet war, in deren Mitte nun die Bleibe der Mönche entstand. Seit dem Morgen, unterbrochen nur durch die Gebetszeiten, schwang Aed gemeinsam mit Diakon Totnan die Axt, im stets gleichen Rhythmus, Schlag auf Schlag. Die Bohlen für die Wände der Mönchszellen mußten zurechtgeschlagen werden. Gestern war einer der Brüder vor Erschöpfung zusammengebrochen – die schwere Arbeit, und dann dieses ungewohnte Klima hier, drückend und schwül.
Auch Bischof Killena arbeitete sonst mit ihnen. Obwohl er älter war als die meisten Brüder, schonte er sich nicht, scheute sich nicht vor noch so harten Mühen. Doch heute war er zum Herzog gerufen worden.
»Brüder?« Die Mönche hielten inne, sahen auf. Eine junge Bäuerin stand vor ihnen, einen Krug und einen Becher in der Hand. »Ihr werdet Durst haben. Darf ich euch Bier reichen?«
Sie gab den Becher an Totnan, der dankte, trank und gab ihn Aed weiter. »Laß mich nachfüllen!« sagte die Frau und lächelte. Aed hielt ihr den Becher hin, sie griff danach, ihre Hände berührten sich. Da sah er sie an. Sie hatte eine sehr helle Haut, wie durchsichtig. Sie füllte den Becher, Bier floß über seine Hand, über ihre.

Finda, ihre zarte Haut, die grünen Augen, wie sie mich ansah, so verheißungsvoll, der Duft ihres Haars, ihr schweres, rotes Haar, Finda, die Blumen im Arm, sie in meinen Armen, ihr Mund auf meinem Mund ... O Finda, könnte ich dich noch einmal sehen, noch einmal spüren, so wie diese Frau hier, die so jung und schön ist. Ich möchte sie ...

Aed zog seine Hand zurück, als habe er sie verbrannt. Auch die Frau hatte den Becher losgelassen. Er fiel zu Boden.

»Verzeih mir«, murmelte Aed, bückte sich, gab ihn der Frau zurück, sah sie nicht mehr an, wandte sich um, ging auf das Oratorium zu, mußte sich zwingen, nicht zu rennen, trat in den halbdunklen Raum, warf sich vor dem Kruzifix auf die Knie.

Er konnte nicht beten, nicht den Namen Gottes anrufen. Da waren keine Gebete mehr in seinem Inneren, nur noch blankes Entsetzen. Und plötzlich dröhnten in seinen Ohren die Worte des heiligen Columban, die er selbst einmal abgeschrieben hatte: Die Keuschheit des Mönches wird nach seinen Gedanken beurteilt, denn auch ihm gilt, was der Herr zu seinen Jüngern sagte, die kamen, um Ihn zu hören: Wer ein Weib ansieht, um ihrer zu begehren, der hat schon mit ihr gesündigt in seinem Herzen. Was nützt es denn, jungfräulich am Leibe zu sein und nicht jungfräulich im Geiste? Gott, der Geist ist, wohnt in dem Geist, den Er als rein erkennt, in dem kein unlauterer Gedanke ist, kein Makel eines bösen Geistes, keine Befleckung durch Sünde.

Keine Befleckung durch Sünde.

So kann Gott nicht mehr wohnen in mir.

Was soll ich nur tun!

Jede Sünde kann gebüßt werden, solange wir im Leibe sind.

Könnte ich beichten, jetzt sofort!

Aber Bischof Killena ist in der Herzogsburg, kommt erst am Abend zurück!

Warum bin ich so schwach? Warum kann ich meine Gedanken und

Gefühle nicht beherrschen? Warum bin ich so unvollkommen in der Mortificatio? Wird es mir nie gelingen, meine Begierden abzutöten? Ich armer, elender, sündiger Mensch.
Werde ich nie Gnade finden können vor Seinen Augen?
Ich habe meine Familie verlassen, ich habe meine Heimat verlassen, ich habe das Kloster verlassen. Was soll ich denn noch tun? Nur eines noch kann ich verlassen – den Schutz der Brüder. Den Schutz des Bischofs.
Die selbstgewählte Einsamkeit in der Fremde. Der äußerste Verzicht. Die höchste Stufe des weißen Martyriums.
Aus der Tiefe rufe ich, Herr, zu Dir, Herr, höre meine Stimme. Laß Deine Ohren merken auf die Stimme meines Flehens! So Du willst, Herr, Sünde zurechnen, Herr, wer wird bestehen? Denn bei Dir ist die Vergebung, daß man Dich fürchte ...
Aed konnte wieder beten, und im Gebet wich langsam das Entsetzen von ihm. Er würde Bischof Killena alles beichten. Er würde die Buße ertragen, die der Bischof ihm auferlegte. Daß sie hart sein würde, schreckte ihn nicht.
Und er würde den Bischof bitten, ihn in die Einsiedelei zu entlassen. Wenn Bischof Killena es erlaubte, würde er sich irgendwo im Wald, fernab von den Menschen, fernab von jeder Frau, eine Stelle suchen, an der er sich ganz und gar dem Herrn weihen konnte.

Kapitel 3

Gisela rückte die Kette gerade, damit das bronzene Kreuz auf der Mitte der Brust lag, und griff nach dem Kamm. Kaum hatte sie ihn berührt, zog sie die Hand zurück, als sei er nicht aus zierlich gemustertem Knochen, sondern aus glühendem Eisen. Beinahe hätte sie es vergessen! Heute war Sonntag, und wenn sie noch einmal am Sonntag ihr Haar kämmte, würde der heilige Martin sie strafen und ihre Hand lähmen. Das hatte Priester Engelbert ihr angedroht und mit finsterer Miene viele Beispiele schrecklicher Strafen erzählt, die über Ungehorsame gekommen waren, welche den Sonntag nicht heiligten.

Gisela seufzte. Nicht Flachs hecheln, nicht Wolle färben, nicht spinnen, nicht weben, nicht waschen, nicht backen – all dies erfüllte sie gern. Aber ihr Haar nicht kämmen!

Die Mutter rief nach ihr. Eilig schlang sich Gisela das Schultertuch um und kletterte die Leiter von der Empore in den Wohnraum hinunter, trat neben Gudrun. Die anderen warteten bereits, sonntäglich gekleidet und geschmückt.

Der Vater öffnete die Tür, reichte der Mutter den Arm. Mit gemessenen Schritten gingen sie über den Hof und den kurzen Weg zur Kirche hinüber, vorneweg der Bauer und die Bäuerin, danach ihre beinahe erwachsenen drei Kinder Guntheri, Gudrun und Gisela – der kleine Gerold, der nachgeborene Sohn, durfte nicht mit, er wußte sich in der Kirche noch nicht zu betragen –, zum Schluß die drei Knechte und vier Mägde: eine wohlhabende Hofbauernfamilie, die sich sehen lassen konnte und die auf sich hielt.

Die anderen Mitglieder der christlichen Gemeinde warteten im Kirchhof vor dem Portal der Kirche zu Lanchheim. Viele waren es

nicht, einige Bauernfamilien aus umliegenden Weilern und Dörfern, nur noch eine weitere Familie aus Lanchheim. Gisela grüßte nach allen Seiten, bekreuzigte sich am Grab der Großeltern, des Onkels, der kleinen Schwester, trat hinter den Eltern in den rechteckigen hölzernen Kirchenbau, beugte das Knie, ging an ihren Platz in der Nähe der Chorschranken, die den Altarraum abtrennten. Stolz sah sie sich um. Wenn die Familie des Grafen Matto, dem diese Kirche gehörte, nicht in der Gegend weilte, so gebührte ihnen hier der Vortritt, so war es, als sei diese Kirche ihr eigen. Hatte nicht ihr Großvater einst im Auftrag des damaligen Grafen den Bau dieser Kirche geleitet und überwacht, hatte er nicht selbst mit Hand an diesen Bau gelegt, den Balken über der Eingangstür so kunstvoll geschnitzt, wie es kaum ein anderer konnte?
Der Gottesdienst begann. Im Wechsel der Liturgie murmelte sie die lateinischen Verse mit, wußte nicht, was ihre Lippen da sprachen, freute sich am feierlichen Klang, am Glanz der bronzenen Schüssel mit dem Weihwasser, am Muster der Altardecke, die sie selbst mit Goldfaden zu besticken geholfen hatte. Keiner hatte den Fehler gesehen, der ihr dabei unterlaufen war, nur Waghild.
Waghild. Dort drüben hatte sie immer gestanden, beim Niederknien den Kopf so fromm gesenkt, niemals versäumt, zur rechten Zeit das Kreuz zu schlagen. Nun war ihr Platz leer, eine anklagende Lücke, die niemand schloß. Dabei hatte sie niemals in der Kirche gefehlt, niemals, seit Wolfger sie ein Jahr nach dem Tod seiner ersten Frau von einer Reise in den Süden als seine Ehefrau mitgebracht hatte, bis zu jenem Sonntag . . .
Gisela erinnerte sich genau. Sie hatten hier gekniet wie nun auch, und sie hatte zu Waghild hinübergesehen:

Wie schön sie aussieht. Solche Ohrringe aus Bronze hätte ich auch gern, und dann ihre beiden Spangen, gleich zwei hat sie davon, dieses Kreuzmuster in den Bronzescheiben, ob ich so etwas auch einmal bekommen kann, wenigstens eine, vielleicht zu meiner Hochzeit? Wenn mein Haar nur so wäre wie ihres, nicht rot und widerborstig, sondern hell und schimmernd. Es glänzt fast wie Silber. Hat sie es wirklich nicht gekämmt heute morgen? Merkwürdig. Manche Frauen werden häßlich in der Schwangerschaft. Waghild wird immer schöner.

Ob auch Arnulf das sieht?

Da, das Kind hat sich in ihrem Bauch bewegt. Wie sie lächelt und mit der Hand darüberstreicht! Aber jetzt, sie tastet nach dem Beutel an ihrem Gürtel, faßt hinein, so verstohlen und heimlich, was tut sie?

Unser Priester hat es auch gesehen. Schon ist er bei ihr, packt ihre Hand. Wie sie sich sträubt. Er biegt ihr die Finger auf.

Da! Jesus und Maria!

Zaubermittel. Der durchlochte Stein. Er wehrt böse Geister ab.

Früher hatte Priester Engelbert nichts gegen solche Steine. Als ich klein war, hat er mir sogar mal einen geschenkt. Aber jetzt hat er sie verboten. Vater sagt, dafür hat Graf Matto gesorgt, der viel strenger in all diesen Dingen ist, als es sein Vater war. Seit Graf Matto unser Herr ist, nimmt Priester Engelbert das alles so genau. Schrecklich streng ist er geworden, und alles verbietet er. Kaum jemand hält sich daran. Aber mußte sie sich denn ausgerechnet von ihm ertappen lassen? Hier in der Kirche!

Wie er den Stein ansieht. Wie er sie ansieht. Dieses unheilvolle Schweigen. Und jetzt seine Stimme, empört und gnadenlos . . .

O nein, so verdammt zu werden! Sie wollte doch nur ihr Kind schützen. Heiliger Martin, wie sie dakniet, so stumm und zitternd! Aber da, sie strafft sich, wirft den Kopf zurück, steht auf: »Ich trage die Amulette, die meine Schwägerin mir geschenkt hat. Und ich schütze damit mein Kind, wie Wolfger, mein Mann, es mich geheißen hat!« Und geht. Geht hoch erhobenen Hauptes aus der Kirche.

Gisela zuckte zusammen. Die anderen standen auf, beinahe wäre sie als einzige knien geblieben! Doch wie sollte man dem Gottesdienst folgen, wenn man an Waghild dachte?
Nie wieder seit jenem Sonntag hatte Waghild einen Fuß über die Schwelle der Kirche gesetzt. Als sei sie nicht getauft. Als gehöre nun auch ihre Seele wie ihr Leib zu denen, die dem alten Irrglauben anhingen, zu Wolfger und seiner Sippe, die sich trotzig gegen die Lehre der Kirche verschlossen, jedes Fest und jede Totenfeier zu einer unübersehbaren wilden Kundgebung ihres Festhaltens am Hergebrachten machten.
Wie das wohl weitergehen würde mit Waghild? Der Vater hatte gesagt, die Ruhe sei trügerisch. Priester Engelbert werde nicht dulden, daß sich Waghild vom wahren Glauben abwende. Er warte nur auf die Rückkunft Graf Mattos ... Dann werde Waghild bereuen, daß sie der Kirche den Rücken gekehrt habe ...
Und wenn Graf Matto erst erfuhr, was Wolfger mit Priester Engelbert gemacht hatte! Was geschehen war am Tag nach jener Mittwinternacht, in der Waghild gesehen worden war, wie sie an der heidnischen Opferfeier teilgenommen hatte ...
Am Nachmittag des darauffolgenden Tages war es gewesen, als sie, Gisela, am Zaun von Wolfgers Anwesen vorbeigegangen war, nur scheinbar zufällig:

Soll ich einfach hineingehen, so wie sonst, als wäre nichts? Mutter hat es mir verboten. Aber sie sieht es nicht. Doch wenn sie es erfährt? Was ist plötzlich für ein Geschrei im Haus? Das muß Wolfger sein, der da so brüllt. Da – die Tür geht auf. O Gott, Wolfger wirft Priester Engelbert aus seinem Haus, hat ihn am Kittel gepackt wie ein Katze, trägt ihn, als wiege er nichts, setzt ihn heftig auf den Boden, genau in eine Schlammpfütze!
»Du beleidigst meine Frau nicht noch einmal! Nie mehr störst du den Frieden meines Hauses, oder ich fordere dich zum Kampf!

Dann werden wir ja sehen, wessen Götter stärker sind, meine oder deiner!«
Mit hochrotem Kopf steht Engelbert auf. Weiß er, wie lächerlich er aussieht? Seine Stimme kippt in schrille Töne um: »Sie muß bestraft werden! Statt sich meine Ermahnung zu Herzen zu nehmen, läuft sie einfach aus der Kirche! Und bleibt ihr fern! Und treibt Teufelsanbetung, Totenbeschwörung! Sie ist eine Sünderin!«
»Sünderin? Weil sie ihrem Mann gehorcht? Weil sie in Ehren hält, was unsere Ahnen in Ehren gehalten haben?«
»Sie hat kein Recht dazu! Sie ist getauft. Gott läßt keinen los, der ihm gehört. Und ich werde dafür sorgen . . .«
Ihr heiligen Nothelfer! Wolfger zieht sein Schwert, ganz ruhig und bedächtig, hebt es langsam, langsam. Priester Engelbert weicht rückwärts, geht aus dem Hof, läßt keinen Blick von der Waffe. Er fürchtet sich, das sieht man. Wolfger fürchtet nichts. Und jetzt rennt Priester Engelbert davon, sein schlammverschmierter Mantel flattert hinter ihm her. Er sieht gar nicht mehr würdig aus. Eher wie ein aufgescheuchtes Huhn.

Bei dieser Erinnerung lachte Gisela vor sich hin. Sofort stieß ihr Gudruns spitzer Ellenbogen in die Seite.
Sie versuchte ihre Gedanken wieder auf den Gottesdienst zu richten. » . . . ora pro nobis«, fiel sie mit den anderen in den Sprechgesang des Priesters ein. Was Waghild in diesem Augenblick wohl tat? Wie es ihr ging? Ob sie wirklich nicht mehr zur Kirche kommen wollte? Oder ob Wolfger es ihr verboten hatte? Sie, Gisela, hatte Waghild nicht mehr besuchen dürfen. Früher war sie öfter bei Waghild gewesen, und manchmal war Arnulf dabeigewesen, Wolfgers Sohn. Wenn Waghild von ihrer Heimat erzählt hatte und von den glänzenden Siegen des Grafen, des Grundherrn ihrer Familie, hatte Arnulf gerne zugehört. Und manchmal hatte er ein Lied gesungen. Er hatte eine so tiefe Stimme.

Seither sah sie ihn nur noch von ferne, hatte nie mehr ein Wort mit ihm gesprochen. Seine Stimme zu hören ...
Schon wieder traf sie der spitze Ellenbogen. Sie hatte vergessen niederzuknien.
Endlich war der Gottesdienst aus. Die Sonne war hervorgebrochen, ließ den Schnee glitzern, zeichnete scharf die Dächer der fünf Gehöfte nach, die den Bachlauf entlang lagen, rückte den langgestreckten Berg näher, den Schwanberg, der die weite Ebene nach Süden begrenzte.
Eine Magd rannte den Weg von Wolfgers Hof herunter auf die Gruppe der Kirchgänger zu, grüßte, wandte sich an Giselas Mutter: »Frau Fridburg, darf ich Euch bitten, zu meiner Herrin zu kommen. Es ist soweit. Die Wehen haben heute nacht eingesetzt. Die anderen Bäuerinnen sind schon bei ihr, und Frau Wolfburg hat alles bereitet nach dem Brauch, ich meine, die bösen Geister gebannt ...« Die Magd verstummte, sah zu Boden, fügte dann leise und mühsam hinzu: »Es steht nicht gut. Sie leidet sehr. Bitte, kommt schnell!«
Gisela hielt den Atem an. Was würde die Mutter tun? Es war ein fester Brauch, daß sich die Hofbäuerinnen gegenseitig beistanden. Aber Mutter hatte Waghild in den letzten Wochen behandelt, als sei sie gar nicht da.
Die Mutter preßte die Lippen zu einem dünnen Strich zusammen. Dann sagte sie: »Wenn Wolfburg alles bereitet hat, muß das Waghild genügen. Wenn sie der Schmerz auf die Knie zwingt, soll sie spüren, wie verlassen sie von Gott ist!« Heftig ergriff sie ihren Rock und ging so rasch weiter, daß Schlüssel, Schere und Messer an ihrem Gürtel klirrend aneinanderschlugen.
Die Stunden, entleert von der üblichen Arbeit, vergingen langsam. Man feierte den Sonntag wie jeden anderen, doch festliche Stimmung wollte nicht aufkommen. Blicke, die sich trafen, irrten ab, suchten das Schweigen zu wahren, das hinter belanglosen Gesprächen laut in den Ohren klang.

Endlich, am Nachmittag, klopfte es an der Tür des Wohnhauses. Es war, als habe jeder auf dieses Klopfen gewartet. Gisela öffnete. Arnulf stand davor, ging blicklos an ihr vorbei, in den Raum hinein, zu Giselas Mutter.
»Fridburg, es fällt mir nicht leicht, zu dir zu kommen. Du wolltest Waghild nicht beistehen. Aber jetzt bitte ich dich: Bedenke die alten Bindungen zwischen unseren Familien und hilf!«
Die Mutter krampfte die Hände um die Stuhllehnen: »Was willst du von mir? Kommt das Kind nicht?«
»Doch. Es ist geboren. Ein Mädchen. Aber Waghild . . .« Er brach ab, sagte tonlos: »Sie stirbt. Wolfburg sagt, sie weiß keine Hilfe mehr. Waghild verblutet. Und . . ., und – sie verlangt nach dem Priester.« Nun schrie er fast: »Verstehst du, Fridburg, sie verlangt nach eurem Priester! Das ist ihr einziger Wunsch. Ihr letzter. Mein Vater, mein Vater . . . O Fridburg, hilf! Wenn du mit mir zu Engelbert gehst, du als Frau, du als Christin, vielleicht ist er dann bereit . . .«
Die Mutter sprang auf, griff nach ihrem Tuch, war schon zur Tür hinaus. Arnulf stürzte hinter ihr her.
Im Luftzug loderte das Feuer der Herdstelle auf und sank dann in sich zusammen.
Giselas Mutter blieb nicht lange weg. Und doch eine endlose Zeit. Sie kam zurück, blaß und still, stand mitten im Raum, schloß die Augen. Endlich sprach sie. Schwer fielen die Worte in die Stille, überlaut, obwohl leise gesprochen: »Zu spät. Priester Engelbert kam zu spät. Sie ist gestorben ohne Versöhnung mit Gott.«
Plötzlich schluchzte sie auf, lief in die Tiefe des Raums, fiel vor ihrem Bett auf die Knie, grub ihr Gesicht in das Kissen und weinte hemmungslos.
Gisela schaute stumm auf ihre Mutter. Noch nie hatte sie die Mutter so weinen sehen, nicht einmal damals, als die kleine Schwester gestorben war.

*

Gisela hatte sich heimlich davongeschlichen, spät am Abend, als alle im Haus schon schliefen. Dieser Gesang, der vom Friedhof herüberwehte, diese Lieder, bald klagend, bald wild, ließen ihr keine Ruhe. Sie gingen ins Blut, weckten etwas in ihr, Neugier, auch das, doch mehr noch eine verbotene Sehnsucht.
Nur einen Blick von ferne hatte sie werfen wollen und sich nach der Abendmahlzeit erboten, Wasser vom Bach zu holen, doch die Mutter hatte gesagt: »Du bleibst hier!«, und ihre Lippen waren ganz schmal gewesen. Die Mutter täuschte man nicht so leicht.
Nun stand sie hier, hinter der kahlen Hecke versteckt, und sah. Mondhelle Nacht, dunkel hob sich der Umriß des großen Holzstoßes vom Schnee ab, daneben der frische Aushub des weit in den felsigen Boden eingetieften Grabes. Verschneit lagen die kleinen Hügel, die die meisten Gräber deckten, ebenso wie die mehr als mannshohen, etwa zehn Schritt im Durchmesser großen mächtigen Grabhügel, die nur den bedeutendsten Personen zustanden.
Auch über Waghilds Grab würde sich einmal ein solcher trotziger Hügel, ein solches Mahnmal des Widerstandes gegen alles Neue, ein solches mächtiges Zeichen der Ablehnung des Christengottes, erheben, das hatte Wolfger heute laut verkündet. »Ich werde dich nicht lange allein lassen, Waghild«, hatte er an ihrem Grab gesagt, »bald folge ich dir und schütze dich im Tod wie im Leben. Und ein gemeinsamer Hügel soll uns beide decken, ein Hügel, wie es keinen größeren hier gibt, und mein Pferd soll geopfert werden, und an nichts soll es dir fehlen an meiner Seite, im Kreise meiner Ahnen.«
Da hatte die Mutter sie und Gudrun bei der Hand gefaßt und vom Friedhof weggezogen, und sie, Gisela, hatte nur noch einmal einen kurzen Blick auf Waghild werfen können, die noch immer so schön aussah in ihrem festlichen Schmuck, den sie sonst zum Kirchgang getragen hatte. Die Mutter aber hatte auf dem Weg gesagt: »Sie mit ihrem Schmuck zu begraben! Der Kirche hätte Wolfger den Schmuck geben sollen, und eine reiche Schenkung dazu, das wäre

er ihr schuldig gewesen. Vielleicht, ich weiß nicht, vielleicht hätte sich Priester Engelbert dann zu einer christlichen Beerdigung bereitgefunden, nicht bei der Kirche, das sicher nicht, aber wenigstens hier. O wenn ich mir das vorstelle! Waghild so der ewigen Verdammnis preiszugeben!«

Den ganzen Nachmittag und Abend waren Giselas Gedanken auf diesem Friedhof geblieben, der auch die Gräber ihrer Vorfahren beherbergte, aus jenen Zeiten, als die Kirche noch nicht erbaut, ihre Familie die letzte Ruhe noch nicht in nächster Nähe zum Gotteshaus gefunden hatte. Was würde in dieser Nacht geschehen? Nie hatte sie einer der nächtlichen Totenfeiern beiwohnen dürfen, die Eltern erlaubten es nicht. Doch jetzt, bei Waghild, konnte sie nicht anders, wenigstens von ferne mußte sie dabeisein.

Die anderen hatten ihre Kienspäne entzündet und umschritten den Holzstapel. Noch immer sangen sie, doch nun nicht mehr wild, sondern gemessen und feierlich. Hin und wieder blitzte und funkelte etwas auf: der Schmuck der Frauen, die blank geputzten Waffen der Männer. Endlich zündeten sie das Feuer an. Heu und dürres Reisig zwischen trockenen Holzscheiten, kunstvoll geschichtet. Die Flammen züngelten, leckten, loderten. Wenigstens verbrannten sie Waghild nicht wie sonst oft genug ihre Toten! Der Gesang war verstummt. Nun sprach Wolfger Worte, die sie nicht verstehen konnte, zu weit stand sie entfernt, und begriff doch, daß es ein Gebet sein mußte, doch was für eines? Zum wahren Gott nicht. Zu Wodan? Oder riefen sie die Göttin an, der Wolfburg diente? Wenn sie nur verstünde, was da vor sich ging!

Einen Augenblick teilte sich die Schar, konnte sie einen kurzen Blick auf die große Bierkufe erhaschen, sah sie Wolfger mit dem erhobenen Becher. Dann schwoll ein Murmeln an. Täuschte sie sich, oder sprengte Wolfger Bier in das Feuer?

Jetzt tranken sie alle. O nein, sie tranken nicht einfach, sie schütteten das Bier in sich hinein, als sei es ihre heiligste Pflicht, sich zu

betrinken. Ob es überhaupt noch Bier war, oder ob es sich wandelte, wenn sie es weihten, zu etwas anderem, Unerklärlichem?
Einmal hatte sie ihre Mutter danach gefragt, doch die Mutter hatte mit solcher Schärfe erwidert, daß ihre Neugier sündhaft sei, daß sie nie wieder gewagt hatte, eine Frage danach zu stellen. Die Mutter nahm alles so genau. Die Mutter hatte ihr auch von klein auf den vertrauten Umgang mit den anderen verboten, mit Wolfgers Sippe. Nur durch Waghild war sie überhaupt in Wolfgers Haus gekommen.
Wenn sie bei Tage keine Fragen stellen durfte, so suchte sie eben bei Nacht die Antworten!
Aber jetzt mußte sie heim. Wenn die Eltern aufwachen würden und merken, daß sie nicht da war!
Eben wandte sie sich zum Gehen, da hörte sie die Stimme. Seine Stimme, dunkel, tief, beschwörend. Diese Stimme brachte etwas in ihr zum Klingen, als sei sie ein Instrument, das mitschwang, geweckt durch seinen Gesang. Sie folgte dieser Stimme, magisch angezogen. Sie sah ihn, sah Arnulf, der im Feuerschein am offenen Grab stand, den Becher in der Hand, als wolle er ihn der Toten reichen, und dabei sang, ein Lied voller Schmerz und geheimnisvoller Verheißung.
Und alles um sie herum versank bis auf dies eine.
Hart wurde sie an der Schulter gefaßt. »Gisela! Hier bist du also!« Die Mutter bebte vor Empörung.

*

Mägdearbeit.
Gisela füllte neue Weizenkörner in den Mahlmund des Mahlsteins, umfaßte mit beiden Händen seinen Handgriff, drehte ihn langsam im Kreis. Nach und nach rutschten die Körner in den Spalt zwischen eingegrabenem Bodenstein und Läuferstein und wurden zerrieben.

Bei den allerersten Umdrehungen hatte sie noch gedacht, das sei eine leichte Arbeit, doch inzwischen wußte sie es besser.
Niemals, ihr ganzes Leben nicht, hatte sie mahlen müssen. Und nun schon seit Tagen.
Das lange Knien wurde ihr immer unerträglicher, der Rücken schmerzte, die Handflächen hatten Blasen, und die Schultermuskeln schienen aus Stein. Nun wußte sie, warum jede Magd im stillen stöhnte, wenn sie von der Mutter zur Arbeit an der Handmühle angewiesen wurde.
Gisela wischte sich mit dem Arm über die Stirn, schaute sich um. Sie schien allein im Haus.
Aufseufzend stand sie auf, verschränkte die Hände hinter dem Kopf, schloß die Augen und streckte sich. Daß ein Augenblick der Ruhe so kostbar sein konnte!
»Ich habe dir nicht erlaubt, deine Arbeit zu unterbrechen!« hörte sie scharf ihre Mutter von der Empore des Hauses rufen.
Gisela zuckte zusammen. So war die Mutter gar nicht hinausgegangen!
Sie preßte die Lippen zusammen, kniete wieder nieder, mahlte weiter.
Die Sonne schien lockend zur offenen Tür herein. Vorfrühling. Der Schnee schmolz in Bächen, der Himmel strahlte, Verheißung lag in der Luft, aber sie mußte sich hier schinden.
Und nur, weil sie in jener Nacht der Totenfeier zugesehen hatte!
Schon war alles wieder da: Arnulf am Grab im flackernden Feuerschein, entrückt, als sei er ganz allein bei der Toten, sein Lied, seine Stimme, so . . . , so . . .
Irgend etwas war geschehen mit ihr in dieser Nacht, sie wußte nur noch nicht, was.
Ah, die Mutter täuschte sich, wenn sie meinte, ihr die Erinnerung daran austreiben zu können! Schämen solle sie sich, hatte die Mutter gesagt, bereuen solle sie.

Doch sie bereute nur, daß sie entdeckt worden war.
Der Vater kam herein. »Mußt du immer noch mahlen?« fragte er. Auch er war in jener Nacht sehr böse auf sie gewesen, aber jetzt klang etwas wie Mitleid in seiner Stimme.
»Ich habe noch nicht viel mehr als die Hälfte geschafft«, sagte sie und schaute ihn flehend an.
»Kein Wunder, so langsam, wie sie arbeitet!« erklärte die Mutter und kletterte rückwärts die Leiter von der Empore herab.
»Wollen wir es vielleicht genug sein lassen?« sagte der Vater leise zur Mutter. Gisela wußte, daß sie das nicht hatte hören sollen, aber sie hatte feine Ohren. Gespannt horchte sie auf die Erwiderung der Mutter.
»Gisela! Geh, hilf Gudrun im Webhaus!« sagte die Mutter laut.
Gisela stand auf, hielt den Kopf gesenkt, ging rasch hinaus. Sie machte ein paar Schritte in den Sonnenschein, dann schlich sie sich leise zurück und blieb neben der Tür stehen. Was jetzt zwischen den Eltern gesprochen wurde, das mußte sie wissen.
Sie hörte den Vater sprechen: » . . . Strafe genug. Im Grunde war es doch nur Neugier.«
Die Mutter entrüstete sich: »Nur Neugier! Als ob nicht schon manches Unheil aus Neugier entstanden wäre! Siehst du nicht die Gefahr? Dieser Zauberglaube weckt die Macht der Dämonen! Man kann sich gar nicht genug davor schützen! Am besten gleich vor all diesen Leuten!«
»Red keinen Unsinn, Fridburg! Deine Frömmigkeit in Ehren, aber man kann es damit auch übertreiben! Schließlich sind wir nicht nur Nachbarn, schließlich sind wir miteinander verwandt, wenn auch nur noch sehr entfernt!«
»Genau das erfüllt mich mit Sorge. Verstehst du denn nicht, Gisela ist so, wie soll ich sagen, so leicht zu beeindrucken. Und wenn ich bedenke, was mit Waghild geschehen ist! Sie war ein frommes junges Mädchen, als sie hierherkam und Wolfgers Frau wurde. Und

nun ihr unseliges Ende! Abtrünnig ist sie geworden, und ihre Reue kam zu spät. Da siehst du doch, wohin es führt!«

»Es war auch Engelberts Schuld. Er hätte sie sofort zurückholen müssen und nicht auf Graf Matto warten. Ein Priester, der in allem und jedem, was er tut, auf seinen Kirchenherrn schielt – ich weiß nicht. Es war kein guter Griff des alten Grafen, einen seiner Leibeigenen zu unserem Priester zu machen. Und seit jetzt Graf Matto unser Herr ist – der hält Priester Engelbert am kurzen Zügel, du weißt ja selbst, wie anders Engelbert jetzt redet als früher. Aber gut ist das nicht. Graf Matto hätte lieber einen neuen Priester bestimmen sollen!«

»Nicht, Giselheri! Es steht uns nicht zu, an den Entscheidungen unseres Grundherrn Zweifel zu äußern. Aber ...« Sie brach ab, setzte nach längerer Pause zögernd wieder ein: »Auch ich frage mich manchmal ... Du hast doch sicher auch von ihm reden hören, von dem fremden Mönch, der im Wald in der Wildnis lebt? Er soll ein sehr heiliges Leben führen. Ernst soll er machen mit dem Glauben. Ein Feuer sei in ihm, sagt man, das alles Unreine wegbrennt. Schon manchen Dämon soll er zum Weichen gebracht haben. O Giselheri, mich läßt der Gedanke nicht los, daß wir Waghild zu ihm hätten bringen sollen, und sei es mit Gewalt!«

Gisela, die angestrengt lauschte, hörte mit einemmal Schritte hinter sich. Guntheri, der große Bruder, kam über den Hof auf das Wohnhaus zu. Rasch bückte sich Gisela, als habe sie die Schnalle ihres Schuhes befestigen müssen, und lief dann auf das halb in den Erdboden eingetiefte Webhaus zu.

Schade, sie hatte gehofft, die Eltern noch weiter über sie reden zu hören, vor allem zu erfahren, ob ihr der Rest der Strafe erlassen würde. Sie bückte sich in der niedrigen Tür, stieg die tiefe Stufe ins Webhaus hinunter. Gudrun, die große Schwester, stand am Webstuhl, drehte sich zu ihr um: »Gisela, du! Bist du endlich vom Mahlen befreit?«

»Ich soll dir helfen. Mutter hat mich hinausgeschickt, als Vater ...« Sie sprach nicht weiter. Gudrun und sie, sie brauchten nicht viele Worte.
Gudrun lächelte: »Na, dann setz dich erst mal auf die Bank und erhol dich. Und nimm eine Spindel in die Hand, für alle Fälle!« In Gudruns Augen blitzte es. Beide zugleich brachen sie in Lachen aus.
Gisela rieb ihre Stirn an der Schulter der Schwester, dann setzte sie sich auf die Bank, lehnte sich wohlig zurück, so daß der Kopf Halt fand an der glatt verputzten Flechtwand, und schaute durch die Tür hinaus in den Sonnenschein. Ganz leer war ihr Kopf plötzlich, so als sei nichts mehr wichtig als dieser Sonnenschein. Wenn erst der Schnee geschmolzen war und die Veilchen am Bach blühten, wenn sie wieder barfuß laufen konnte, die Wiese spüren und den warmen Wind! Und vielleicht, wenn sie dann ihm begegnen würde ...
»Schau her, wie weit ich schon bin!« sagte Gudrun.
Gisela stand auf und trat an den Webstuhl, nickte. Gudrun webte sehr dicht und gleichmäßig.
»Wenn ich das hier fertig habe, dann ist meine Brauttruhe gefüllt!« sagte Gudrun stolz.
Gisela spürte einen leisen Stich. Daß die Schwester eines Tages nicht mehr dasein würde, bald schon, das tat weh. Eigentlich konnte sie es sich gar nicht vorstellen. Immer war die Schwester dagewesen.
Sie strich mit der Hand über das kühle Leinentuch. »Freust du dich?« fragte sie leise.
Gudrun ließ das Webschwert sinken, mit dem sie eben die zuletzt gewebten Reihen festgeschlagen hatte. »Freuen?« wiederholte sie nachdenklich, und dann noch einmal, beinahe zögernd: »Freuen?« Sie zog den Webbaum nach vorn, straffte sich, griff nach dem Garn. »Natürlich freue ich mich!« erklärte sie bestimmt, machte eine Pause und fuhr langsam fort: »Endlich selbst Hausfrau sein. Und noch dazu in der Burg. Die Schlüssel tragen. Mägde haben. Einen

großen Haushalt führen, mit allem, was dazugehört. Entscheiden, was zu tun ist, nicht immer nur tun, was einem gesagt wird . . .«
Einen Augenblick lächelten sie sich zu, einen Augenblick waren sie sich einig, wußten, daß sie beide zugleich an dasselbe dachten: die ständigen Anordnungen der Mutter. Doch der Augenblick war vorbei, als Gudrun in einem Ton, als habe sie damit für alle Zeiten diese Frage abgetan, ja, für völlig widersinnig erklärt, wiederholte: »Natürlich freue ich mich.«
Sie schwiegen.
Gisela setzte sich wieder, nahm die Spindel, ließ sie zur Erde wirbeln, drehte den Faden, ohne auf ihn zu achten. Sie beobachtete ihre Schwester. So verschlossen war diese plötzlich, ganz fremd. Bald schon würde Gudruns Hochzeit sein, die Hochzeit mit Sigiheri, dem Meier der Burg auf dem Schwanberg.
Die Mutter hatte vor Genugtuung geglänzt, als Sigiheri mit einer stattlichen Zahl angesehener Männer erschienen war und um Gudrun geworben hatte. Auch der Vater war mehr als zufrieden gewesen. Sigiheri, dessen Familie vom Rhein stammte, war ein wohlhabender Mann, doch mehr noch: ein bedeutender. Er stand in den Diensten des Herzogs, verwaltete die Burg auf dem Schwanberg, der weithin das Land hier beherrschte. Manchmal besuchte sogar der Herzog höchstpersönlich die Burg. Durch Sigiheri rückte man plötzlich in die Nähe des Herzogs. Der Herzog selbst würde der Schutz- und Schirmherr über Gudruns Nachkommen sein, wer weiß, vielleicht sogar die Patenschaft für ihren Erstgeborenen übernehmen? Kein Wunder, daß die Eltern stolz waren auf diese Verbindung.
Aber Gudrun? Einmal nur hatte sie Sigiheri gesehen, bevor er um ihre Hand angehalten hatte. Oder vielmehr: Er hatte sie gesehen. Sigiheri, der Witwer, fast so alt wie der Vater. Sigiheri, der humpelte, weil sein eines Bein nach einer Verletzung zu kurz war, der eine Glatze hatte und schadhafte Zähne.

Nein, so stellte sie, Gisela, sich das Glück nicht vor. Jung, mit hellem Haar, in dem sich der Wind verfing, mit lachenden Augen und mit einer Stimme, einer Stimme . . .

»Sich lieben. Glücklich sein«, sagte sie träumerisch. Und dann zu Gudrun: »Liebst du denn Sigiheri?«

Die Schwester ließ den Webbaum mit lautem Schlagen zurückfallen.

»Ach, halt doch den Mund!« sagte sie heftig. »Was verstehst denn du davon! Du mit deinen kindischen Vorstellungen!«

Was bildete Gudrun sich ein! So viel älter war sie schließlich auch nicht! Aber in letzter Zeit tat sie immer so erwachsen. Überhaupt nicht mehr so wie früher. Fast wie die Mutter! Sollte sie doch ihren langweiligen Sigiheri heiraten, sollte sie doch in der Burg wohnen und die Kinder ihres Mannes großziehn, als Hausfrau angeben, wie sie wollte! Sie, Gisela, würde die Schwester nicht vermissen, bestimmt nicht!

»Du bist blöd, so blöd!« rief Gisela zornig und sprang auf, war mit zwei Schritten an der Tür, stieg die hohe Schwelle hinauf.

Gudrun hielt sie zurück: »Wo willst du hin?«

»Getreidemahlen! Für deine Hochzeit!«

Die Schwester faßte ihre Hand: »Bitte bleib, Gisela!« Und dann beinahe schüchtern, mit abgewandtem Gesicht: »Mutter hat dich doch zu mir geschickt.«

Da legte Gisela die Arme um den Hals ihrer Schwester und weinte.

»Warum weinst du denn?« fragte die Ältere.

Gisela drückte ihr Gesicht ins Haar der Schwester. »Ach, ich weiß doch nicht!« schluchzte sie.

»Gisela!« hörte sie die Mutter rufen.

Sie ließ ihre Schwester los, stieg die Stufe hinauf, ging zum Wohnhaus hinüber. Die Mutter stand in der Tür.

Gisela strich sich mit dem Handrücken die Tränen aus dem Gesicht. Sie fühlte sich so merkwürdig müde.

Die Mutter sah sie prüfend an. »Du hast ja geweint«, stellte sie fest. Auf einmal war ihre Stimme viel weicher.
Gisela blickte zu Boden.
»Ich habe dich gerufen, damit du Wasser holst. Du kannst dir ruhig Zeit lassen dabei. Die Sonne scheint so schön.«
Sie sah überrascht auf. »Und das Mahlen?« fragte sie vorsichtig.
Die Mutter lächelte, ein klein wenig nur, aber sie lächelte. »Das kann auch eine Magd machen.«
»Danke!« strahlte Gisela auf.
Die Mutter nickte. »Es ist gut. Aber – vergiß es nicht, hörst du, Gisela, vergiß es nicht!«
»Bestimmt nicht«, sagte sie rasch, nahm die Daubeneimer, ging den Weg zum Bach.
Vergiß es nicht! Als könnte man eine solche Schinderei je vergessen! Aber jetzt, jetzt wollte sie nicht mehr daran denken, weder an die Vorhaltungen und Vorwürfe der Mutter noch an Gudrun und Sigiheri, jetzt wollte sie nichts, als die Sonne genießen und ihre unverhofft gewonnene Freiheit. Und vielleicht . . .
Der Schnee, zu beiden Seiten des Weges zusammengeschippt, schmolz mit Macht. In unzähligen kleinen Rinnsalen floß das Wasser über den Weg, folgte der sanften Neigung des Geländes zum Bach hinunter. An der Wegkreuzung zögerte sie, blieb stehen. Mit dem Fuß schob sie etwas Schnee zusammen, baute daraus einen kleinen halbkreisförmigen Damm mitten in die Spur eines Rinnsals, sah zu, wie sich das Wasser darin staute. Nach welcher Seite sich das Wasser Bahn brechen würde, nach der würde sie gehen.
Sie stand und schaute. Mehr und mehr stieg das Wasser an. Dann begann der Schnee an einer Stelle abzubröckeln, ein kleiner Riß bildete sich, und plötzlich floß das Wasser.
Nach rechts, den Weg zu Wolfgers Hof. Sie trat hinter der Hecke hervor. Da sah sie Wolfgers Anwesen, die hohen strohgedeckten Dächer des großen Wohnhauses und des großen Stalles, die klei-

neren der Grubenhäuser und Speicher. Drumherum den Zaun. Und Arnulf, der am Zaun stand und schadhafte Ruten des Flechtwerks auswechselte.
Ganz langsam ging sie zu ihm hin. Als sie seine Höhe erreicht hatte, verlangsamte sie noch mehr den Schritt, blieb beinahe stehen.
»Schön ist es heute, Arnulf«, sagte sie.
Er nickte zu ihr hin, bückte sich, hob neue Weidenruten auf, flocht sie ein. Nun war sie doch stehengeblieben.
Aber er merkte es nicht.

Kapitel 4

Heden zügelte sein Pferd. Da war er, der Berg, der die Burg des Vaters trug, die Wirziburg. So lange war er, Heden, fern gewesen, fast zwei Jahre, nun endlich, aus dem Wald herauskommend, die Abendsonne hinter sich, sah er ihn wieder, den Berg. Nicht so eindrucksvoll wirkte er von dieser Seite, ein langgezogener Rücken, der kaum die Burg vorne ahnen ließ, nicht zu erkennen gab, wie steil er aus dem Flußtal aufstieg, wie weithin beherrschend die Burg über das Land, den Wasserweg, die Fernstraße blickte. Seine Burg: eine wehrhafte Mauer, zum Bergrücken hin durch Wallanlagen kunstvoll verstärkt, im Burghof die hölzernen Bauten der Wohnhäuser, der Herzogshalle, der Wirtschaftsgebäude und der Kirche, und zu Füßen der Burg, unten am Flußufer, der durch Befestigungen mit Berg und Burg verbundene bewehrte Herzogshof – er wußte, sie waren da, bald würde ihn die vertraute Umgebung wieder aufnehmen, in der er den größten Teil seiner Jugend zugebracht hatte.

Viele Burgen hatte er in den vergangenen Monaten gesehen, und Städte, die etwas ganz anderes waren als die geschützte Siedlung und die verstreuten Gehöfte jenseits des Mains und der Herzogshof auf dem schmalen Ufergelände diesseits zu Füßen des Berges! Und doch hätte er ohne Zögern auf jede von ihnen verzichtet, hätte er wählen müssen zwischen ihnen und diesem Sitz seines Vaters hier. Endlich daheim. Nun erst spürte er, daß er Sehnsucht gehabt hatte. Ob der Vater verändert war? Er hatte ihm so viel zu erzählen, vor allem das eine: Theodrada. Daß er sich verlobt hatte, ohne die väterliche Zustimmung einzuholen, ob das den Vater erzürnen würde? Aber schließlich, an seiner Wahl konnte der Vater nichts auszusetzen haben: Theodrada, die Prinzessin von der Mosel, war aus bestem, ebenbürtigem Haus, ja, sie war eine enge Verwandte von Pippins Gemahlin Plektrudis. Durch Theodrada würde er nun mit Seiner Hoheit Fürst Pippin selbst versippt sein, mit dem neuen Hausmeier in höchsteigener Person.

Pippin – über ihn besonders würde der Vater etwas hören wollen. Um Pippins Pläne kennenzulernen, um Pippin einzuschätzen, war er ja an dessen Hof geschickt worden.

Was sollte er sagen? Wie sollte er in Worte fassen, was er empfand? Oder sollte er die Worte benutzen, die am Hofe des Hausmeiers Pippin im Umlauf waren: Groß ist sein Reichtum, doch größer sein Ruhm. Kraft wohnt in seinem Arm und Herrschaft in seinem Blick, ohne Grenzen ist seine Macht, denn das Heil ist mit ihm. In ihm lebt das Heil seiner Ahnen, die Heiligkeit Gertruds und die Heiligkeit Arnulfs, der ein Kämpfer Gottes war mit den Waffen des Glaubens wie mit Schild und Schwert.

Ruhm, Macht und Heil, ja, das alles hatte Pippin: der geborene Sieger. Der Hausmeier hatte gesiegt und würde siegen, immer und immer wieder, das wußte er, Heden, wußte es, seit er an der Seite Pippins, in dessen Gefolge, hatte in die Schlacht reiten dürfen gegen die aufständischen Bayern und Alamannen – gegen die Scharen jener beiden Herzöge, die sich dem Hausmeier nicht unterordnen wollten, die nicht anerkannten, daß er in die Rechte der früheren Könige eingetreten war, Herrschaft beanspruchte nicht neben den Herzögen, sondern über ihnen, über sie. Blind waren sie, die nicht sahen, daß da einer war, der über sie hinausgewachsen war, dem sie sich beugen mußten, wollten sie nicht gebeugt werden! Eine Frage der Zeit nur war es noch, bis die Kraft von Pippins Gegnern endgültig gebrochen sein würde, bis Pippin mit starker Hand das Reich wieder einen würde, das in qualvollen Jahrzehnten durch die Schuld der schwachen Könige und der einander bekämpfenden Hausmeier und Adligen zerbröckelt war. Ah, und er, Heden, würde

ihn dabei mit aller Kraft unterstützen, den großen Verwandten seiner Theodrada!
Theodrada – Pippin selbst war es gewesen, der ihm von ihr erzählt hatte, als er noch nichts von ihr gewußt hatte, der sie in leuchtenden Farben gerühmt und ihn schließlich mit ihr bekanntgemacht hatte. Und seine Rede war nicht übertrieben gewesen: Theodrada hielt, was Pippin versprochen hatte. Sie war nicht nur ein schönes und gesittetes, sondern auch ein kluges Mädchen, ja, sie hatte ihm erst so recht die Augen geöffnet für Pippins Größe, für die Bedeutung seiner machtvollen Pläne.
Wo stand eigentlich der Vater? Merkwürdig wenig Nachrichten waren von der Wirziburg an Pippins Hof gelangt, keine Gesandtschaften mit reichen Geschenken, die Treue und Unterordnung versprachen, keine Hilfsangebote gegen die Aufständischen. Dem Vater war doch hoffentlich klar, daß Pippin war wie die aufgehende Sonne?
Die aufgehende Sonne. Wer sie aufzuhalten versuchte, verbrannte. Wie Berchar.
Heden fröstelte, zog den Mantel um sich.
Berchar, der neustrische Hausmeier, der Gegner Pippins in der großen Schlacht an der Somme. Es hatte Pippin nicht genügt, Berchar besiegt und entmachtet zu haben. Es hatte ihm nicht genügt, in Berchars Rechte eingetreten zu sein.
Um seine Macht unerschütterlich fest zu gründen, schreckte Pippin vor nichts zurück.
Auch nicht vor Mord.
Heden trieb sein Pferd an. Ungewöhnlich heftig gebrauchte er die Peitsche. Was stand er hier und schaute von ferne auf die Burg, verlor Zeit! Der Vater erwartete ihn!
Ohne Rücksicht auf das ermüdete Pferd ritt er in scharfem Tempo, bis er die Kreuzung erreicht hatte. Hier bog die Zufahrt zur Burg von der Fernstraße ab, die zu Füßen des Berges am befestigten

Herzogshof vorbei mit einer Furt durch den Main führte. Heden lenkte das Pferd den Berg hinan. Er näherte sich dem Torturm – stolz dachte er: Unsere Festung kann sich mit jeder messen, die ich am Rhein gesehen habe –, rief den mit gekreuzten Lanzen im Tor stehenden Wächtern zu: »Prinz Heden bin ich!«, genoß es, wie sie vor ihm zur Seite sprangen, sah die Mischung aus Überraschung, Freude und Aufregung im Gesicht des wachhabenden Dienstmannes, nickte gut gelaunt zu dessen gestammelter Begrüßung – heute könnte ich die Welt umarmen –, stieg ab: »Wo finde ich den Herzog?«

»In der Kirche. Der Herr Herzog wohnt der Vesper bei.«

Enttäuschung beschlich ihn: Gerne hätte er sich sofort von dem Vater in die Arme schließen lassen, gehört, was sich in der Zwischenzeit in der Heimat ereignet hatte, und selbst erzählt, von seiner Tapferkeit in der Schlacht, von seinem Jagdglück, von seinem Sieg beim letzten Kampfspiel. Und von – Theodrada?

Nun, vielleicht war es gut, wenn er erst noch ein wenig zur Ruhe kam, seine Gedanken sammelte.

Langsam ging er über den weiten Hof auf die Kirche zu. Ihr Portal stand offen. Ein Gesang drang heraus, der ihm fremd in den Ohren klang. Leise trat er ein.

» . . . et clamaverunt ad Dominum in tribulatione sua . . .« Ein wenig merkwürdig war die Aussprache dieses Lateins, das sie sangen, diese Männer im Chorraum. Er erkannte sie sofort, die Mönche aus Hibernien waren es, die er vor nun bald zwei Jahren am Hofe Pippins kennengelernt hatte. So hatten sie also wirklich bei seinem Vater eine Bleibe gefunden.

Der Vater, dort kniete er, er sah von hinten sein gesenktes Haupt. Sein Haar hatte einen Schimmer von Grau, der fremd war. Einige Männer, in denen Heden Gefolgsleute erkannte, knieten neben ihm. Die Herzogin war nicht anwesend, aber Theotbald. Wie groß der Junge geworden war! Er konnte sein Gesicht von der Seite sehen,

doch Theotbald bemerkte ihn nicht. Theotbald sang mit den Mönchen, und seine Augen hingen unverwandt an Killena, dem Bischof. Killena, der Bischof. Er hatte ihm damals Eindruck gemacht, trotz des seltsamen Lateins, das er sprach. Diese Art, wie Bischof Killena mit Seiner Hoheit dem Hausmeier Pippin und den anderen hochadeligen Herren gesprochen hatte, mit den Mächtigsten der Welt! Er, Heden, hatte nie das Herzklopfen zu bezwingen gelernt, wenn der Blick Pippins ihn nur streifte. Dieser Bischof Killena aber hatte dem Blick Pippins standgehalten, ohne die Augen niederzuschlagen. So ganz und gar furchtlos, daß es schon unehrerbietig war. Wenn man bedachte, was dieser Bischof gewagt, was er sich unterstanden hatte! Einen der höchsten Amtsträger der Macht, einen engen Vertrauten Pippins, öffentlich zur Rede zu stellen, weil er außer seiner ihm in Muntehe angetrauten Frau zwei Nebenfrauen hatte, Mägde, die er mit dem Recht des Herrn in sein Bett geholt hatte! Zu verlangen, daß er sich von diesen Frauen trenne, Buße tue! Und sich die zornige Erwiderung dieses Mächtigen anzuhören, ohne zurückzuweichen, die Hand nach dem Schwert greifen zu sehen, ohne mit der Wimper zu zucken, ganz ruhig, geradezu freundlich zu antworten: »Ihr könnt mich töten. Aber Ihr könnt mich nicht hindern, die Wahrheit zu sagen, solange ich sprechen kann. Man soll Gott mehr gehorchen als den Menschen.«
Nun also lebte Bischof Killena mit seinen Gefährten in Wirziburg. Pippin hatte mit ihm über Killena gesprochen, vor wenigen Wochen erst, kurz vor Hedens Abschied. Es fiel schwer, an dieses Gespräch zu denken, ein merkwürdiges Schauern überkam ihn dabei, beinahe, als sei es verboten. Über die Zukunft hatte Pippin mit ihm gesprochen, als, als . . . sei er selbst schon Herzog, er allein, als sei da nicht der Vater. Und auch nicht der Stiefbruder. Viel Wein hatte Pippin an diesem Abend getrunken, ehe er gesprochen hatte, ganz allein zu ihm, mit ihm – doch mehr noch mit sich selbst, Gedanken, die . . . Durfte man sie überhaupt denken?

Über die Wichtigkeit des Herzogtums in den Mainlanden und in Thüringen hatte er gesprochen, über seine Bedeutung als Bollwerk gegen die Wenden, als Wahrer der Sicherheit des ganzen Reiches. Und dann hatte er gesagt: »Vergiß nie, mein Sohn« – mein Sohn hatte er ihn genannt! –, »vergiß nie, den wahren Glauben zu fördern. Der Glaube ist eine gewaltige Klammer, die zusammenhält, was auseinanderzubrechen droht, ja, mehr noch, die es vereint. Es ist eine große Aufgabe, die du da hast an den Grenzen des Reiches. Du mußt wissen, Heden: ein Reich, ein Glaube. Und damit liegt es im argen, nach allem, was ich höre, bei euch am Main und mehr noch jenseits des Thüringer Waldes. Das ist schlimm, Heden, denn die Treue gründet auf dem Glauben. Was nützt dir der Eid eines Gefolgsmanns, dessen Seele anhängt dem Teufelsdienst! Der Herrscher ist gesetzt von Gott, und die ihm gehorchen sollen, müssen leben in der Furcht des Herrn. Was ich dir sage, mein Sohn, verschließe es in deinem Herzen, sag es keinem, aber vergiß es nie: Stärke die Macht der Kirche, und du stärkst dein eigenes Ansehen. Wichtiger für deine Herrschaft als die Kraft deines Armes und der Reichtum deines Hauses ist die Macht des Glaubens. Gefahr vor allem droht dir und mir von denen, die unseren Gott hassen. Ich fürchte, derer birgt deine Heimat mehr als genug. Lange schon suche ich nach Priestern, die bereit und in der Lage sind, diesem Übel abzuhelfen. Doch die Priester sitzen lieber in der Sicherheit ihrer Kirchen, die Mönche verbleiben lieber im Schutz ihrer Klöster, als das Wagnis auf sich zu nehmen, das Evangelium denen zu predigen, die es nicht hören wollen. Nur einen habe ich bisher kennengelernt, der sich nicht fürchtet. Er und seine Gefährten sind die einzigen, denen ich diese Aufgabe wirklich zutraue: Bischof Killena. Nicht umsonst habe ich ihn mit einem Schutzbrief zu deinem Vater gesandt. Wenn du ihn antriffst, Heden, dann sorge dafür, daß er dorthin geht, wo er am dringendsten benötigt wird: ins Herz Thüringens!«

Der Psalmgesang verstummte. Heden zuckte zusammen. Nun sprach Bischof Killena, sprach etwas mühsam in der Landessprache: »Geliebte in Christus! Lasset uns unermüdlich streben nach der Krone des Himmels. Lasset uns sterben für das Leben, denn das Leben selber ist gestorben für uns. Lebt in Christus, damit Christus in euch lebt! Wer aber in Christus lebt, der kann nicht mehr sich selber leben. Amen.«

*

»Du hast König Theuderich einen Treueid geschworen, nicht Pippin. Nur dem Merowingerhaus, nur deinem König, bist du zu Treue verpflichtet. Begrenzungen deiner Herrschaft, die nicht Theuderich dir auferlegt, brauchst du nicht anzuerkennen. Was berechtigt Pippin zu seinen Ansprüchen? Ist der Enkel eines Arnulf mehr als der Enkel eines Hruodi?«
Es waren die ersten Worte, die Geilana sprach, seit sie den heimgekehrten Heden begrüßt hatte. Stunde um Stunde hatte sie zunächst Hedens langem Bericht an seinen Vater und dann den immer schärferen Fragen Gozberts, dem immer gereizteren Gespräch zugehört, schweigend, vom Stiefsohn zum Gemahl blickend, mit wachsender Besorgnis. Sie hatte sie mit Sorgfalt gewählt, ihre Worte. Sie verfehlten ihre Wirkung nicht.
»Mitnichten!« rief Herzog Gozbert aus und sprang auf. »Mag Pippin am Rhein herrschen! Ich herrsche am Main!«
»Ja, Gozbert«, bestätigte Geilana, »du herrschst am Main. Du ganz allein.«
»Aber wir gehören doch zum Frankenreich!« beharrte Heden.
Der Herzog zuckte verärgert die Achseln: »Natürlich. Wer bestreitet das! Aber die fränkische Herrschaft hier in Wirziburg, das bin in des Königs Namen ich. Ich und nicht Pippin. Oder bist du etwa anderer Meinung, ausgerechnet du, mein Sohn?!«

»Nein. Selbstverständlich nicht. Es ist nur ...« Er brach ab.
»Nun?« fragte der Herzog schneidend.
Heden biß sich auf die Lippen. Wie sollte er sich verständlich machen? Am einfachsten wäre zu schweigen, bis seine Zeit kam. Aber wäre das nicht Feigheit?
Er war müde, eine Müdigkeit, die nicht von der weiten Reise herrührte, die aus der Tiefe kam, aus der Enttäuschung. Sicher, die Begrüßung durch den Vater war freudig gewesen, seine Umarmung herzlich, aber Vertrautheit war zerstört worden, ehe sie sich wieder hatte einstellen können. Der Herzog hatte die Mitteilung von der Verlobung mit Theodrada sehr schlecht aufgenommen, ihm vorgeworfen, eigenmächtig gehandelt, den väterlichen Willen mißachtet, seine Pläne einer Heirat mit einem einheimischen Edelfräulein durchkreuzt zu haben. Von diesem Augenblick an war das ganze Gespräch keine vertraute Unterhaltung mehr gewesen, eher ein Verhör. Und er, Heden, hatte sich dabei ertappt, sich zurückzusehnen, zurück in den Kreis derer, die ihm in den vergangenen Monaten liebgeworden waren.
Ja, am besten wäre sicher, einfach zu schweigen. So wie es am besten war, im Kampf vor einem Gegner, den man als stärker erkannt hatte, die Lanze zu senken. Und dennoch tat man es nicht.
Er sagte: »Ihr seid ein Teil des Reiches, Vater. Und das Reich hat einen neuen Hausmeier, das ganze Reich, West und Ost. Das Reich ist Pippin. Versteht doch, Vater: Pippin ist die neue Zeit!«
»Die neue Zeit! Mir hat die alte nicht mißfallen! Um so mehr mißfällt mir, was ich hören mußte von meinem eigenen Sohn! Ich will dir zugute halten, daß du jung bist und fern vom väterlichen Einfluß allein in der Fremde warst, betraut mit einer Aufgabe, die anscheinend deine Kräfte überstieg. Aber verlaß dich nicht darauf, daß ich immer so gnädig mit dir sein werde! Und jetzt geh, mir scheint, du brauchst Ruhe, um dich zu besinnen!«
Heden war sehr blaß geworden. Er stand auf, verbeugte sich vor

dem Herzog, der Herzogin – sah er nicht ein Glitzern des Triumphes in ihren Augen? –, ging durch die lange Halle zum Ausgang. Fremd stand er im dunklen Burghof, verlassener als je.
Er stieg auf den östlichen Wachturm, schaute ins nächtliche Land. Steil fiel zu Füßen des Turms der Berg ab. Schwacher Lichtschein drang aus einem der Gebäude des Herzogshofes am Ufer und aus einigen Häusern in der Siedlung jenseits des Mains, sonst war es dunkel. Nur der Fluß glitzerte hin und wieder im Schein des schmalen Mondes. So hatte damals auch der andere Fluß geglitzert, die Mosel, als er mit Theodrada auf dem Turm der Burg ihres Vaters Theothar gestanden hatte. Er hatte es nicht gewagt, sie an sich zu ziehen, und dennoch war sie ihm so nah gewesen, so nah wie noch nie jemand.
Nein, damals war er nicht allein gewesen.
Allein war er nur daheim.
Sah der Vater denn nicht, wohin die Zukunft wies? War er denn ewig von gestern?!
Oh, er wußte, wer den Vater so beeinflußt hatte, wer den Ausschlag gegeben hatte: die Stiefmutter.
Er preßte die Lippen zusammen, schlug mit der Faust auf die hölzerne Brüstung. Dieses Land würde einmal ihm gehören, hier würde er herrschen, aber er wollte nicht einfach abwarten, bis es ihm in den Schoß fiel, so, wie es ihm hinterlassen wurde. Nein, er wollte sein Land schon vorher formen, wie er es für richtig erkannt hatte, und wenn nicht mit dem Vater, so gegen ihn!
Und gegen die Stiefmutter.

*

Geilana schloß die Augen. Gozbert sang nach dem Gastmahl, begleitete sein Lied mit der Leier.
Er wußte, daß sie oft die Augen schloß, um ihm besser zuhören zu

können. Heute tat sie es, damit er nicht merkte, daß sie ihm nicht zuhörte.

So vieles gab es zu bedenken, seit Heden zurückgekehrt war, seit aus seinen Worten klargeworden war, wie unbeschränkt Pippin herrschen wollte – und was für einen glühenden Anhänger er in Heden gefunden hatte. In Gozberts Sohn! Die Gefahr war wie ein Lindwurm, dem immer neue Köpfe wuchsen. Wie sollte sie ihr begegnen?

Wenn sie nur nicht so allein stünde, immer so sorgfältig abwägen müßte, was sie Gozbert sagen durfte und was nicht! Gozbert, der die Selbständigkeit seiner Herzogsherrschaft wollte und doch nicht die Loslösung vom Frankenreich, die Macht und doch nicht den Treubruch, der frei und unabhängig regieren wollte und den es doch nicht schmerzte, daß es da einen gab, der dem Namen nach sein König und Herr war. Gozbert, der eben ein Franke war, der die Schmach nicht spürte, die es bedeutete, gebeugt worden zu sein unter das Joch der Eroberer. Mit Gozbert ließ sich wohl das Fundament errichten für das Gebäude, das sie erstrebte, doch niemals durfte er von dem erfahren, was sie errichten wollte: ein freies Königtum Thüringen in alter Macht und Stärke, losgesagt vom Frankenreich. Nein, mit Gozbert, dem Franken, war das unmöglich. Ihrem Sohn erst, Theotbald, würde sie es zu Füßen legen können, wenn es gelang.

Aber da war Heden, der Stiefsohn.

Ob sie erreichen konnte, daß Gozbert die Herrschaft teilte nach ihrem Sinn, so daß Heden die Mainlande erhielt und Theotbald Thüringen? Denn mit Heden würde ihr Ziel nicht zu erreichen sein, das hatte sie in den vergangenen Tagen mit letzter Sicherheit und Bitterkeit erkennen müssen.

Sie öffnete die Augen, sah zum Stiefsohn hinüber. Der starrte vor sich hin, spielte mit den Beschlägen seines Gürtels. Der Gast, jener alamannische Edelmann, dem zu Ehren Gozbert ein Festessen gab, saß sehr aufrecht an der Tafel, blickte den Herzog aufmerksam an, schien ihm nicht nur mit den Ohren, sondern mit Leib und Seele zuzuhören. Seine Hand ruhte auf dem Tisch, hatte den schlanken Glasbecher umschlossen. Ein ganz klein wenig drehte er sie hin und her, so daß sich das Licht der Kerzen in seinem Ring spiegelte. Der rote Almandin in der altmodischen goldenen Fassung. Das Erbstück aus ihrer Familie, das einzigartig war, mit keinem anderen Ring zu verwechseln.

Einstmals, vor vielen Jahren, hatte sie diesen Ring Baderich geschenkt. Hüte ihn gut, hatte sie gesagt, und gib ihn dem, der mir Botschaft von dir bringen soll. Wer immer diesen Ring trägt, dessen Worten will ich glauben, als kämen sie aus deinem eigenen Mund. Baderich. Er gab ihr Nachricht.

Baderich! Wie oft schon war sie in Gedanken mit ihm zu Gericht gegangen, hatte ihn mit Anklagen überhäuft, ihm im Geiste ins Gesicht geschrien: Du hast mich verraten, verraten und verkauft, damals, als ich dir traute! Du hast meine Liebe mit Füßen getreten, hast mir schlimmer weh getan als jemals ein Mensch, schlimmer selbst als Hruodi!

Und doch hatte sie ihn jedesmal vor sich selbst wieder in Schutz genommen: Er konnte nicht anders. Er hat getan, was er tun mußte. Früher nur als ich hat er begriffen, daß es ein Ziel gibt, das höher wiegt als unser eigenes Glück. Ist es seine Schuld, wenn er mich nicht so geliebt hat wie ich ihn?! Wenn er gar nicht weiß, wie furchtbar er mich verletzt hat?

Jahre ihres Lebens hatte sie Stunde um Stunde an ihn gedacht, von einer der äußerst seltenen und stets nur kurzen Begegnungen zur nächsten gelebt, Begegnungen, die immer unvollständig geblieben waren, vorläufig, die in der Erinnerung mehr Gewicht gewannen als in der Gegenwart.

Nun sah sie den Ring und stellte fest: Nicht mehr Baderich galt ihr erster Gedanke, sondern der Botschaft.

Gozbert hatte sein Lied beendet. Sie preßte die Hand an die Schläfen: Kopfschmerzen, sie mußte sie nicht vortäuschen, immer häufiger suchten sie sie heim, sonst kämpfte sie dagegen an, nun ließ sie es sich anmerken, erhob sich, zog sich zurück. Den Gast grüßte sie mit schon beinahe unhöflicher Gleichgültigkeit, nur einen Wimpernschlag lang sah sie dabei auf seinen Ring, doch lang genug, daß er verstand. Sie mußte vorsichtig sein, Gozbert hielt streng auf die Einhaltung der Regeln. Unmöglich, vor ihm den Gast zu einem vertrauten Gespräch einzuladen.
In ihrem Wohnraum ging sie unruhig hin und her. Wie sollte sie ein Treffen zustande bringen? Endlich fand sie die Lösung, rief nach der Magd, Arohild, der einzigen, der sie in solchen Dingen vertraute, trug ihr auf, nach dem Festmahl den alamannischen Edlen abzupassen und ihm auszurichten, er solle in der Nacht in der Kirche auf sie warten.
Sie ging zu Bett. Als Gozbert endlich zu ihr kam, stellte sie sich schlafend. Sie hätte jetzt seine Umarmung nicht ertragen.
Lange wartete sie und lauschte seinen gleichmäßigen Atemzügen. Endlich stand sie leise auf und ging unendlich vorsichtig zur Tür, schritt langsam über den Burghof – nur nicht den Eindruck erwekken, etwas Verborgenes zu tun, wer weiß, vielleicht gab es im Dunkeln Augen, die sie sahen –, trat in die Kirche ein. Es war finster und still. Tastend durchmaß sie den Raum, kniete vor den Chorschranken nieder. Sie bemerkte nichts von dem Fremden, und doch spürte sie, er war da. Halblaut begann sie zu beten: »Ave Maria, gratia plena . . .« Seine Stimme fiel ein, er sprach ihr Gebet mit. Danach schwiegen sie.
Schließlich fragte sie leise: »Welche Nachricht bringt Ihr mir von Baderich?«
»Er läßt Euch sagen, er sei lange am Hof des Bayernherzogs gewesen. Nun ist er am Hof unseres Herzogs Godefrid. Er hat viele Fäden geknüpft, auch zu den Sachsen, läßt er Euch sagen. Pippins

Sieg über die Aufständischen sei nicht vollkommen, ihr Widerstand sei nicht gebrochen. Sie brauchen nur Zeit, um neue Kräfte zu sammeln. Und ein neuer Aufstand müsse von langer Hand vorbereitet sein, besser als der erste. Der Wunsch der beiden Herzöge und ihrer Gefolgsmänner, weitere Bundesgenossen zu finden, sei groß. Wenn Herzog Gozbert zu ihnen stoßen werde, würden sie ihn freudig aufnehmen und ihm weiteste Unterstützung gegen Pippin zusagen. Die Zeit sei noch nicht reif, aber sie müsse genutzt werden. Er läßt Euch fragen, ob auf Herzog Gozbert zu zählen sei.«

Geilana schwieg. Sie vergrub ihr Gesicht in den Händen. Endlich sprach sie: »Ich wollte, ich wüßte es. Noch bin ich nicht so weit. Es ist eine schwierige Zeit. Gozbert führt ständig Krieg mit den Wenden, die seine Grenzen erschüttern. Er ist gegen Pippin. Aber Krieg gegen ihn? Sagt Baderich, er muß warten. Sagt ihm, daß ich mit meinen Brüdern und vielen Adalingen meiner Heimat in Verbindung stehe. Sagt ihm, daß ich nicht untätig war, daß ich die Liebe zu Thüringen meinem Sohn tief ins Herz gesenkt habe, wie ich es geschworen habe. Sagt ihm, daß Heden von alledem nichts erfahren darf, daß Heden Pippins Ziele zu seinen eigenen gemacht hat. Sagt ihm – ach nein, sagt ihm sonst nichts. Jetzt geht lieber. Und seid bedankt!«

Baderich hatte ihr kein persönliches Wort ausrichten lassen.

Sie lauschte auf die leisen, unsicher tastenden Schritte des Fremden, bis sie ganz verklungen waren. Dann ließ sie sich vornüber auf den Boden gleiten, preßte die Stirn an die Bohlen.

Aber sie weinte nicht.

*

Da war wieder der stechende Schmerz. Als werde ein Nagel durch ihre Schläfen ins Gehirn getrieben und hin und her gedreht. Und nun auch der Ton, dieser hohe, schrille Ton, den keiner hörte außer

ihr. Noch war er leise, aber sie wußte, er würde lauter werden, alles übertönen. Und dann würde die Welle der Übelkeit sie erfassen. Geilana straffte sich. Sie durfte nicht nachgeben, sich nicht überwältigen, sich nichts anmerken lassen.
Mit gerunzelter Stirn schaute sie auf den Waffenmeister, den Erzieher Theotbalds: »Nun gib schon Auskunft: Wie kommt der Prinz mit dem Hengst zurecht?«
»Nun, es ist ein schwieriges Tier, kaum gebändigt.«
»Ohne Umschweife!«
»Schlecht kommt er mit ihm zurecht. Oder vielmehr gar nicht. Der Hengst hat ihn mehrmals abgeworfen. Nun weiß der Hengst, daß er der Stärkere ist. Der Prinz hat Angst vor dem Tier. Verzeiht, Frau Herzogin, aber da Ihr befehlt, daß ich ohne Umschweife rede – erlaubt Ihr, daß ich offen meine Meinung sage? Danke. Es kann nicht gutgehen mit dem Hengst. Ihr solltet darauf verzichten. Ihr erreicht damit nur, daß der Prinz vor dem Reiten überhaupt Angst bekommt.«
Der Ton in ihrem Kopf wurde lauter. Sie grub die Fingernägel in ihre Handflächen.
»Dabei sitzt er nun schon viel besser auf dem Pferd«, sagte der Waffenmeister.
Sie schwieg. Sie schaute durch ihn hindurch.
»Und die Waffenübungen?« fragte sie schließlich.
»Im Bogenschießen tut es ihm keiner der Jünglinge gleich. Er hat ein scharfes Auge und eine ruhige Hand.«
»Nun sprich schon weiter! Muß ich nach jeder Waffenart selber fragen?! Und sprich über ihn nicht als über den Prinzen, bewerte ihn, als wäre er irgendein Jüngling!«
»Es fehlt ihm an Sicherheit im Sattel. Es fehlt ihm an Kraft. Es fehlt ihm an Gewandtheit. Und mehr noch fehlt es ihm an Mut. Am schlechtesten schneidet er in den Disziplinen des edlen Zweikampfes ab. Mit der Stoßlanze . . . Er würde keinen Zweikampf bestehen.«

»Du bist nicht hart genug zu ihm!«
»Verzeiht, Frau Herzogin. Ich bin so hart zu ihm, daß kaum ein Tag vergeht, an dem er nicht bei den Waffenübungen weint.«
»So bestrafe ihn für seine Tränen! Und gib nicht nach mit deinen Anforderungen. Er muß es lernen, er muß.«
»Und der Hengst?«
»Gib ihm einen Wallach. Aber ein großes, starkes Tier.«
Sie entließ den Waffenmeister, legte die Hand über die Augen. Nun wurde der Nagel mit wuchtigen Hammerschlägen durch ihren Schädel getrieben.
Er würde keinen Zweikampf bestehen.
Mag sein, daß er niemals in seinem Leben einen ernsthaften Zweikampf wird durchführen müssen. Und doch – wie soll er seine Aufgabe erfüllen! Wie sollen ihn die Adalinge anerkennen, wie an ihn glauben, wie ihm folgen, wie mit Begeisterung seinem Befehl gehorchen, wenn offensichtlich ist, daß er keinen Zweikampf bestehen könnte! Wie soll er sie mitreißen, daß sie an nichts anderes denken als an ihn, daß sie im Vertrauen auf seine Kraft und sein Heil jeden Kampf wagen, den er beginnt!
Und wie soll er sich gegen Heden behaupten können!
Habe ich versagt? Habe ich Fehler gemacht bei seiner Erziehung? Habe ich nicht genug von ihm gefordert? Hat ihm der Vater gefehlt? Hruodi war mehr im Krieg gegen die Wenden als daheim. Und dann ist er gefallen. Damals fing es an, daß Theotbald so ängstlich wurde.
Dieser Kopfschmerz, er wird immer schlimmer.
Wenigstens eines ist mir gelungen: Theotbald fühlt sich als Thüringer, liebt unsere Heimat. Und steht den alten Göttern nahe. Wenn er den Wodankult in alter Macht wiederbelebt, wenn er Wodan opfert, dem Gott der Krieger im Kreise der Krieger, wenn dann Wodans Geist über sie kommt, nicht einfach nur Mut: Kampfrausch, heiliger Zorn ... Nichts als der Tod kann einen Krieger aufhalten, der kämpft in diesem heiligen Zorn.

Theotbald ist getauft. Die Priester sagen, wer getauft ist, kann nicht zurück zu den alten Göttern, die sie Teufel nennen.
Warum?!
Warum soll Theotbald nicht Wodan opfern können, wie es mein Vater tat? Warum nicht daran erinnern, daß unsere Königsfamilie, deren Blut in uns fließt, von den Göttern abstammte? Das würde die alten Familien auf seine Seite ziehen, den Widerstand schüren gegen den Frankengott, das Frankenreich!
Wenn es ihm nur gelingt, daß sie an ihn glauben als ihren Führer! Doch dazu muß er lernen, ein besserer Kämpfer zu sein.
Sie stand auf. Die Übelkeit erfaßte sie, ließ sie schwanken. »Arohild!« rief sie nach der Magd.
Diese kam schnell herbei, warf einen besorgten Blick auf die Herrin, wollte sie stützen, doch Geilana wehrte ab: »Suche Theotbald! Und sage ihm, er soll sofort zu mir kommen.«
Langsam ging Geilana zur Tür, trat in den Laubengang. Sie lehnte sich an eine der hölzernen Säulen und sog tief die Luft ein. Sie zwang sich zu tiefen, gleichmäßigen Atemzügen.
Arohild blieb lange weg. Endlich kehrte sie zurück: »Verzeiht, erst habe ich den Prinzen gesucht und nicht gefunden. Dann mich erkundigt. Er ist nicht in der Burg. Er ist unten in der Siedlung. Prinz Heden hat ihn mitgenommen, zur Predigt Bischof Killenas. Allerdings müßte die Predigt längst vorbei sein.«
Die Magd schwieg, dann rief sie: »Oh, da kommt gerade Prinz Heden durchs Tor! Aber Prinz Theotbald sehe ich nicht. Soll ich mich erkundigen?«
Sie kam mit Heden zurück. »Wo ist Theotbald?« fragte Geilana sofort.
»Er ist noch unten bei den Mönchen.«
»Ich habe nicht erlaubt, daß er dich zur Kirche begleitet. Und noch viel weniger, daß er bei den Mönchen bleibt!« sagte sie scharf.
»Nein.« Heden lächelte spöttisch. »Ihr nicht. Aber der Herzog selbst

hat es erlaubt, als Theotbald so darum bat. Es zieht ihn sehr in die Nähe des Bischofs, meinen kleinen Stiefbruder!«

Der Ton in Geilanas Kopf schrillte. Sie wandte sich um, ging in den Raum, legte sich auf das Bett, winkte der Magd ab, die schweigend auf Befehle wartete, sagte nur noch: »Theotbald soll sich sofort bei mir melden, wenn er zurück ist!«, dann versank die Umwelt in einem drehenden Kreisel.

Sie wußte nicht, wieviel Zeit vergangen war, als sie die Stimme ihres Sohnes hörte.

»Mutter?« fragte er leise. Er kniete neben ihrem Bett, sah sie aus dunklen Augen schüchtern an, fragte zögernd: »Seid Ihr wieder krank?«

Sie schwieg. Sie drückte seine Hand. Und dann, einer plötzlichen, überwältigenden Eingebung folgend, strich sie ihm sanft über das Haar.

Er errötete unter der ungewohnten Zärtlichkeit.

So vieles hatte sie ihm sagen wollen, ihn schelten, ihm Vorhaltungen machen, ihm Strafe androhen ... Nun konnte sie nicht. Später, vielleicht.

»Mutter? Darf ich Euch etwas erzählen?«

Kaum sichtbar nickte sie Zustimmung.

»Ich habe Bischof Killena predigen hören. O Mutter, es war, es war wie ein Wunder. Ich habe doch schon viele Predigten gehört, aber heute ... Daß Worte so durch und durch gehen können. Von der Liebe hat er gesprochen, wie sehr Jesus uns liebt, so sehr, daß er für uns gestorben ist. Und daß wir einander lieben sollen, so wie wir geliebt sind. Und dann hat er von Jesus erzählt, wie er Sünden vergeben und die Kranken geheilt hat ... Und wie er das alles gesagt hat, es war, als wäre man dabeigewesen. Und seine Augen haben so geleuchtet, als er davon sprach. Er ist ein Heiliger, bestimmt, das ist er. Mutter, soll ich nicht zu ihm gehen und ihn bitten, daß er zu Euch kommt? Ich bin sicher, er könnte Eure Schmerzen

lindern! Wenn er nur zu Euch käme, wenn er Euch die Hände auflegen würde, so wäret Ihr wieder gesund!«
Etwas schien in ihrem Kopf zu platzen. Nur noch mühsam brachte sie über die Lippen: »Nein. Geh. Laß mich allein!«

Kapitel 5

»Gisela, es wird Zeit, daß du Palmkätzchen schneidest! Und nimm Gerold mit!«

Gisela nickte. Endlich eine angenehme Arbeit! Sie vergewisserte sich, daß ihr Messer am Gürtel hing, rief nach Gerold und ging aus dem Haus. Schneidende Kälte schlug ihr im Freien entgegen. Vergangene Woche hatte sie geglaubt, der Frühling sei eingekehrt, doch plötzlich war noch einmal der Frost hereingebrochen, und das zehn Tage vor Ostern!

Gerold schob seine Hand in ihre. Sie lächelte und streichelte mit dem Daumen über seinen Handrücken. Diese kleine, warme, runde Kinderhand zu spüren war schön.

Sie gingen den Weg zum Bach hinunter. »Nicht so schnell!« jammerte Gerold. Mit seinen kurzen Beinen hatte er Mühe, mit Gisela Schritt zu halten. Nun liefen sie auf einem schmalen Pfad oberhalb des Baches entlang, ließen das Dorf hinter sich. »Hier, Gisela! Hier sind Palmkätzchen!« rief Gerold.

»Ich weiß schönere, ein Stück weiter«, sagte sie und zog ihn hinter sich her, auf das entfernte Weidengebüsch zu. Dort lag die Pferdekoppel von Wolfgers Hof. Sie hatte ihren Bruder Guntheri davon reden hören, daß Arnulf sich seit Tagen darum bemühte, eine Stute zuzureiten. Ob er wohl jetzt auf der Koppel war?

Sie erreichten das Weidengebüsch. »Die sind auch nicht schöner als die anderen!« maulte Gerold.

Gisela ging an den Weiden vorbei, schaute zur Koppel hinüber, bemerkte drei Pferde. Kein Mensch war zu sehen.

Enttäuscht wandte sich Gisela den Weiden zu. Ihr Herz, das eben noch hoch und schnell geschlagen hatte, beruhigte sich langsam.

»Paß auf, wo du hintrittst!« rief sie dem kleinen Bruder zu. Bei der Schneeschmelze und dem nachfolgenden Regen war der Bach über seine Ufer getreten, hatte die tiefgelegene Wiese überschwemmt. Nun breitete sich eine weite, dünne Eisfläche aus. Auch die Weiden standen zum größten Teil im Wasser, wuchsen aus dem Eis heraus. Schlechte Bedingungen, um Zweige zu schneiden. Ob sie doch lieber zu den näher am Dorf auf trockenerem Grund wachsenden Bäumen zurückgehen sollte? Oder würde Arnulf noch kommen?
»Trägt das Eis?« erkundigte sich Gerold.
»Nein«, erwiderte sie einsilbig und suchte nach Zweigen mit schönen Palmkätzchen, begann sie zu schneiden. Gerold ließ Steinchen über das Eis schlittern.
»Ob ich diesmal mit in die Kirche darf, wenn die Zweige geweiht werden? Ob ich bei der Prozession mitgehen darf?« fragte er leise.
Sie gab keine Antwort.
Als sie ein dickes Bündel schöner Palmkätzchen geschnitten hatte, hörte sie das Pferd wiehern. Sie hob den Kopf und lauschte. Hatte sie da nicht eine Stimme gehört, seine Stimme? Rasch blickte sie zu ihrem Bruder hinüber. Er ließ noch immer Steine schlittern, schien nichts um sich herum zu bemerken. Da legte sie die letzten Zweige ab und ging das leicht ansteigende Gelände vom Bach weg hinauf zur Koppel.
Arnulf saß auf dem Pferd. Es bäumte sich auf, machte einen runden Rücken, wilde Sprünge. Arnulf ließ sich nicht abschütteln.
Schrie da nicht Gerold? Nein, jetzt nicht, sollte er warten!
Das Pferd gebärdete sich immer heftiger. Nun galoppierte es über die Wiese, blieb ganz unvermittelt stehen, stieg auf die Hinterbeine. Gisela hielt den Atem an. Würde Arnulf abgeworfen werden?
Wieder hörte sie Gerold schreien.
Nein, Arnulf konnte sich halten. Er beugte sich vor, tätschelte den Hals des Pferdes, schien mit ihm zu sprechen. Die Stute stand ganz still.

Gerold schrie immer noch. Ob sie doch einmal . . .?
Da plötzlich machte das Pferd einen gewaltigen Sprung. Arnulf flog im hohen Bogen vom Pferderücken, überschlug sich in der Luft, rollte am Boden ab, sprang wieder auf die Beine, sah sich um. Das Pferd galoppierte davon.
Arnulf sah zu ihr herüber, lief auf sie zu. Er hatte sich nicht verletzt. Er kam zu ihr!
Noch einige Schritte von ihr entfernt, rief er: »Da schreit ein Kind um Hilfe! Komm!«, rannte an ihr vorbei, auf das Weidengebüsch zu. Gerold!
Nun begriff sie es auch: Gerold schrie in hohen, kläglichen Tönen um Hilfe.
Von plötzlicher Angst gepackt, lief sie hinter Arnulf her.
Da! Gerold mußte sich auf die dünne Eisfläche hinausgewagt haben und eingebrochen sein. Bis zur Hüfte steckte er im Wasser, schlug wild um sich, versuchte immer wieder, auf die Eisfläche zu klettern, brach erneut ein, fiel hin, tauchte unter Wasser, raffte sich wieder hoch und schrie. Arnulf stürmte ihm entgegen, erreichte das Eis, brach ein, stand mit den Beinen im Wasser, drängte vorwärts, mit Körper und Händen das dünne Eis teilend, erreichte den Jungen, hob ihn hoch, nahm ihn in die Arme, watete mit ihm in der Schneise des gebrochenen Eises ans Ufer, stellte ihn ab.
Gisela stand da, reglos, hilflos.
Arnulf riß dem Kind den nassen Kittel vom Leib, »Gib mir dein Tuch!« schrie er Gisela an, »Und zieh ihm die Hosen aus! Hilf schon!«, rieb Gerold mit Giselas Schultertuch notdürftig trocken, löste seinen eigenen Umhang, schlang ihn um den Jungen, schob ihn Gisela in die Arme: »Da! Versuch ihn zu wärmen! Ich hole ein Pferd!«, rannte mit großen Schritten davon.
Gisela drückte ihren zitternden, weinenden Bruder an sich, wickelte ihren weiten Rock um ihn, konnte noch immer nichts denken. Schon war Arnulf mit einem Pferd, einem stämmigen kleinen Wal-

lach, zurück: »Heb ihn hoch zu mir!«, nahm Gerold aus Giselas Armen entgegen, sprengte mit ihm davon. Sie rannte hinter ihm her.

Diese Kälte. Wie lange mochte Gerold im Wasser gestanden haben?

*

Gisela feuchtete das Tuch neu an, legte es Gerold auf die Stirn. Sie glühte.

Gerold stöhnte. »Nicht!« flüsterte er. »Nein,ich will nicht . . .!« Er schrie, keuchend, beinahe tonlos. Seine Augen, glänzend und blicklos, irrten umher, fanden keinen Halt. Schließlich fielen sie wieder zu. Sein Atem ging stoßweise und flach.

Gisela blickte flehend zu ihrer Mutter auf: »Ich habe solche Angst um ihn! Darf ich nicht doch Wolfburg holen?«

Die Mutter schüttelte den Kopf. Tränen standen in ihren Augen, doch ihr blasses, übernächtigtes Gesicht blieb verschlossen. »Nicht Wolfburg mit ihren Zauberkünsten. Ich will kein Teufelswerk am Bett meines Sohnes. Und wenn er stirbt . . .« Ihre Stimme versagte. Dann sagte sie bestimmt: »Gudrun, geh Priester Engelbert holen!«

Ruhelos strichen Gerolds Hände über die Zudecke. Plötzlich verkrampften sie sich im Linnen. Husten schüttelte ihn. Gisela und die Mutter stützten ihn, legten ihn behutsam zurück. Er atmete jetzt sehr schnell. Bei jedem Atemzug flatterten seine Nasenflügel. Kreisrund zeichneten sich rote Flecken auf den Wangen in seinem unnatürlich weißen Gesicht ab.

Und wenn er stirbt . . . hallte es in Giselas Kopf. Er durfte nicht sterben, er durfte nicht!

Endlich kam der Priester. Er stand neben dem Bett, beobachtete das Kind. Gerold keuchte qualvoll, riß die Augen auf, starrte wild um sich. Ein Ausdruck unaussprechlicher Angst stand in seinem eingefallenen Gesicht.

»Ein böser Geist sitzt auf seiner Brust und drückt ihm den Atem ab«, erklärte der Priester. »Wir müssen ihn austreiben.«
»O ja, bitte, tut das!« schluchzte die Mutter. Der Vater, der ebenfalls hinzugetreten war, sagte: »Ich werde der Kirche ein Schwein schenken. Und wenn Gerold wieder gesund wird, noch ein Ferkel dazu.«
»Zwei Ferkel!« erklärte der Priester, sah sich um: »Alle sollen den Raum verlassen, bis auf die Eltern!«
Gisela ging mit Gudrun hinaus. Eng umschlungen standen sie vor der Haustür, sprachen kein Wort, hielten sich, eine spürte das Zittern der anderen. Guntheri, der Bruder, ging mit großen Schritten im Hof auf und ab. Die Knechte und Mägde standen schweigend herum. Ab und zu hörte man ein Gemurmel aus dem Wohnhaus, sonst war es still. Und da plötzlich: ein Schrei. Hoch und hell. Kurz darauf ging die Tür auf, der Vater winkte ihnen hereinzukommen. Nun war auch sein Gesicht so blaß wie das seiner Frau.
Sie traten ein. »Der Dämon ist von ihm gefahren!« erklärte der Priester stolz.
Die Mutter küßte ihm die Hände, griff nach ihrer langen bronzenen Gewandnadel, gab sie dem Priester. Dieser betrachtete die Nadel wohlgefällig, drehte sie hin und her, steckte sie ein, segnete alle und ging.
Gerold schlief.
In der Nacht wachte Gisela an seinem Bett. Immer wieder fühlte sie nach seiner Stirn. Da spürte sie, daß das Fieber weiter anstieg. Ihr schien, als würden ihre Finger verbrennen. Noch stöhnender als am Nachmittag rang der Junge nach Luft. Gespenstisch wirkte es, wie bei jedem Atemzug seine Nasenflügel bebten.
Gisela sah auf ihren Bruder. Sein Atem setzte aus, dann stoßweise wieder ein. Der Priester hatte nicht geholfen. Ob Wolfburg helfen konnte? Aber die Eltern wollten es nicht.
Und wie, wenn die Eltern nie davon erfahren würden?
Sie schlich zu Gudrun, beugte sich über die Schwester, die sofort

die Augen aufschlug. »Wach du bei Gerold!« flüsterte Gisela. »Ich kann nicht mehr.«
Gudrun stand auf.
Gisela ging leise aus dem Haus. Draußen rannte sie den kurzen Weg bis zu Wolfburgs Hof. Ob sie Wolfburg wecken durfte, jetzt, mitten in der Nacht?
Das Hoftor war nicht verschlossen. Ein Hund schlug an. Die Tür des Wohnhauses wurde geöffnet, Wolfburg trat heraus, voll bekleidet, einen Leuchter in der Hand. »Komm herein, Gisela, ich habe auf dich gewartet.«
Gisela folgte Wolfburg in das Haus. »Wie konntest du wissen . . .?« stammelte sie.
»Setz dich!« sagte Wolfburg nur. »Wie geht es deinem Bruder?«
»Sehr schlecht. Priester Engelbert hat den Dämon ausgetrieben, der ihm den Atem abgedrückt hat, aber trotzdem geht es ihm immer schlechter. Meinst du, Wolfburg«, Gisela zögerte, »meinst du, es sind noch mehr Dämonen? Oder er ist wieder zurückgekommen?«
Wolfburg schwieg. Endlich fragte sie: »Er ist vor einigen Tagen ins Wasser gefallen, nicht wahr?« Gisela zuckte zusammen. »Meinst du, das kommt daher?« Dann wäre es ja ihre Schuld!
»Hat er Husten? Und Fieber? Und wie atmet er?«
Gisela erzählte, sie redete und redete, beantwortete jede von Wolfburgs knappen Fragen.
»Wenn ich ihn sehen könnte . . .«
Gisela stotterte: »Meine Mutter, sie sagt, sie will keine Zauberkünste!«
Um Wolfburgs Mund zuckte es verächtlich. »Will sie lieber, daß dein Bruder stirbt?! Priester Engelbert zu holen! Ausgerechnet den! Unwissen gepaart mit Überheblichkeit! Als gäbe es nicht die Weisheit unserer Ahnen, die Kräfte der Natur, die Macht des Zaubers, den Segen der großen Göttin! Das Leben eines Kindes den Händen eines Stümpers anzuvertrauen! Verlangt das euer Christengott?«

Gisela weinte. »Was soll ich denn tun?« Sie war bereit, alles zu tun, alles. Wenn nur Gerold am Leben blieb.
Wolfburg stand auf, ging zum Wandbord, machte sich zu schaffen. Endlich kam sie zurück und reichte Gisela einen kleinen Tontopf mit einer stark duftenden, fettglänzenden Masse. »Da! Erwärme etwas davon, streiche es auf seine Brust und decke ein warmes Wolltuch darüber. Und schieb ihm eine zusammengerollte Decke unter seinen Rücken, hörst du, das ist wichtig, sein Kopf muß nach hinten gebeugt sein, dann kann er leichter atmen. Mehr kann ich nicht für ihn tun, wenn deine Eltern nicht wollen. Wenn ich den großen Segen über ihn sprechen könnte, die unsichtbare Kraft auf ihn herbeischwören . . .«
Gisela schüttelte stumm den Kopf. »Danke!« sagte sie aufschluchzend.
Wolfburg schaute an ihr vorbei ins schwach glimmende Feuer. »Deine Mutter – als sie es abgelehnt hat, meiner Schwägerin beizustehen, da habe ich sie gehaßt. Und mehr noch diesen Gott, der uns trennt, in dessen Namen eine Frau einer anderen die Hilfe verweigert in der Stunde ihrer Not! Gleiches wollte ich ihr mit Gleichem vergelten, deiner Mutter. Aber dann, als Waghild nach Engelbert verlangte, als deine Mutter für sie zu ihrem Priester ging . . . Es war zu spät. Dennoch, das danke ich ihr. Hier, warte, nimm noch diese Kräuter, bereite deinem Bruder einen Tee daraus.« Und dann, nach spöttischem Auflachen, sagte sie hart: »Sag deiner Mutter nichts davon! Und sei unbesorgt. Es sind wirklich nur Kräuter!«
Gisela rannte zurück. Sie behandelte Gerold nach Wolfburgs Anweisungen. Gudrun sah sie stumm an. Gisela erwiderte den Blick, legte beschwörend den Finger auf den Mund.
Gudrun nickte.
Noch vor Morgengrauen erwachte die Mutter, beugte sich über das Krankenbett, lauschte auf den stöhnenden Atem. Plötzlich richtete sie sich auf, sah von Gisela zu Gudrun und wieder zu Gisela zurück,

ein Blick, halb Mißtrauen, halb Erschrecken: »Was habt ihr mit Gerold gemacht? Warum liegt er so anders? Und was bedeutet der Geruch?«
»Mutter, so kann er leichter atmen, und es sind Kräuter, eine Salbe, ein Tee, Mutter, nichts weiter, bitte!«
Die Mutter wurde noch blasser. Jetzt, dachte Gisela, jetzt fragt sie nach Wolfburg. Und alles war umsonst.
Aber die Mutter wandte den Blick ab, sah lange auf Gerold, nickte schließlich langsam, kaum merkbar. Dann sah sie noch einmal kurz und scheu ihre Töchter an, wie ein stumme Bitte um Schweigen.
Gerold hustete. Die Mutter kauerte sich zu ihm, hielt ihn im Arm, sagte: »Priester Engelbert hat nicht geholfen. Ich hätte es wissen müssen. Er ist nicht der rechte Mann. Von seinen Händen geht das Heil nicht aus. Aber einen gibt es, einen . . .«
»Wen?« fragten Gudrun und Gisela wie aus einem Mund.
»Den fremden Mönch, von dem alle reden. Er soll anders sein als die Priester. Er soll ernst machen mit dem Glauben. Er soll leben wie ein Heiliger. Vielleicht ist er einer. Wenn einer helfen kann, so er.«
Sie weckte den Vater und Guntheri. Beide stimmten ihrem Vorschlag zu. »Ich reite sofort los!« rief Guntheri aus. »Ich habe davon gehört, daß er im Wald leben soll, weit ab in der Wildnis. Aber an Graf Mattos Hof werde ich erfahren, wo ich ihn finden kann.«
»Nimm ein zweites Pferd mit, damit ihr schneller zurück seid!« sagte der Vater.
Guntheri überlegte. »Der Mönch wird nicht reiten können, oder? Aber gut, ich versuche es. Was soll ich ihm versprechen, damit er bereit ist, uns zu helfen?«
»Was immer er will«, erwiderte der Vater ernst.
Stunden vergingen. Die Eltern und die beiden Schwestern wichen nicht mehr von Gerolds Bett. Noch immer rang er nach Luft. Noch immer schien der Dämon auf seiner Brust zu sitzen. Noch immer fürchteten sie bei jedem Atemzug, es könne sein letzter sein.

Endlich hörten sie Pferde. Gisela lief hinaus. Der Bruder und der Fremde ritten in den Hof. Der fremde Mönch saß sehr sicher im Sattel, sprang gewandt ab. Wie einer, der es gewohnt ist, mit Schwert und Schild in den Kampf zu ziehen.
Er war groß und hatte einen kräftigen Knochenbau, dennoch war er sehr hager.
Einen Augenblick lang sah er sie an, aus sehr ruhigen, ein wenig abwesenden Augen, dann murmelte er einen lateinischen Segen, schlug das Kreuz über ihr, trat an ihr vorbei in das Wohnhaus ein.
»Gott segne dieses Haus und alle, die darin wohnen!« sagte er mit etwas fremder Betonung in der Landessprache.
Der Vater ging ihm entgegen, reichte ihm die Hand, begrüßte ihn, stellte sich und die Seinen vor. »Vater, ich danke Euch, daß Ihr gekommen seid!«
Der Mönch schüttelte den Kopf. »Nennt mich nicht Vater. Ich bin kein Priester, nur ein einfacher Mönch, der geringste unter den Dienern unseres Herrn. Nennt mich einfach Bruder Aed. Wo ist das Kind, zu dem ich geholt worden bin?«
Sie führten ihn an Gerolds Bett. Er kniete daran nieder, blickte aufmerksam dem Jungen ins Gesicht, strich ihm behutsam den Schweiß von der Stirn.
»Er ist sehr krank«, sagte er leise. »Wenn es Gottes Wille ist, ihn zu sich zu nehmen, wird keine Macht der Erde ihn halten können. Nur einer kann ihm helfen: Gott selbst. Ich will mit meiner schwachen Kraft Gott bestürmen, es zu tun. Bittet, so wird euch gegeben, spricht der Herr. Darum fastet und betet mit mir ohne Unterlaß! Laßt uns zum Herrn schreien, daß er uns höre! Nun kniet nieder und betet mit mir!«
»Voce mea ad Dominum ...« Gisela verstand das Gebet nicht. Aber sie wurde mitgerissen von ihm. Ihre ganze Angst, ihre Schuld und ihre Verzweiflung warf sie in die fremden Worte dieses fremden Mönchs. Und langsam wurde Hoffnung daraus.

Zweieinhalb Tage und drei Nächte kniete der Mönch am Bett Gerolds, ohne sich zu erheben.
Zweieinhalb Tage und drei Nächte betete er mit halblauter Stimme, ohne zu unterbrechen.
Zweieinhalb Tage und drei Nächte aß er nichts.
Die anderen, die Eltern, die Geschwister, das Gesinde, kamen und gingen, beteten mit und hörten wieder auf, nahmen Nahrung zu sich und schliefen.
Der Mönch aber hielt unbeirrbar aus.
Am Morgen des dritten Tages fühlte sich Gerolds Stirn kühl und trocken an, sein Atem ging ruhig und tief, sein Gesicht hatte einen Schimmer von Farbe zurückgewonnen, und gestützt von seiner Mutter trank er in kleinen Schlucken Fleischbrühe, sah sich mit klaren Augen um, schloß sie dann und schlief ein.
Der Mönch stand auf. Er wankte ein wenig. »Danket Gott, der unsere Gebete erhört hat!« sagte er mit einer Stimme, die kaum mehr zu hören war, und doch voller Kraft.
Von allen Seiten streckten sich ihm Hände entgegen, wurden Dankrufe laut. Die Mutter hielt ihm ihre vergoldete Scheibenfibel hin, der Vater seinen Prunkgürtel, Guntheri sein Eisenmesser, Gudrun ihre Ohrringe. Beinahe schroff wies der Mönch alle Geschenke zurück. »Könnte ich vielleicht ein wenig Wasser haben?« fragte er.
Die Mutter griff nach dem Wasserkrug, reichte ihm einen Becher, er trank ihn leer.
»Schnell!« rief die Mutter den Töchtern und Mägden zu. »Bereitet ein kräftiges Essen! Eier, Brei, Honig . . .«
Der Mönch wehrte ab. »Nein. Nur Brot. Aber zuvor zeigt mir den Weg zu eurer Kirche. Ich möchte gerne einmal wieder in einer Kirche beten. Und um den Segen eines Priesters bitten.«
Noch am gleichen Tag verließ der Mönch die Familie wieder, nahm keines der angebotenen Geschenke mit, nur einige Brote, ließ sich auch nicht überreden, sich von Guntheri begleiten zu lassen und

das Pferd zu nehmen, um leichter zu seiner Klause zurückzukehren. Als sie ihm noch einmal überschwenglich danken wollten, wurde er zornig: »Nicht ich habe euch geholfen, sondern Gott! Ihm dankt und nicht mir!«
Dann, wieder freundlicher, ermahnte er sie: »Ihr habt nun die Macht des Gebetes kennengelernt. So laßt nicht ab im Gebet und hütet euch vor den Anfechtungen des Teufels!« Damit ging er.
Gisela pflegte den langsam genesenden Bruder, dachte anfangs noch häufig voller Verehrung an den fremden Mönch und die Macht seines Gebetes, doch bald wurden sein Bild und die Wirkung seiner Worte wieder verdeckt von einem anderen Bild.

*

Es ging nicht. Sie hatte es versucht, wirklich. Es ging nicht. Was immer sie tat, worauf immer sie blickte: Sein Bild schob sich dazwischen.
Arnulf im Feuerschein, den Becher in der Hand. Arnulf am Zaun, mit schmalen, geschickten Händen die Ruten flechtend. Arnulf auf dem Pferd, mit wehendem Haar, schlank und gewandt. Arnulf im Weiher trotz Kälte und Eis vorandrängend, den weinenden Gerold in den Armen. Arnulf mit den anderen Burschen, als sie den Winter austrieben; aber keiner lachte so fröhlich wie er, bei keinem blitzten die Augen so übermütig.
Diese Augen, die nie an ihr hängenblieben.
Wenn er sie nur einmal ansehen würde! Dann würde er merken, daß sie schon lange kein Kind mehr war. Dann mußte ihm doch auffallen, daß sie hübsch war, nicht weniger hübsch als Gudrun – oder?
Wenn sie nur jemanden hätte, mit dem sie darüber reden könnte, jemanden, der es verstehen würde! Aber da war niemand. Auch Gudrun nicht.

Was die Mutter sagen würde, das wußte sie schon. O nein, sich das anhören zu müssen, das wollte sie sich nicht antun! Nein, die Mutter würde es nicht verstehen. Aufregen würde sie sich, von Glauben und Sitte reden und von Sünde, und dann würde sie ihr verbieten, je Arnulf wiederzusehen.
Vielleicht hatte sie ja recht, die Mutter.
Aber was konnte sie dafür, daß sie immerzu an ihn denken mußte! Einmal nur sollte er sie ansehen. Was man sich so sehr wünschte, konnte doch nichts Schlimmes sein?
Gisela streckte sich auf ihrem Bett auf der Empore des Wohnhauses aus, verschränkte die Arme hinter dem Kopf. Sie hatte den Flachs gehechelt, wie die Mutter es ihr aufgetragen hatte. Nun war sie fertig und allein im Haus. Mutter und Gudrun machten einen Besuch. Es hatte keinen Sinn hinauszugehen. Draußen regnete es in Strömen. Da würde sie Arnulf bestimmt nicht begegnen. So blieb ihr nur, von ihm zu träumen.
Die Tür ging auf, wurde wieder geschlossen. Gisela horchte: Wer wa da hereingekommen? Nur zwei Mägde. Sie blieb liegen.
»Deinem Fuß scheint es besser zu gehen. Du hinkst längst nicht mehr so!« sagte die eine.
»Er heilt«, erwiderte die andere. Gisela wußte, daß sie sich vor Tagen einen rostigen Nagel in den Fuß getreten hatte.
»Was hast du dafür getan?« fragte die erste Magd wieder. Eine Antwort war nicht zu hören, statt dessen das Drängen der ersten: »Nun mach nicht so ein geheimnisvolles Gesicht. Sag schon!«
»Erst mußt du versprechen, daß du nichts weitersagst. Zu keinem Menschen! Wenn die Bäuerin davon erfährt . . .«
Gisela hielt den Atem an. Sollte sie jetzt aufstehen, sich bemerkbar machen, hinunterrufen? Aber sie hatte das Gefühl, daß gleich etwas Wichtiges geschehen würde. Und schließlich, war es nicht ihre Pflicht als Tochter des Hauses, herauszubekommen, was sich hinter dem Rücken der Mutter abspielte? Still blieb sie liegen und lauschte.

»Ich verspreche es dir.«
»Schwöre!«
»Gut. Ich schwöre.«
Die Stimme war nun leise. Gisela mußte sich anstrengen, um etwas zu hören, und verstand doch nur Bruchstücke.
» . . . bei Hedwig, . . . nein, keine Salbe, . . . nur ein Zauberspruch, . . . durch und durch, . . . oh, die kann noch ganz andere Zauber, sage ich dir, ganz andere, . . . verlangt viel, aber gibt mehr . . .«
Von dem ganzen Getuschel, das auf diese Unterhaltung folgte, verstand Gisela nicht mehr als ein einziges Wort. Doch dieses Wort ließ sie zusammenzucken.
Noch lange später, als die Mutter und Gudrun nach Hause kamen, klopfte ihr Herz zum Zerspringen.
Durch nichts als dieses eine Wort: Liebeszauber.

*

Gisela hustete. Der Staub kratzte im Hals. Noch einmal drückte sie auf das Heu, preßte es zusammen, dann nähte sie den Sack mit groben Stichen zu. Jedes Jahr im Frühling ließ die Mutter die Betten neu herrichten.
Gisela hob den Sack hoch – wer hätte gedacht, daß Heu so schwer sein könnte! –, über das niedrige Geländer der Bettstatt hinein in das Bett der Eltern, wollte ihn zurechtrücken. Da sah sie ihn.
Er war in den Spalt zwischen gedrechselter Seitenwand und Bodenbrett gerutscht. Vorhin, als sie den Sack mit dem alten Heu herausgenommen hatte, hatte sie ihn nicht bemerkt, aber nun glänzte er ihr entgegen. Der bronzene Ohrring, nach dem die Mutter seit Tagen gesucht hatte, den sie schon verloren gegeben hatte.
Das war die Entscheidung, der Fingerzeig. Fast ein Gottesurteil. Wenn ich den Ohrring finde, dann tue ich es, hatte sie sich vorgenommen.

Gisela sah sich rasch um. Die Mutter knetete den Brotteig, Gudrun verlas Linsen, keiner achtete auf sie. Rasch griff sie nach dem Ohrring. Kühl lag der Drahtring mit dem aus mehreren Kugeln geformten Anhänger in ihrer Hand. Dennoch schien ihr, als verbrenne er sie. Rasch ließ sie ihn in ihre kleine Hängetasche gleiten, die sie am Gürtel trug.
Ihr Gewissen meldete sich. Diebstahl ist das, sagte es.
Sie brachte es zum Schweigen: Wenn ich den Ohrring nicht gesehen hätte, läge er weiter im Bett, und Mutter hätte ihn auch nicht wieder. Und schließlich – Mutter hat ihn längst vergessen.
Viel schlimmer war, was sie damit zu tun beabsichtigte. Sie wußte es. Und dennoch.
Sie schüttelte die Kissen auf, faltete die Decken, richtete sich auf.
»Mutter, soll ich jetzt die Leintücher zum Gutshof bringen?«
Als der Vater vor einigen Tagen wie jedes Jahr zu Ostern dem Grundherren die Abgaben gebracht hatte, die er ihm schuldete, war des anhaltend schlechten Wetters wegen die Leinwand noch nicht gebleicht gewesen. Deswegen hatte er um Stundung dafür gebeten, versprochen, sie baldmöglichst nachzuliefern. Nun hatte in den letzten Tagen endlich die Sonne geschienen, und das Leinen, an den langen Winterabenden gewebt, hatte gebleicht werden können.
Die Mutter stand gebückt über dem Holztrog, knetete und schlug den Brotteig. Sie sah erhitzt und erschöpft aus, nickte nur.
Gisela griff nach dem Umhang, packte die Leinwand in den Korb, lief hinaus. Sie ging den Weg zum Bach hinunter, über den kleinen Steg. Auf dem Acker sah sie ein Ochsengespann. Es kam ihr entgegen. Der Mann, der es führte, sah zu Boden, drückte die eiserne Pflugschar in das schwere Erdreich, schnitt es auf.
Arnulf.
Sie ging rascher, damit sie mit ihm zusammentraf, wenn er den Weg erreichte.
»Guten Morgen, Gisela!« sagte er, lachte ihr einen kurzen Augen-

blick zu. Dann hob er den Pflug aus dem Lehm, ließ die Ochsen wenden. Sie sperrten sich. Mit dem Stock schlug er auf den einen Ochsen ein, zog den anderen am Horn in die gewünschte Stellung, drückte mit der Hüfte gegen das Hinterteil des Tieres. Endlich hatte er die beiden da, wo er sie haben wollte, setzte den Pflug wieder ein, trieb die Tiere an.

»Guten Morgen, Arnulf!« erwiderte Gisela leise. Er hörte es nicht mehr.

Aber er hatte ihr zugelacht.

Wie sein Gesicht strahlte, wenn er lachte! Wenn sie bis jetzt noch gezögert hätte – nun zögerte sie nicht mehr. Beinahe rannte sie. Wenn sie diesen Schritt durchhielt, würde sie in einer knappen Stunde am Gutshof sein, Zeit gewinnen, damit der Mutter nicht auffiel, daß sie beim Heimkehren einen Umweg gemacht hatte ...

Die geflüsterten Warnungen fielen ihr wieder ein, die ihre Kindheit begleitet hatten, Warnungen, nach denen man hastig das Kreuzeszeichen schlug: Geh nie dorthin. Sie hat den bösen Blick. Sie kann einer Kuh die Milch verschlagen. Und Schlimmeres.

Schadenzauber.

Hedwig, bewandert in den Künsten der niederen Magie.

Sie erreichte den befestigten Hof des Grafen Matto, der, am Hang des aufsteigenden Berges gelegen, stolz in die weite, durch sanfte Wellen gegliederte Ebene des Landes blickte, in dem – wie in vielen anderen Gegenden – seine Besitzungen lagen. Am Rande des seit alters gerodeten fruchtbaren Landes hatte der Graf diesen Sitz errichten lassen, in dem er mit seiner Familie von Zeit zu Zeit weilte.

Gisela klopfte an das starke Tor, trat in den Hof, heute sah sie sich nicht um, hatte keinen Blick für den reich verzierten Giebel des Herrenhauses, fragte gleich nach dem Meier, überreichte ihre Leinwand, richtete den Gruß des Vaters aus, lehnte ab, als ihr angeboten wurde, sich mit einer kleinen Mahlzeit zu stärken, lief schon wieder weiter, den leeren Korb schwenkend.

Hinter dem Gutshof begann der große Wald. Der Wald, in dem an einer Quelle das alte Heiligtum der Göttin lag, der Wolfburg diente. Auch Bruder Aed, der Mönch, lebt irgendwo in diesem Wald, ging es ihr plötzlich durch den Kopf. Sie verscheuchte diesen Gedanken, strich ihn aus ihrem Bewußtsein, indem sie das Bild Arnulfs beschwor.

Nicht den Weg nach Hause schlug sie ein, sondern den zum Nachbardorf. Endlich kam sie an.

Dort, am Dorfrand, hinter die Hecken geduckt, stand die Hütte. Hedwigs Hütte.

Gisela blickte sich ängstlich um. Nein, niemand war in der Nähe, niemand beobachtete sie.

Sie verkrampfte die Finger um ihre kleine Tasche, in der sie den Ohrring spürte. Dann klopfte sie an die Tür.

»Wer ist da?« hörte sie eine brüchige Stimme.

»Gisela!« erwiderte sie, stieß die Tür auf, zog den Kopf ein und trat über die Schwelle.

Drinnen war es dämmrig, warm und verraucht. Ein ungewohnter Geruch hing in der Luft, vielleicht von den vielen getrockneten Kräutern, die büschelweise von der Decke hingen.

»Mach die Tür zu. Mich friert so leicht!« befahl die brüchige Stimme. Und dann fuhr sie sehr mißtrauisch fort: »Wer bist du? Dich kenne ich nicht.«

»Aus Lanchheim bin ich«, erwiderte Gisela.

Die Frau betrachtete sie argwöhnisch. Ihr Blick blieb an Giselas Halskette hängen. Das kleine Kreuz.

»Eine Christin!« sagte sie. Ihre Stimme klang noch mißtrauischer.

Gisela wagte kaum, den Kopf zu heben, die Frau anzusehen. Klein war sie und alt, mit grauem Haar und runzligem Gesicht. Aber furchterregend sah sie eigentlich nicht aus. Gisela blickte wieder zu Boden, spürte dennoch, daß die Frau sie beobachtete.

»Was willst du?« fragte die Frau abweisend.

»Ich . . ., ich wollte dich bitten . . .« Gisela brach ab, wußte nicht weiter. Schließlich sagte sie rasch: »Ich habe auch etwas mitgebracht, einen Ohrring.«
Sie holte ihn aus der Tasche, hielt ihn der Frau hin. Doch die nahm ihn nicht.
»Warum glaubst du, ich könnte dir helfen? Warum ich?«
»Die Mägde, sie haben über dich geredet. Und ich dachte, ich . . .« Leise fügte sie hinzu: »Ich weiß niemanden sonst.«
Die Frau lachte ein merkwürdiges Lachen. »Warum wendest du dich nicht an den heiligen Martin?« fragte sie höhnisch. »Euer Gott ist doch angeblich so stark! Aber für die Nöte der Mädchen und Frauen hat er wohl kein offenes Ohr!«
Was sollte man darauf antworten? Stumm und hilflos stand Gisela da. Die Frau streckte die Hand aus: »Nun gib mir schon den Ohrring! Und nun zum letzten Mal: Was willst du?«
»Einen Liebeszauber. Für den Mann, den ich liebe. Er soll mich ansehen. Er soll mich auch lieben!« brachte Gisela mühsam hervor. Sie meinte, nun, wo sie es ausgesprochen hatte, müßte irgend etwas geschehen, etwas Schlimmes.
Doch die Frau stieß nur ein verächtliches Schnauben aus, stand mühsam auf, kramte am Wandbord herum, reichte Gisela ein kleines Spanschächtelchen: »Da, nimm das! Es ist ein Pulver darinnen. Das löse in Wein auf und laß es ihn trinken. Und sorge dafür, daß er dich ansieht, wenn er es trinkt!«
»Und dann . . .?« stotterte Gisela.
»Dann wird er dich lieben. Aber niemals darf er davon erfahren. Das würde er dir nie verzeihen, kein Mann verzeiht so etwas, da hilft auch ein Liebeszauber nicht mehr!«
»Aber wie soll ich . . .«
»Geh! Ich habe dir nichts mehr zu sagen. Und ich rate dir gut: Sag keinem, daß du hier warst!« Die letzten Worte klangen nicht wie ein guter Rat. Eher wie eine unverhohlene Drohung.

Gisela rannte. Sie rannte, als müsse sie fliehen. Erst als sie nicht mehr konnte, wurde sie langsamer. Ich darf mir nichts anmerken lassen, vor allem darf ich mir nichts anmerken lassen, hämmerte sie sich ein. Aber ob die Mutter es nicht dennoch merken würde, mit einem Blick?

Sie näherte sich dem Dorf. Sie sah die Kirche. Schwer wurde ihr jeder Schritt. Schwerer drückte der Atem in ihrer Bust. Am schwersten drückte jenes kleine Schächtelchen in ihrer Tasche.

Auf dem Steg blieb sie stehen, blickte in den Bach. Ich könnte es einfach hineinwerfen, dachte sie.

Langsam ging sie weiter. Ich brauche es ihm ja nicht zu geben. Wahrscheinlich werde ich sowieso nie eine Möglichkeit haben, es ihm zu geben. In Wein!

Es sei denn, zur Hochzeitsfeier . . .

Dann wird er dich lieben.

Mich.

Wenn die Mutter wüßte!

Aber ich habe doch nur getan, was andere auch tun! Viele gehen zu ihr, offen oder heimlich. Zu Hedwig, der Hexe.

Zaudernd trat sie ins Haus.

Wenn die Mutter gefragt hätte, warum sie so lange weg gewesen sei, wenn die Mutter sie angesehen hätte, mit jenem prüfenden Blick, dem jedes Flackern der Unsicherheit, jedes schuldbewußte Abirren der Augen auffiel, wenn die Mutter dann nachgeforscht hätte – Gisela hätte es gestanden. Alles.

Aber die Mutter sah kaum auf, formte gerade Brote, sagte nur: »Gut, daß du wieder da bist. Hol Brennholz, Gisela!«

Kapitel 6

Gisela flocht das letzte bunte Band in Gudruns Haar, dann steckte sie die Zöpfe zu einer kunstvollen Krone auf. Fremd sah die Schwester mit dieser hohen Haartracht aus, sehr erwachsen und auch prächtig, mit ihren bronzenen Ohrringen, der glänzenden Scheibe ihrer Fibel, der Gewandnadel mit dem Zeichen des Kreuzes, nur blaß war sie und still, sehr still.

Plötzlich faßte Gudrun nach Giselas Hand, preßte sie: »Du kommst mich doch auf der Burg besuchen, bald, nicht wahr, Gisela, versprichst du mir das?«

»Natürlich, das weißt du doch.« Gisela wollte ihre Hand Gudrun entziehen, doch diese hielt sie fest. Da begriff Gisela, daß ihre Schwester Angst hatte. In aufwallendem Mitgefühl umarmte sie die Ältere.

»Paß doch auf, Gisela, du zerdrückst ja Gudruns Bluse!« schimpfte die Mutter. Und dann meinte sie freundlicher zu Gudrun: »Ich weiß, du bist aufgeregt. Das gehört dazu, glaub mir, mir ging es zu meiner Hochzeit nicht anders. Aber es wird alles gut werden. Du mußt nur deine Pflichten erfüllen und deinem Mann gehorsam sein!«

Pflichten erfüllen! Gehorsam sein! Wußte die Mutter von nichts anderem zu reden!

Die arme Schwester. Wie sollte man es denn ertragen, so verheiratet zu werden!

Ja, arme Gudrun. Sie wußte nicht, wie es war, wenn beim Klang der Stimme des Geliebten das Herz ganz weit wurde, Wärme den Körper durchströmte, alles um einen herum bedeutungslos wurde neben dieser Stimme, sie wußte nicht, wie ein kurzer Augenblick der Begegnung, und sei es nur von ferne, einem ganzen Tag Sinn

gab, wie dann plötzlich die Farben strahlender leuchteten, die Vögel heller sangen.
Sie wußte nicht, wie es war, sich zu sehnen, an nichts anderes mehr denken, nichts anderes mehr fühlen zu können als die Sehnsucht.
Und sie kannte nicht die Enttäuschung.
Aber damit würde es nun ein Ende haben, denn heute würde sie es tun, und dann würde Arnulf sie so lieben wie sie ihn.
Würde sie es wirklich tun?
Der Bräutigam erschien mit feierlichem Geleit, das Fest wurde nach dem Brauch gefeiert, das Festmahl verging, dessen Vorbereitung viele Tage gedauert hatte, schließlich kam der Augenblick des Abschieds, ungewollte Tränen bei der letzten Umarmung, schon rannte Gudrun aus dem Haus, hetzte zwischen den Gehöften dahin, wechselte mehrmals die Richtung, erreichte schließlich ganz außer Atem, die Wangen gerötet wie vor Freude, Sigiheri, der mit dem Pferd wartete, er zog sie hinauf, sprengte davon, doch nicht Richtung Schwanberg, es galt, Umwege zu machen, die bösen Geister irrezuführen, damit sie die Spur der Braut verloren, ihr nicht folgen konnten.
Die Gäste blieben zurück in Giselas Elternhaus. Heute war das ganze Dorf geladen, heute zählten nicht die Grenzen des Glaubens, die Kluft des größeren Wohlstandes, der gehobeneren Stellung.
Die Musik begann, Pfeifen, Hörner, Trommeln. Arnulf sang. Im Hof wurde getanzt, die Männer auf der einen Seite, die Frauen und Mädchen auf der anderen. Der Rhythmus fuhr in die Beine, in den ganzen Körper, Gisela ließ sich in die Bewegung fallen, wurde immer freier, drehte sich, hob die Hände, vergaß alles, nur nicht das eine: seine Stimme, der sie folgte wie in eine andere Welt. Ihr Gesicht glühte.
Schließlich endete der Tanz. Das große Feuer wurde angezündet. Sie hörte ihn sagen: »Ich habe Durst.« Da ging sie ins Haus, griff nach einem Becher, holte die kleine Schachtel aus ihrem Beutel,

schüttete das Pulver hinein, goß Wein aus dem Krug darüber, trat zu ihm in den Hof, blieb vor ihm stehen, wußte plötzlich, daß sie schön war, sagte: »Arnulf, ich bringe dir Wein. Zu deinem Wohl!«
Achtlos wollte er nach dem Becher greifen, doch sie wich etwas zurück, überrascht blickte er auf. Ihre Augen begegneten sich. Da führte sie ganz langsam den Becher zu ihrem Mund, trank nicht, netzte nur die Lippen mit dem Wein, hielt weiter seine Augen fest, ließ sie nicht los, reichte ihm genauso langsam den Becher, und er trank und sah sie an dabei.
Da war ein Jubel in ihr, und sie spürte selbst, wie sie strahlte. Jetzt würde es geschehen. Jetzt.
Arnulf leerte den Becher mit einem Zug, gab ihn ihr dann zurück. Noch immer sah er sie an, und ein Ausdruck wachsender Überraschung zeichnete sein Gesicht.
»Singst du nicht wieder?« fragte sie. »Ich möchte tanzen!«
Er sang. Sie tanzte nicht einfach, sie wurde selbst ein Tanz. Und die ganze Zeit spürte sie seinen Blick auf sich. Sang er nicht noch weicher und zärtlicher als sonst?
Sie tanzte und tanzte. Es wurde Nacht. Ein schmaler Mond stand am Himmel, langsam kamen die Sterne hervor. Als Arnulf zu singen aufhörte, wandte sich Gisela um und ging aus dem Hof, den Weg zum Bach hinunter.
Sie schaute nicht nach Arnulf.
Sie wußte, er würde ihr folgen.

*

Gisela packte die Geschenke in den Korb: den Tontopf mit dem Zwetschgenmus, den Honigkuchen und die Nüsse, deckte ein Tuch darüber.
»Bis morgen abend dann!« sagte sie zur Mutter.
Diese nickte: »Und vergiß nicht, Gudrun von uns allen zu grüßen.

Und sag ihr«, die Mutter machte eine Pause und sprach dann sehr leise und beinahe verlegen weiter, »ich denke an sie.«
Gisela nickte und ging los. Ein strahlender Frühlingsmorgen war es, sonnig und warm, ein Tag, an dem es eine Lust war, zur Burg auf dem Schwanberg zu wandern. Doch nicht nur auf die Wanderung, nicht nur auf die Schwester und die beiden der Mutter abgebettelten Tage bei ihr freute sich Gisela, als sie auf dem Weg nach Süden das Dorf verließ.
Ein Stück folgte der Weg dem Bachlauf. Diesseits des Baches grünten dieses Jahr die Getreidefelder, jenseits lag das Land brach: So wechselte es von Jahr zu Jahr. Nun bog der Weg etwas ab und wurde von beiden Seiten durch dichte Hecken gesäumt. Hier, verborgen vor neugierigen Blicken, würde Arnulf auf sie warten. Als sie sich gestern kurz am Bach getroffen hatten, wo sie Wasser geholt hatte und er die Pferde getränkt, hatte sie ihm erzählt, daß sie heute zu Gudrun wandern würde, und er hatte versprochen, sie zu treffen. Kurz konnten sie sich immer nur sehen, eng waren die Grenzen der Sitte, keine Gelegenheit für lange, vertraute Gespräche, schon gar nicht für die Zärtlichkeit, nach der sie sich sehnte. Seine Hand streicheln zu dürfen, seine Wangen, sein Haar! Einmal wieder von ihm umarmt zu werden!
War es Sünde, daß sie sich das wünschte?
An seinen Blicken mußte sie es sich genug sein lassen, diese Blicke, die Kostbarkeiten waren, die einen ganzen Tag zum Leuchten brachten. Denn unmißverständlich sagten sie, was seine Lippen noch nicht gesprochen hatten: Ich liebe dich.
Nein, nicht daran denken, daß es da etwas gab, der Zaubertrank . . ., nicht, nein, das spielte doch nun keine Rolle mehr, vergessen mußte sie es, vergessen für immer!
Da, um die Biegung des Weges, da war er. Arnulf lachte ihr entgegen: »Schön, daß du da bist! Ich begleite dich ein Stück. Gib mir deinen Korb, laß ihn mich tragen!«

Sie gingen nebeneinander her, schwiegen, sahen sich ab und zu von der Seite an. Endlich redete er, erzählte von der Schweineherde, die ein Knecht im Wald hütete, und von den Pferden, die sein Vater und er für Graf Matto züchteten. Doch wichtig war nicht, was er sagte, wichtig war, daß sie zusammen waren.

Er begleitete sie bis zum Waldrand, dann schloß er sie in die Arme, verabschiedete sich, er könne nicht so lange wegbleiben, er müsse den Wagen reparieren, die Deichsel sei gebrochen, ging ein paar Schritte zurück zum Dorf, sie sah ihm nach, hoffte von ganzer Seele, daß er sich noch einmal umdrehe, und tatsächlich, er blieb stehen, winkte ihr und rief: »Morgen abend habe ich eine Überraschung für dich!«, lachte und lief sehr rasch davon.

Sie wanderte durch den Wald, die Buchen entfalteten eben ihre Blätter, in hellstem, zartestem Grün leuchtete der Wald, schien sich mit ihr zu freuen. Beim Gehen schwenkte sie den Korb, diesen Korb, den er getragen hatte.

Von welcher Überraschung Arnulf wohl gesprochen hatte?

Plötzlich blieb sie stehen, setzte den Korb ab, sie wußte, es war lächerlich, aber sie konnte nicht anders: Sie umarmte eine Buche, schlang fest die Arme um den glatten Stamm, lehnte ihre Wange daran.

Sie war so glücklich.

Der lange Aufstieg fiel ihr leicht. Es wurde warm, denn der Berg war nur im unteren Teil bewaldet, im Sonnenschein stieg sie durch blühende Wiesen auf, bückte sich hin und wieder, pflückte für die Schwester einen Blumenstrauß. Wie es Gudrun wohl gehen würde?

Sie erreichte das Bergplateau an seiner nordwestlichsten Stelle, blieb kurz stehen, schaute in die weite fruchtbare Ebene hinunter, sah in der Ferne das glitzernde Band des Mains, schon ging sie weiter auf dem ebenen Weg nach Südosten, über die Hochfläche zur Burg. Dann stand sie vor dem mächtigen hölzernen Tor dicht am steil abfallenden östlichen Bergrand, schaute mit klopfendem

Herzen die wuchtige Steinmauer empor – wie mochte sich die Schwester gefühlt haben, als sie durch dieses Tor geritten war, wissend, daß diese gewaltige Mauer von nun an ihr Leben umschließen würde?
Sie gab dem Torwächter Auskunft, wurde eingelassen, ging auf dem leicht ansteigenden Weg zwischen unbewohnt aussehenden, verschlossenen Blockhäusern, Stallungen und Speichern immer weiter in die Burg hinein – sie hatte nicht geahnt, daß diese so viele Gebäude umfaßte –, stand staunend vor dem gewaltigen Holzbau mit dem hohen schilfgedeckten Dach und dem mit Schnitzereien verzierten Giebel, wußte, daß dies das Haus der herzoglichen Familie sein mußte, und schaute sich suchend um: Wo war das Haus Sigiheris, wo würde sie Gudrun finden?
Drei Kinder tobten über den Hof, ein Hund rannte kläffend neben ihnen her. Als sie Gisela sahen, blieben sie stehen, doch ehe Gisela nach Gudrun fragen konnte, hörte sie schon die Stimme der Schwester: »Gisela!«, drehte sich um, wurde stürmisch umarmt. Dann, als die Schwester sie losgelassen hatte, fühlte sie Befangenheit: Früher waren wir nie auch nur einen Tag getrennt, nun sind es schon Wochen, wo beginnen?, hielt Gudrun die Blumen und den Korb hin: »Hier, für dich, die Mutter schickt es dir, und ich soll dir sagen, sie denkt an dich. Und grüßen soll ich auch, von allen.«
Gudrun nahm Blumen und Korb: »Wie schön, meinen liebsten Kuchen und Zwetschgenmus, hier haben wir keins, die Mägde haben keins gekocht im letzten Herbst, wenn keine Hausfrau da ist, du ahnst ja nicht, wie heruntergekommen hier alles war, kein Fleisch eingepökelt und Maden im Speck, ich habe gearbeitet wie von Sinnen, aber noch immer ist nicht alles in Ordnung, die Mägde, sie sind es nicht mehr gewohnt, daß eine Hausfrau ihnen auf die Finger sieht, aber was stehen wir hier, komm, Gisela, ich muß dir doch alles zeigen, die ganze Burg, ah, die Kinder, sie haben dich ja noch gar nicht begrüßt, gebt eurer Tante die Hand, und du, Ber-

tram, deine Nase läuft schon wieder, nein, nicht mit den Fingern schneuzen, was soll Gisela von euch denken!«
Gisela schaute ihre Schwester verwundert an – so viel, so pausenlos hatte Gudrun früher nie geredet. Verändert war sie, schmaler im Gesicht, oder war es nur die neue Haartracht, das hochgesteckte Haar der verheirateten Frau? Rote Flecken bildeten sich auf Gudruns Wangen, doch sonst war sie eher blaß.
»Komm!« Die Schwester zog sie mit sich fort. »Siehst du, das ist das Herzogshaus, soll ich es dir zeigen, ich habe es noch nicht putzen lassen, das ist das nächste, was ich tun muß, kaum zu glauben, wieviel Schmutz sich in einem Haus ansammelt, auch wenn es ein ganzes Jahr leersteht, aber bald kommt der Herr Herzog, vielleicht auch die Frau Herzogin und die Prinzen, jedenfalls viel Gefolge, ich weiß nicht, für wie lange, vielleicht nur ein paar Tage, vielleicht aber auch mehrere Wochen, der Herr Herzog wird Gericht halten und die Güter kontrollieren, Sigiheri sagt, solange alles in Ordnung ist, ist der Herr Herzog sehr gnädig und freundlich, aber wenn er einen Mißstand entdeckt, wird er furchtbar streng, Sigiheri sagt, ein Strafgericht des Herzogs, das ist das Schlimmste, was man sich vorstellen kann, du glaubst gar nicht, wie ich mich fürchte, ich sage dir, das wird eine Arbeit, alle Häuser müssen hergerichtet werden, die Betten neu gestopft, überall waren Mäuse drin, bittest du die Mutter für mich, ob sie mir aus dem letzten Wurf eine Katze schenkt, hier haben wir keine, ich werde der Mäuse nicht Herr, auch im Getreidespeicher haben sie viel Schaden angerichtet, warte, ich schließe die Tür auf, siehst du, das ist sie, die Herzogshalle!«
Gisela trat ein. Die Augen mußten sich erst an das Dämmerlicht gewöhnen, nur langsam wurden die Einzelheiten sichtbar, die Schilde und Waffen an den Wänden, die Teppiche auf dem hellgescheuerten Holzfußboden, die große offene Feuerstelle in der Mitte des langen Raumes, der auf einer Erhöhung stehende Thronsessel des Herzogs. Gisela stand und schaute, hörte längst nicht mehr der

Schwester zu, die noch immer ohne Unterbrechung redete. In was für einer fremden Welt die Schwester nun pötzlich lebte, ganz anders als daheim in Lanchheim. Wie sie, Gisela, sich wohl fühlen würde, wenn sie dem Herrn Herzog und der Frau Herzogin begegnen müßte, vor ihrem prüfenden Auge bestehen?
Kein Wunder, daß Gudrun aufgeregt war.
Dennoch müßte sie deswegen doch nicht gleich so viel reden, oder?
»Oh, ich muß das Mittagessen vorbereiten! Hilfst du mir?« rief Gudrun. Gisela nickte, ging hinter der Schwester zu deren Wohnhaus, schaute sich um. Beruhigt stellte sie fest, daß es in Gudruns Haus nicht viel anders aussah als daheim: die runden Tische mit den Polsterstühlen, die Bank die Wand entlang, das breite Bett mit dem gedrechselten Säulengeländer unten im Wohnraum, die Kinderbetten auf der Empore, die gemauerte Herdstelle mit dem vom Balken hängenden Kessel. Hier müßte sich Gudrun doch heimisch fühlen.
Sie arbeiteten nebeneinander, Gisela rührte die Gerstengrütze über dem Feuer, goß noch Milch dazu, Gudrun deckte den Tisch. Fast war es wie früher. Endlich hatte Gudrun zu reden aufgehört, war schweigsam wie sonst auch oft. Oder hatte das Schweigen nun einen anderen Klang?
An diesem Tag und dem folgenden half Gisela der Schwester bei allen Arbeiten, erzählte ihr von zu Hause – kein Wort freilich von Arnulf, nie waren sie alleine, immer waren die Kinder oder eine Magd oder auch Sigiheri um sie herum –, fühlte die anfängliche Fremdheit weichen, die Schwester wieder vertrauter werden.
Dann, am Nachmittag des zweiten Tages, sagte Gudrun: »Nun mußt du schon bald wieder gehen. Komm, ich zeige dir noch den Weiher. Es ist gar nicht weit.«
Sie verließen die Burg, gingen im Sonnenschein über die Wiese auf dem Bergplateau, erreichten den kleinen See, setzten sich am Ufer ins Gras, schauten den Enten zu, beobachteten die Libellen. Gudrun

drehte an einem Grashalm, zerzupfte ihn in winzige Stücke. So auffallend, wie sie am Tag zuvor geredet hatte, schwieg sie nun.
Gisela beobachtete die Schwester von der Seite, begriff, daß diese nach Worten suchte, nach anderen Worten als gestern. Sie legte die Hand auf Gudruns Schulter.
Diese sah kurz auf, errötete, drehte dann den Kopf weg, blickte auf den Weiher.
Schließlich begann sie leise: »Gisela, weißt du noch, damals, unser Gespräch im Webhaus, du hast mich gefragt, ob ich mich freue, daß ich verheiratet werde, du hast von Liebe gesprochen, ich habe dich nicht reden lassen, ich wollte dich nicht hören . . .« Sie verstummte, schwieg lange, begann endlich neu: »Vielleicht hattest du recht. Das wollte ich dir nur sagen, damit du nicht auch . . .« Plötzlich sprach sie viel lauter, sehr schnell, hastig: »Paß auf dich auf, Gisela! Laß dich nicht mit einem Mann verheiraten, den du nicht willst! Und wenn die Eltern einen für dich wählen, der dir zuwider ist – wehr dich, versuch es!«
Gisela fragte, und ihr Erschrecken ließ ihre Stimme zittern: »Ist es so schlimm für dich?«
»Schlimm? Ach, am Tag nicht. Die Arbeit, der Haushalt, die Burg. Ich habe so viele Aufgaben, und Sigiheri – er erkennt an, was ich tue, achtet mich als Hausfrau. Aber in der Nacht . . .« Wieder stockte Gudrun, zog mit einemmal Gisela an sich, preßte ihren Kopf an ihre Schulter, hielt sie sehr fest. Gisela spürte das Haar der Schwester, ihre Wärme, hörte ihre Stimme dicht an ihrem Ohr, sehr leise: »Schau, daß du einen Mann bekommst, den du liebst!«
Jetzt erzähle ich es ihr, durchzuckte es Gisela, nicht alles, nicht das von dem Zauber, aber von Arnulf, das sage ich ihr, doch dann hörte sie Schritte und kurz darauf Sigiheri: »Hier seid ihr also! Ich habe nach dir gesucht, Gudrun, ich brauche deinen Rat. Und den Schlüssel für den Speicher.«
»Ich komme«, erwiderte Gudrun, stand auf, »kommst du auch,

Gisela«, ging schon neben ihrem Mann auf die Burg zu. Gisela blieb an ihrer Seite, schaute ihr noch einmal ins Gesicht. Doch die Schwester blickte zu Boden.

Wenig später war es Zeit für den Aufbruch, damit Gisela vor Einbruch der Dunkelheit daheim sein konnte. Sie verabschiedete sich von Sigiheri, den Kindern, und schließlich von Gudrun: Ach, Schwester, warum muß ich jetzt gehen, jetzt, wo wir vielleicht gerade miteinander beginnen könnten, du tust mir so leid, fast schäme ich mich meines Glücks, wenn du wüßtest ... Hätte ich dir doch von Arnulf erzählt!

»Besuch mich bald wieder!« bat Gudrun.

Gisela nickte: »Sobald es Mutter erlaubt!«, umarmte noch einmal die Schwester und ging.

Als sie die Stelle erreicht hatte, an der der Abstieg nach Norden begann, spürte sie übermächtig den Wunsch umzukehren, so vieles hätte sie sagen müssen, fragen müssen, doch sie rief sich zur Vernunft, sie mußte heim. Und dann, als sie zaudernd, voll inneren Widerstands, die ersten Schritte bergab ging, fiel ihr wieder ein, was im Erschrecken über Gudrun in den Hintergrund getreten war: Arnulf hatte ihr ja eine Überraschung versprochen! Also würde er doch wohl eine Möglichkeit finden, sie noch heute zu sehen?

Nun rannte sie, stürmte den Berg hinunter, vergaß alle Sorgen um ihre Schwester, dachte nur noch an ihn.

Nach Sonnenuntergang erreichte sie Lanchheim. Im Dämmerlicht sah sie sich um, sah nirgends Arnulf, ging zum väterlichen Hof und, nach allen Seiten Ausschau haltend, auf das Wohnhaus zu. Gerold kam ihr entgegengerannt. »Es sind Gäste da!« rief er aufgeregt. »Wolfger und Arnulf und andere Männer. Mich haben sie aus dem Haus geschickt. Dabei hätte ich so gerne zugehört!«

Wolfger, Arnulf und andere Männer. Die Überraschung. Doch nicht etwa ... ?

Sie lief auf das Haus zu, streckte die Hand nach dem Türgriff aus, zauderte plötzlich, blieb stehen. Und dann machte sie die zwei Schritte bis zu der Bank an der Hauswand, setzte sich darauf, lehnte den Kopf an die Balken, genau neben der kleinen Fensteröffnung in der Wand.

»Warum gehst du nicht hinein?« fragte Gerold.

Sie schüttelte den Kopf. »Laß mich. Geh in den Stall, hilf beim Melken! Nun geh schon!« Schmollend verzog er sich.

Gisela aber hörte auf das, was im Haus gesprochen wurde. Anfangs fiel es ihr schwer, die Stimmen zu erkennen, ihren Sinn zu begreifen, so tobend war ihr Herzschlag. Wolfger mußte es sein, der gerade sprach, mit verärgerter Stimme: » . . . mein einziger Erbe. Er wird einmal einen großen Hof übernehmen, nicht viel kleiner als deiner, Giselheri. Was ist mit dir, Giselheri, bildest du dir ein, weil du reicher bist und dich der Graf über uns gesetzt hat, du wärst etwas Besseres? Willst du etwa auch deine zweite Tochter an einen Franken verheiraten?«

Nun redete der Vater: »Das ist es nicht, das weißt du selber. Als würde ich meine eigene Verwandtschaft verleugnen, und sei sie noch so entfernt! Nein, Arnulf wäre mir recht und willkommen als Schwiegersohn. Wenn er getauft wäre und du auch.«

»Getauft!« Nun schrie Wolfger fast. »Wenn ich das schon höre! Was bildet ihr euch eigentlich ein, daß ihr meint, jeden bekehren zu müssen! Was bildet ihr euch ein, daß ihr meint, unsere Götter verachten zu können! Wir ehren den Glauben unserer Ahnen, und unsere Götter sind nicht schwächer als eurer! Den Beweis bist du mir noch immer schuldig geblieben, daß euer Christus der stärkste und mächtigste Gott ist! Den Kampf habe ich nicht gesehen, in dem er über Wodan gesiegt hätte! Doch was sollen wir uns darüber streiten, das haben wir oft genug getan, und es bringt nichts. Ich war mit einer getauften Frau verheiratet. Warum soll das nicht auch Arnulf sein!«

»Ja, Waghild!« Das war die Stimme der Mutter, hoch und vor

Erregung zitternd. »Und wohin hat das geführt! Das soll meiner Tochter nicht geschehen! Abtrünnig ist Waghild geworden, der Kirche ferngeblieben, in den Teufelsglauben verfallen durch deine und Wolfburgs Schuld, und als sie starb, kam ihre Reue zu spät, ein unseliges Ende hat es mit ihr genommen, und verdammt ist sie zur ewigen Hölle!«

»Halt den Mund!« schrie Wolfger. »Unseliges Ende! Ewige Hölle! Könnt ihr von nichts anderem reden! Sie hat ein gutes Leben gehabt an meiner Seite! Eine geachtete Hausfrau war sie, und auch du, Fridburg, hast keinen schöneren Schmuck als meine Waghild! Ich habe ihr das beste Begräbnis gegeben, das ich ihr geben konnte! Meinen Ahnen habe ich sie zugesellt, und noch im Tode werde ich sie schützen. Euer Gerede von Himmel und Hölle ist mir unerträglich!«

»Unerträglich«, wiederholte der Vater langsam und ernst. »Ja, Wolfger, weil du die Wahrheit nicht ertragen kannst. Aber es hilft dir nichts, die Augen zu verschließen. Noch ist es nicht zu spät. Für dich nicht und für Arnulf nicht. Die Toten sind nicht mehr zu retten. Aber die Lebenden können sich noch bekehren, damit sie in den Himmel gelangen.«

Wolfger lachte, böse und wild. »Himmel! Hölle! Wo ist euer Stolz geblieben, die Kraft des Mannes, der dem Schicksal ins Auge blickt und, wenn es sein muß, unterzugehen weiß, das Schwert in der Hand! Wie Kinder oder Knechte fürchtet ihr euch vor Strafe und winselt um Gnade! Und selbst wenn es stimmen würde, was euer jämmerlicher Priester sagt, selbst dann – dann will ich lieber mit meinen Ahnen in eurer Hölle sein als ohne sie in eurem Himmel! Ich verrate meine Vorfahren nicht. Ich nicht!«

Nach diesen Worten war es lange still.

Dann sprach Arnulf: »Vater, wir sind hierher gekommen, um für mich um Gisela zu werben.«

»Ja«, sagte Wolfger. Noch immer klang seine Stimme böse. »Zum

letzten Mal also, Giselheri: Gibst du deine Tochter meinem Sohn zur Frau?«
Und der Vater antwortete: »Zum letzten Mal, Wolfger: Nein!«

*

Alles vergessen.
Gisela drückte sich enger an Arnulf. Sofort schloß er seine Arme noch fester um sie.
Für immer und ewig hätte sie so stehen mögen, den Kopf an seiner Schulter, von ihm gehalten, und alles vergessen: die letzten Tage, in denen sie hin- und hergerissen gewesen war zwischen Auflehnung und Verzweiflung, in denen sie vergeblich versucht hatte, die Eltern umzustimmen, und dafür nichts als Vorwürfe und Drohungen zu hören bekommen hatte. Und den Gedanken an die Zukunft. Alles vergessen über diesem einen Augenblick.
»Heute nacht bei der alten Eiche!« hatte Arnulf ihr durch eine Magd ausrichten lassen, denn es war ihm nicht möglich gewesen, selbst mit Gisela zu sprechen, argwöhnisch wachte die Mutter über sie.
Wie ein Dieb hatte sich Gisela in der Nacht weggestohlen. Als sie sich der Eiche genähert hatte, war eine dunkle Gestalt darunter hervorgetreten. Da hatte nichts mehr sie gehalten, und sie war gerannt, in seine ausgebreiteten Arme hinein.
Nichts hatte mehr Bedeutung, nichts zählte mehr außer ihm. Sie wollte nicht mehr denken, nur noch fühlen.
»Willst du meine Frau werden?« fragte er. Heftig nickte sie.
»Dann gibt es nur einen Weg. Die Zustimmung deines Vaters erreichen wir nicht. Also müssen wir ohne seine Zustimmung Mann und Frau werden. Du weißt, was das bedeutet, nicht wahr, Gisela?«
Er machte eine Pause, schob sie etwas von sich, umfaßte ihr Gesicht mit beiden Händen.
»Ja«, flüsterte sie.

»Wir müssen deine Familie vor vollendete Tatsachen stellen. Ich muß dich rauben.«

»Ja«, flüsterte sie wieder.

»Wir müssen fliehen, in den Wald. Dein Vater darf uns nicht zu fassen bekommen – und auch meiner ... Er hat für mich um dich geworben, aber ein Raub – du weißt, er wird sehr leicht zornig, und dann ...« Er zog sie wieder an sich: »Also bleibt nur der Wald, vorerst. Willst du mit mir fliehen?«

»Ja«, flüsterte sie noch einmal.

Wollte sie es wirklich? Sie hatte noch mit keinem Gedanken diese Möglichkeit erwogen. Doch nun, wo er es sagte, schien es ihr selbstverständlich, notwendig, zwingend. Sie liebte ihn doch! Wie könnte sie noch ohne ihn leben?

Ihr Vater, was würde er tun? Wenn er sie beide verfolgen würde, oder gar mit Wolfger eine Fehde beginnen, Rache üben! Vollendete Tatsachen – nichts und niemand konnte den Vater zwingen, sich damit abzufinden, wenn er es nicht wollte!

Arnulf küßte sie. Sie schloß die Augen.

Irgendwie würden sie die Eltern schon wieder versöhnen.

Und mit Arnulf allein im Wald!

»Komm!« sagte er und nahm ihre Hand. »Dort drüben steht mein Pferd. Wir müssen vor der Morgendämmerung tief im Wald sein!«

»Jetzt schon? Heute nacht? Ich meine, ich habe doch gar nichts ...«

»Ich habe alles in die Satteltaschen gepackt, was wir brauchen. Wenn du mit mir kommen willst, dann jetzt. Ich will nicht länger warten. Wer weiß, ob es noch einmal eine Möglichkeit gibt!«

Er hob sie auf sein Pferd und ritt mit ihr los.

Sie sah nicht zurück.

Kapitel 7

Aed stand ganz still, atmete so leise wie möglich. Da war wieder das Reh, das jeden Morgen in der Dämmerung zum Bach kam. Es trat aus dem Dickicht und blieb witternd stehen. Bemerkte es ihn nicht, oder kannte es ihn längst, wußte, daß ihm keine Gefahr von diesem Menschen drohte? Nun trank es. Die Vögel in der seichten Mulde, die Aed am Rande des Bachlaufs gegraben hatte, um den Vögeln eine Tränke zu schaffen, ließen sich nicht stören. Rotkehlchen und Grünfink tauchten ihre Schnäbel ins Wasser, warfen die Köpfe zurück, dann duckten sie sich in das Naß, spritzten mit den Flügeln, hüpften wieder heraus, plusterten sich auf und schüttelten sich, daß die Tropfen stoben. Schließlich flogen sie davon. Das Reh knabberte an den Grashalmen am Bachrand.

O Gott, wie ist Deine Schöpfung so wunderbar. Wie herrlich hast Du alles gerichtet. Ein Lobpreis auf Deine Macht und Güte ist das Leben der Kreatur.

Laß doch auch mein Leben ein Lobpreis sein. Laß mich einstimmen in das Jubellied des erwachenden Morgens. Öffne meine Augen für die Schönheit der Natur. Und laß meine Seele Ruhe finden bei Dir.

Ruhe – die letzten Tage waren von dem Frieden erfüllt gewesen, den das Bewußtsein der Gegenwart Gottes gab: nicht nur jedes in der Einsamkeit gesprochene Wort und jeder Gedanke, sondern auch jeder Handgriff und jeder Atemzug ein Gebet. Solcher Frieden war ein Geschenk. Er nahm ihn voller Dankbarkeit entgegen und wußte, daß er wie stets nur eine Zeit währen würde.

Das Reh verschwand im Dickicht. Auch Aed ging zu seiner Hütte zurück. Rund und klein war sie, mit einem schilfgedeckten Dach und lehmverputzten Flechtwänden. Graf Matto, dem der Herzog

das Wohlergehen Aeds ans Herz gelegt hatte, als Aed von Wirziburg aus zu dem weiten bergigen Waldland aufgebrochen war, das an des Grafen Besitzungen grenzte, hatte sich erboten, von seinen Leibeigenen ein festes Blockhaus für Aed errichten zu lassen, doch Aed hatte abgelehnt, nur um Werkzeug und einige Baumstämme gebeten, alles andere, was er benötigt hatte, selbst aus dem Wald zusammengetragen, und vor nun bald zwei Jahren, in seinem ersten Sommer und Herbst in diesem fremden Wald, seine Hütte ganz allein erbaut, nur für die Errichtung der tragenden Pfosten und des Dachstuhls Hilfe erbeten. Die beiden Knechte, die ihm von Graf Matto dazu geschickt worden waren, hatten kopfschüttelnd vor diesem runden Gebilde gestanden, doch Aed hatte ihnen lächelnd erzählt, daß in seiner Heimat viele Häuser rund seien und er seine Hütte daher in Erinnerung an daheim so baue.
Auch in Wirziburg hatten sie solche Hütten gebaut. Und zuvor, auf ihrer Reise durch das Frankenreich, auf dem Grund jenes Herrn, in dessen Schutz sie eine Zeitlang geblieben waren, am Hofe von ...
Da war wieder die Erinnerung an jenen Abend:

Sie hatten eben ihr Gebet in ihrer bescheidenen Hütte beendet, als die Tür aufgerissen wurde und ein junger Knecht hereinstürzte, fast noch ein Knabe. Sie kannten ihn, er hatte an einigen Gottesdiensten teilgenommen, Bernward, ein Knecht Randulfs, des benachbarten Herrn. Seine Augen hatten stets voller Glauben an dem Bischof gehangen. Nun sprach nichts als höchste Verzweiflung aus ihnen.
»Bitte helft mir, bitte!« stammelte er und fiel vor Bischof Killena zu Boden, umklammerte seine Füße.
Der Bischof hatte Mühe, ihn zu beruhigen, zum Aufstehen zu bewegen, zum Sprechen zu bringen. Endlich erfuhren sie, was geschehen war.
Bernward hatte die Rinder seines Herrn im Wald gehütet. Allein war er gewesen, da der andere Hirt eines verletzten Beines wegen

hatte zurückbleiben müssen. Plötzlich war ein Stier, der wertvollste Zuchtbulle, wildgeworden, vielleicht durch einen Insektenstich, war wie von Sinnen davongestürmt. So schnell er konnte, war Bernward hinter ihm hergerannt und hatte doch nicht verhindern können, daß der Bulle in die Herde des Nachbarn eingebrochen war und dort einen jungen Stier angefallen und schwer verletzt hatte. Erst gemeinsam mit den Knechten des Nachbarn hatte Bernward den Stier wieder einfangen können. Voller Angst war er zu seiner Herde zurückgekehrt – und hatte entdeckt, daß dort inzwischen ein Rudel Wölfe ein Kalb gerissen hatte. Da hatte Bernward die Herde zurück in die Obhut des anderen Knechts getrieben und war aus Furcht vor seinem Herrn geflohen.

Bischof Killena schüttelte den Kopf: »Du darfst nicht fliehen, Bernward, das weißt du. Du hast kein Recht, deinen Herrn zu verlassen. Du mußt zurück zu ihm und ihm alles erklären! Was geschehen ist, war nicht deine Schuld.«

»Aber er wird mich nicht anhören! Ihr kennt ihn nicht so wie ich, wißt nicht, wie er ist! Ich habe ein Kalb verloren. Und der Stier hat einen Stier des Nachbarn aufgeschlitzt! Mein Herr wird eine hohe Buße zahlen müssen. Und mich, mich wird er so bestrafen, so bestrafen . . . Ich kann nicht zurück!«

Aed erschrak: Es gibt keine Möglichkeit, einen Sklaven vor seinem eigenen Herrn zu schützen. Uneingeschränkt ist die Gewalt des Herrn über ihn, wie über ein Stück Vieh oder eine Sache.

»Bitte helft mir, versteckt mich!« flehte Bernward.

Schon war von draußen wütendes Hundegebell zu hören und eine scharfe Stimme. Bernward wurde weiß. »Das ist er. Er hat mich mit den Hunden gehetzt!« flüsterte er und drückte sich in den hintersten Winkel der Hütte, verbarg sich hinter den Mönchen.

Die Tür flog auf, und Randulf, Bernwards Herr, stand darin, gefolgt von einigen jungen Männern. »Wo ist er?« brüllte er. »Ich weiß, daß er hier sein muß! Der läuft mir nicht noch einmal davon! Bernward!

Her mit dir!« Sein Gesicht war zornrot, die Adern an seiner Stirn geschwollen. Es gab keinen Zweifel daran, daß dieser Mann gefährlich war.
Bischof Killena trat ihm in den Weg. »Bernward fürchtet Euren ungerechten Zorn. Mit Grund, wie mir scheint. Er hat den Schutz der Kirche angerufen!«
»Kirche? Ich sehe keine Kirche! Aber irgendwo hier ist mein Knecht, und kein Mensch kann mich daran hindern, ihn so zu bestrafen, wie es mir gefällt! Gebt Bernward heraus!«
Der Bischof schwieg. Er schaute Randulf in die Augen.
»Schützt Ihr einen entlaufenen Sklaven?« herrschte Randulf ihn an.
»Ich schütze einen unglücklichen Menschen«, erwiderte er.
Etwas wie Unsicherheit schien in Randulf aufzukommen. Dennoch sagte er harsch: »Ihr könnt mir nicht den Zugriff auf mein Eigentum verwehren! Wenn Ihr das tut ... « Er sprach nicht weiter. Unausgesprochen hing die Drohung in der Luft.
»Nein«, erwiderte der Bischof leise, »das kann ich nicht. Dazu habe ich keine Macht. Aber ich bitte Euch im Namen des Gottes, auf den Ihr getauft seid, im Namen des Gottes, auf dessen Gnade Ihr hofft, daß Ihr für Bernward Straffreiheit zusagt. Er ist schuldlos an dem, was geschehen ist. Was könnte ein Knabe gegen einen wildgewordenen Stier ausrichten! Gebt Euer Wort, daß Ihr ihn für den entstandenen Schaden nicht bestrafen werdet. Und bitte verzeiht ihm, daß er sich in seiner Angst zu mir geflüchtet hat!«
»Worauf soll ich Euch mein Wort geben?« schrie Randulf.
»Darauf, daß Ihr Bernward nicht bestrafen werdet. Versprecht, ihm für das, was geschehen ist, Straffreiheit bis zu seinem Tode zu gewähren!«
Randulf ballte die Fäuste, sog hörbar die Luft ein. Doch plötzlich stieß er einen merkwürdigen, fast bellenden Ton aus und sagte: »Gut, Bischof. Wie Ihr wollt. Ich verspreche es. Ihr habt mein Wort. Ich werde Bernward dafür nicht bestrafen – bis zu seinem Tode.«

Bischof Killena nickte bedächtig. Dann wandte er sich um, bedeutete den Mönchen, beiseite zu treten, winkte dem Knecht. »Komm her, Bernward. Geh zu deinem Herrn zurück!«
Bernward schüttelte stumm den Kopf. Aber Bischof Killena sagte: »Du hast gehört, was dein Herr versprochen hat. Wir alle haben es gehört. Auch seine eigenen Jungmannen. Du mußt dich nicht mehr fürchten. Geh zu ihm, er hat ein Recht auf dich als dein Herr.«
Zitternd näherte sich Bernward seinem Herrn, kniete vor ihm nieder.
Dieser aber zog blitzschnell sein Schwert und ließ es auf Bernwards gebeugten Kopf hinabsausen.
In den Aufschrei der Mönche hinein lachte Randulf höhnisch: »Was wollt Ihr?! Ich habe mein Wort gehalten! Ich habe Bernward nicht bestraft, bis zu seinem Tode!«

Aed stöhnte auf bei dieser Erinnerung. Er sah wieder den erschlagenen Bernward vor sich, fast noch ein Kind. Und Bischof Killena, der neben dem Toten kniete und weinte. Das einzige Mal, das er, Aed, den Bischof hatte weinen sehen.
In der Nacht hatte der Bischof noch immer geweint, als er laut gebetet hatte, in der Meinung, die Brüder würden alle schlafen. Aed hatte wider Willen das Gebet des Bischofs gehört, und weil er gespürt hatte, daß ein solches Gebet nicht für menschliche Ohren bestimmt war, hatte er Bischof Killena angesprochen. Und einen Menschen in ihm entdeckt, der sich mit Vorwürfen quälte, unter Schuld litt, mit Zweifeln und Verzweiflung kämpfte, dankbar war für menschlichen Beistand. Bis zum Morgengrauen hatten sie miteinander geredet, geweint und gebetet.
Er hatte den Bischof vom ersten Tag an verehrt. Seit dieser Nacht liebte er ihn.
Bischof Killena ...
Aed bekreuzigte sich und betrat seine Hütte. Diese war so klein,

daß trotz der wenigen Einrichtungsstücke – dem Lager aus Zweigen, Moos und Laub, der aus Felsgestein aufgebauten Herdstelle, der einfachen Holzbank unter dem Wandbord – gerade noch der Platz blieb, den er brauchte, um beim Beten der Kreuzvigil am Boden zu liegen, die Arme ausgebreitet. Im hintersten Teil der Hütte hatte er sich aus Ästen einen Zwischenboden eingezogen, in dem er die wenigen Vorräte lagern konnte – oft genug lag gar nichts dort oben –, von dieser Decke aber hing in einem Lederbeutel genau über seiner Schlafstelle sein kostbarer Schatz.

Aed nahm den Beutel herab, öffnete ihn behutsam. Zwei Bücher waren darinnen, die ihm Abt Adomnán mit auf den Weg gegeben hatte, zwei Bücher, geschrieben im Kloster Iona, keine Prachtbände mit ganzseitigen Illustrationen, mit kunstvoll ausgeführten Initialen und Bordüren, sondern schlichte Bücher mit wenig Schmuck, und dennoch von unschätzbarem Wert für Aed. Längst wußte er jedes Wort aus diesen beiden Büchern auswendig, hätte sie mit geschlossenen Augen von vorn bis hinten vortragen können, die vier Evangelien aus dem in kleiner Schrift und mit vielen Abkürzungen geschriebenen Taschenevangeliar, die Gebete aus dem anderen Buch. Und doch schlug er sie immer wieder auf und las in ihnen, jedes Wort in sich aufsaugend. Denn wenn er viele Tage keinen Menschen gesehen, keinen menschlichen Laut gehört hatte, dann wuchs in ihm ein übermächtiges Verlangen nach Worten, die nicht nur aus seinem Inneren kamen, sondern von außen. Und seien es Worte, die vor vielen Jahren ein Klosterbruder niedergeschrieben hatte.

Wie dankbar war er Bischof Killena dafür, der ihn vom ersten Tag an, an dem sie dieses Land betreten hatten, ermahnt hatte, sich mit allen Kräften um das Erlernen der Landessprache zu bemühen. Den anderen Brüdern außer Bischof Killena selbst war das sehr schwergefallen – so ganz und gar fremd war diese Sprache –, und die meisten würden wohl noch immer daran scheitern, doch Aed hatte

es nicht so schwer gehabt, denn jahrelang hatte er den Gebeten seines Klosterbruders Willibert gelauscht, die dieser in seiner heimischen Sprache gesprochen und für Aed bereitwillig immer wieder übersetzt hatte. Willibert war ein Angelsachse aus Northumbrien, und in vielem ähnelte seine Sprache der hiesigen Mundart. So konnte Aed inzwischen, wenn auch noch etwas stockend, mit den Menschen reden, die den Weg zu seiner gut drei Stunden tief im Wald liegenden Klause fanden. Fast nie traf ein Mensch zufällig auf ihn, denn weit entfernt vom nächsten Weg hatte Aed seine Hütte erbaut, doch hin und wieder kam jemand, der ihn gesucht hatte, weil er Rat oder Hilfe, Belehrung oder Tröstung oder aber Heilung eines Kranken erhoffte. Und die Schritte dieser Menschen und des Knechts, der ihm gelegentlich im Auftrag des Grafen Brot und manchmal auch andere Nahrungsmittel brachte, hatten mit der Zeit einen kaum sichtbaren Pfad zu Aeds Hütte im Wald geschaffen.
Aed nahm beide Bücher aus dem Lederbeutel, hielt sie in der Hand, spürte und genoß ihren Trost, dann legte er das kleine Taschenevangeliar zurück, hängte den Beutel wieder auf. Mit dem Gebetbuch ging er hinaus ins Freie, kniete vor dem aus rohen Ästen zusammengebundenen Kreuz nieder, das er gegenüber seiner Hüttentür errichtet hatte, schlug die Seite auf, die er suchte.
Die Lorica.
Halblaut las er die vertrauten Worte: ... Christus sei mit mir, Christus sei vor mir, Christus sei hinter mir, Christus sei in mir, Christus sei unter mir, Christus sei über mir, Christus sei zu meiner Rechten, Christus sei zu meiner Linken, Christus sei, wo ich mich hinlege, Christus sei, wo ich sitze, Christus sei, wo ich mich erhebe ...
Schließlich stand er wieder auf. Lorica: Ja, wie ein Brustpanzer war dieses Gebet, wie eine starke Schutzwehr gegen das Böse, gegen die Einsamkeit, die Angst, die Zweifel, die Verzweiflung.
Er brachte das Buch zurück, holte sich sein Holzwerkzeug und ging hinter die Hütte, wo sein Werk auf ihn wartete, an dem er seit über

einem Jahr arbeitete, das große, aus einem dicken Lindenstamm herausgehauene Kreuz. Schon war sein Umriß fertig, die gedrungene, mannshohe Form, der breite Schaft, der Aed etwa bis zur Körpermitte reichte, und darüber die mächtige Scheibe, aufgelöst als Ring, durchbrochen von den starken Armen des Kreuzes.

Aed wählte einen schmalen Beitel aus und begann an der Herausbildung des Rankenmusters zu arbeiten, das er in den Kreuzesschaft geritzt hatte. Früher hatte er Ranken gemalt, nun schnitzte er sie. Früher, im Kloster . . .

Nein! rief er scharf seine Gedanken zurück. Nicht wieder an früher denken! Gefährlich ist das und führt mich fort von Gott. Denk an das Kreuz, denk an seine Bedeutung! Warum hast du diese Scheibe herausgehauen? Die Scheibe, der Erdenkreis, durchdrungen vom Kreuz. Denn das Kreuz hat über die Erde gesiegt. Es hat sie verändert, von innen her, vom Zentrum. Aus der starken Mitte.

Ich werde einen Knotenpunkt, einen machtvollen Knoten ins Zentrum schnitzen!

Was weißt du noch über die Scheibe?

Das alte Symbol. Das Zeichen der Alten, ihr Wissen im Unwissen, ihr Geheimnis: die Sonne, das Sonnenrad. Die Sonne, hoch verehrt und hoch gefürchtet, leuchtend, glühend, verheerend, todbringend. Denn die Sonne ist der Tod.

Und nun das Kreuz, das die Sonne durchbricht, die Speichen des Rades, die über es hinauswachsen, es auflösen, besiegen. Denn das Leben triumphiert über den Tod, seit Christus den Tod besiegt hat. So wie der Glaube den Unglauben durchdrungen und überwunden hat. Denn es gibt nur die eine Wahrheit, und wer sie erkannt hat, kann nicht zurück zu dem Alten.

Ich bin die Auferstehung und das Leben. Wer an mich glaubet, der wird leben, ob er gleich stürbe.

O Gott, werde ich Gnade finden vor Deinen Augen? Oder wirst Du mich ausspucken aus Deinem Munde?

Herr, ich bin so schwach und habe allen Grund, Dein Gericht zu fürchten. Könnte ich sein wie Bischof Killena, so stark im Glauben, so unermüdlich im Gebet, so unerschrocken im Handeln und so glühend in der Verkündigung Deines Wortes!
Müßte ich nicht mehr tun, als mich in Entsagung zurückzuziehen, müßte ich nicht besser Zeugnis ablegen für Gottes Wahrheit?
Ob es falsch war, daß ich die Einöde aufgesucht habe, statt in Wirziburg zu bleiben und zu predigen, da ich doch leichter als die anderen diese Sprache hier gelernt habe? Wäre das Dein Wille gewesen?
Christus sei mit mir, Christus sei vor mir, Christus sei hinter mir, Christus sei in mir . . .
Bischof Killena hat es mir erlaubt. Also kann es nicht falsch gewesen sein. Er hat mich gesegnet, als er mich in die Einöde entließ. Die Krone des weißen Martyriums ist das Leben als Einsiedler fern von der Heimat, hat er gesagt. Vollkommener kannst du nicht allen Wünschen und Freuden entsagen, vollkommener nicht Buße tun als so, vollkommener dich nicht hingeben Gott unserm Herrn. Geh hin, mein Sohn, geh hin und tue es, wenn du dich dazu gerufen fühlst.
Wenn es Bischof Killena erlaubt hat, muß es recht gewesen sein. Aber er hat mich auch gewarnt. Schwerer, als du glaubst, ist, was du dir vorgenommen hast, hat er gesagt. Vergiß nicht, selbst unser Herr wurde vom Teufel versucht in der Wüste. Viele Gefahren birgt die Einsiedelei, und du wirst sie erleben. Erliege ihnen nicht. Auf eine nur will ich dich hinweisen: die Gefahr, müde zu werden, nachlässig im Gebet, nachsichtig mit dir selbst. Denn kein Bruder und kein Seelenvater wachen über dich, keine Klosterregel gibt dir Halt, keine Strafe wird dir auferlegt und keine Vergebung zugesprochen. Also sei auf der Hut. Und wisse: Ich bin da, wenn du mich brauchst. Komm zu mir, wenn du nicht anders kannst, doch nur dann.

Die Klosterregel.
Früher, in seiner Jugend, wenn er von den Klosterregeln gehört hatte, wenn er an seinen Bruder gedacht hatte, da waren ihm diese Regeln unmenschlich erschienen, unerträglich. Als er dann selbst Novize gewesen war, hatte es ihn seine ganze Kraft gekostet, sich unter die Regel seines Klosters zu beugen, sich nicht gegen sie aufzulehnen. Später war sie ihm selbstverständlich geworden. Jetzt erst begriff er ihren Wert.
Der Friede des Gehorsams, die Erschütterung der Buße, das Glück der Absolution. Geführt werden auf einem vorgezeichneten Weg, von sehr strenger Hand geführt, doch immer geliebt.
Die Beichte mittags und abends. Das reumütige Gestehen eines Vergehens: Ich habe beim Psalmsingen gehustet. Ich habe Bier verschüttet. Ich habe vergessen, beim Verlassen des Hauses das Kreuzeszeichen zu schlagen. Ich habe die Arbeit eines Bruders herabgesetzt. Ich habe eine unnütze Geschichte erzählt. Ich habe eine bloße Entschuldigung vorgebracht, als ich getadelt wurde, statt demütig um Verzeihung zu bitten. Ich habe meine Opfergabe nicht gebracht, bevor ich zur Messe gegangen bin . . .
Die Augen des Seniors, der sich das Geständnis anhörte, ruhig und leidenschaftslos, und dann seine stets beherrschte Stimme, mit der er die Strafe aussprach, die volle oder bei sofortiger reumütiger Selbstanzeige die halbe: sechs Schläge, zwölf Schläge, drei Tage Fasten, eine besondere Schweigenszeit, fünfzig Schläge, hundert Schläge . . .
Diese Schläge. Sie schmerzten. Sie rissen die Haut auf. Aber sie heilten die Seele. Sie waren wie das Messer des Arztes, wie eine sehr bittere Medizin. Warum erkannte er das erst jetzt?
Früher, zu Beginn seiner Klosterzeit, hatte er sich nach daheim gesehnt.
Jetzt sehnte er sich nach dem Kloster.
Der streng geregelte Tageslauf, bestimmt vom Geläut der Glocken,

die Arbeit im Skriptorium, das gemeinsame Singen und Beten und mehr als alles die Beichte und die heilige Kommunion: Wie der sichere heimatliche Hafen erschien ihm dies nun gegen das endlose Meer der Einsamkeit und Fremde.
Und welche Geborgenheit hatte er in der Gemeinschaft der Zwölf gespürt, unter der Führung Bischof Killenas!
Nun bist du ganz und gar geworfen auf Gott, hatte Bischof Killena ihm zum Abschied gesagt.
O Gott, halte mich fest! Und verwirf mich nicht.
Und erweise mir die Gnade, heute wieder einen Menschen zu mir zu schicken, dem ich mit meiner schwachen Kraft helfen kann, den ich ein Stück den Weg zu Dir führen kann.

*

Gisela horchte auf Arnulfs Atemzüge. Ruhig und tief schlief er, gleichmäßig hob und senkte sich seine Brust. Sie drängte sich näher an ihn, zog seinen Mantel über ihnen beiden zurecht.
Ein kleines halboffenes Zelt aus Ästen und zwei Lederplanen hatte Arnulf an einer geschützten Stelle im Wald in der Nähe eines Baches für sie errichtet, und seit Tagen lebten sie schon hier, ohne je einen Menschen gesehen zu haben. Tage, angefüllt von einem Glück, das manchmal die Brust zu sprengen schien. Mit ihm durch den Wald streifen, auf der Suche nach eßbaren Moosen und Kräutern, mit ihm in der Dämmerung im Dunkel der Bäume in der Nähe des Baches sitzen, ganz still und bewegungslos, und darauf warten, daß das Wild zur Tränke kommt, und dann sehen, wie er sich in Wachsamkeit anspannt, den Pfeil anlegt und schießt – und wie er strahlt, wenn er getroffen hat. Für ihn das Essen bereiten. Ihm zuhören, wenn er singt, für sie ganz allein. Und ihn umarmen, von ihm umarmt werden . . .
Nun war sie seine Frau.

Und er liebte sie. Jedes Lächeln und jede Berührung waren eine Bestätigung dafür.
Liebt er mich wirklich, richtig, aus freien Stücken? Oder ist es nur Täuschung, Trug, Verblendung: der Zauber?
Heilige Mutter Gottes!
Nein, hör auf, Gisela, was macht es für einen Unterschied, er liebt dich, nur darauf kommt es an, vergiß es, du mußt es vergessen!
Es war eine Sünde. Eine furchtbare Sünde. Eine unverzeihliche Sünde.
Wenn es ein Mensch erfährt! Arnulf, Priester Engelbert, mein Vater, Graf Matto! Dann bin ich verloren.
Niemand außer Hedwig weiß es! Und sie wird schweigen.
Gott weiß es.
Das Gericht, das Priester Engelbert angedroht hat. Am Ende der Zeiten. Die Vergeltung aller bösen Taten.
O nein. Nein!
Arnulf, er schläft so ruhig. Quält ihn nichts? Macht er sich keine Sorgen? Die Zukunft ist so ungewiß. Er spricht nicht darüber, wehrt ab, wenn ich danach frage. Bald kommt der Sommer. Ein Sommer im Wald, in der Freiheit. Nur wir zwei.
Nach dem Sommer kommt der Herbst.
Der Herbst. Dann müssen wir zurück ins Dorf. Dann müssen wir versuchen, uns mit den Eltern zu versöhnen.
Mutter. Wird sie mich verdammen, verachten?
Und mein Vater! Wenn er auf Rache sinnt! Was er inzwischen wohl getan hat? Ob er uns sucht? Und was er mit mir tun wird, wenn er zornig ist . . .
Arnulf wird mich beschützen. Er hat es mir versprochen. Ich bin jetzt doch seine Frau.
Arnulfs Vater!
Wenn mein Vater einlenkt, wenn Vater meine Mitgift herausgibt, wird mich Wolfger schon als Schwiegertochter annehmen, den

Brautpreis zahlen. Schließlich hat er für Arnulf um mich geworben. Und Arnulf wird meinem Vater die Buße leisten, die Vater zusteht für den Raub. Wenn sein Vater ihn einen eigenen Hausstand gründen läßt, hat Arnulf Eigengut genug, um die Buße zu zahlen.
Aber wenn mein Vater nicht einlenkt?
Worauf habe ich mich nur eingelassen! Ich muß wahnsinnig gewesen sein.
Ja, wahnsinnig vor Liebe. Und sie ist es wert. Sie ist das einzige, was zählt! Oder?
Mein Vater wird nicht zustimmen.
Arnulf hat mich geraubt. Daß ich mich gerne rauben ließ, hat das in den Augen der Eltern Bedeutung? Es erhöht nur meine Schuld. Es verringert nicht seine. Wenn mein Vater ihn nun – tötet?
Heiliger Martin, hilf!
Ich muß meine Eltern versöhnen. Sie müssen sich einverstanden erklären.
Sie tun es nicht. Es sei denn . . .
Wenn Arnulf sich taufen ließe!
Das ist sie, die Lösung, die einzige.
Arnulf geht nicht zu Priester Engelbert. Er haßt ihn. Er verachtet ihn. Niemals kann Priester Engelbert Arnulf dazu bringen, sich taufen zu lassen.
Aber er täte es doch für mich!
Doch gegen seinen Vater.
Wenn er glauben würde, daß unser Gott der stärkere ist, wenn er überzeugt wäre! Dann könnte ihn auch Wolfger nicht daran hindern.
Überzeugt? Wie er mich anschaut, wenn ich das Kreuzeszeichen mache, wenn ich bete, wie er lacht, weil ich die Tage zähle, damit ich weiß, wann Sonntag ist! Dann macht er ein Gesicht, irgendwie so nachsichtig und ein bißchen belustigt. So, wie man einem Kind zuschaut, das mit Steinen spielt, als wären es Tiere.

Ich ihn überzeugen? Wie denn, ich weiß doch selber nicht ... Ich habe nie darüber nachgedacht, was soll ich ihm denn sagen, warum unser Glaube der richtige ist und seiner der falsche, wie ihm beweisen, daß Christus der wahre Gott ist, die Worte aus der Kirche, ich verstehe sie doch auch nicht, und Priester Engelbert ...
Arnulf würde nur lachen. Oder wütend werden.
Und wenn ich es von ihm verlange, dann liebt er mich vielleicht nicht mehr.
Heiliger Martin, sag mir, was ich tun soll! Laß ein Wunder geschehen, du tust doch so viele Wunder, ich werde dir Kerzen stiften, ganz viele, jeden Tag eine. Und eine neue Decke für den Altar sticken, noch schöner und kostbarer als die alte, und wenn ich zehn Jahre dafür brauche! Du mußt mir helfen!
Wo gibt es einen Menschen, der Arnulf dazu bringen könnte, sich taufen zu lassen?
Graf Matto? Er unterhält die Kirche. Er ist fromm. Viel frommer und strenger, als sein Vater es war. Aber er zwingt keinen von den Heiden in die Kirche. Sooft mein Vater ihn gebeten hat, etwas gegen die Teufelsbräuche der Heiden in unserem Dorf, gegen die Totenfeiern und die Totenverbrennungen und die Grabhügel und die Totenbeschwörungen zu unternehmen, sooft hat der Graf es abgelehnt. Es ist nicht seine Aufgabe, die Heiden zu bekehren, sondern dafür zu sorgen, daß die Christen nicht abtrünnig werden, hat er gesagt.
Himmel, wenn er erfahren würde, was ich getan habe! Heiliger Martin, was soll ich dir noch versprechen? Die Ohrringe, die ich mir so sehr gewünscht habe? Nimm meine Ohrringe, aber zeig mir einen Weg, damit Arnulf sich taufen läßt! Es muß doch auch in deinem Willen sein! Damit auch unsere Kinder dir gehören!
Einen Menschen, einen einzigen Menschen ...
Der Mönch! Bruder Aed.
Etwas war an ihm, das Eindruck gemacht hat. Ganz anders war er

als Priester Engelbert. Und reiten konnte er auch. Wie ein Herr. Und eine Kraft war in ihm. Er hat meinen Bruder vom Tode errettet. Sollte er da nicht erst recht Arnulf zum wahren Glauben bringen können?!
Guntheri hat mir erklärt, wo seine Klause ist. Es kann gar nicht so weit weg sein von hier. An einem Bach. Vielleicht an diesem Bach!
Gisela stand vorsichtig auf, tastete sich zum Bach hinunter, kniete nieder und kühlte die heißen Wangen.
Morgen würde sie Arnulf bitten, mit ihr diesen Bachlauf zu erkunden, immer weiter bachaufwärts zu gehen. Wenn dies der richtige Bach war, dann würden sie dabei früher oder später auf den Mönch treffen. Dann wollte sie wie zufällig stehenbleiben, ein Gespräch beginnen, und alles weitere würde sich finden.
Der heilige Martin schuldete ihr ein Wunder.
Oder vielleicht war es besser, sie richtete es so ein, daß Arnulf ganz allein auf den Mönch traf. Der Mönch hatte sie gesehen, wußte, daß sie aus christlichem Haus war, würde vielleicht über sie erzürnt sein, sie tadeln, dann würde Arnulf sich gegen ihn wenden . . .
Nein, es war besser, Arnulf begegnete dem Mönch ganz allein, wie zufällig. Dafür würde sie schon sorgen. Alles weitere konnte sie getrost dem heiligen Martin überlassen.
Und dem fremden Mönch.

*

Da war es: die kleine Lichtung am Bach, die merkwürdige runde Hütte mit dem tief herabgezogenen Schilfdach, und dort auch der Mönch, jetzt erst sah sie ihn reglos in der Wiese vor dem einfachen Kreuz knien, die Stirn am Boden. Sie hatte ihn gefunden! Nun mußte sie nur noch Arnulf veranlassen, hierher zu kommen.
Leise zog sich Gisela zurück, die ersten Schritte behutsam schleichend, dann immer schneller rennend. Schließlich erreichte sie

wieder die Stelle, an der sie sich einige Zeit zuvor von Arnulf getrennt hatte. Arnulf konnte nicht weit weg sein, dort drüben in jenem Gebüsch war er verschwunden, einer Fährte nachpirschend. Wie konnte sie ihn dazu bringen, in die gewünschte Richtung zu gehen?

Arnulfs Pferd weidete im Waldgras. Als Gisela näherkam, schnaubte es leise und rieb seinen Kopf an Giselas Schulter. Der Zügel, mit dem es an einem Ast festgebunden war, straffte sich. Da fiel Gisela ein, was sie tun könnte, und ohne zu überlegen, führte sie es aus. Sie löste den Knoten des Zügels, drängte das Pferd bachaufwärts und schlug ihm auf den Schenkel. »Lauf! Los!« sagte sie.

Das Pferd blieb stehen.

Da brach sie eine Rute ab und schlug damit zu, erst nur leicht, doch als das Pferd sich noch immer nicht in Bewegung setzte, mit aller Kraft.

Da stieg das Pferd auf die Hinterbeine und stürmte davon, bachaufwärts.

Gisela sah ihm nach. Angst stieg plötzlich auf: Wenn sich nun das Pferd nicht mehr einfangen ließ, wenn es nun im Wald verlorenging?!

»Arnulf!« schrie sie laut, »Arnulf, hilf mir, komm schnell, dein Pferd!«

Sie rannte hinter dem Pferd her, fiel hin, der Fuß schmerzte, raffte sich mühsam auf, schon war Arnulf da, »Was ist?« fragte er atemlos, »Dein Pferd, es hat sich losgerissen, da bachaufwärts!« stieß sie hervor, hatte auf einmal Tränen in den Augen, »O Arnulf, es tut mir so leid!«

»Warte hier auf mich! Bleib hier, wo du bist, hörst du?«

Mit großen Sprüngen lief Arnulf am Bach entlang, rief dabei den Namen seiner Stute.

Da, hatte er nicht ein fernes Wiehern gehört? Sie hatte ihm geantwortet! Er schlug sich durch das Unterholz, fand einen kaum

wahrnehmbaren Pfad, folgte ihm, so schnell er konnte. Wieder rief er. Das Wiehern klang schon viel näher.
Er kam auf die kleine Lichtung, blieb schwer atmend stehend, sah sich verwundert um. Ein großer, hagerer Mann mit an der Stirn geschorenem Haar stand da, in einen merkwürdigen hellen Kapuzenmantel gehüllt, und hielt das Pferd am Zügel, tätschelte ihm den Hals, sprach beruhigend auf es ein. Nun blickte er auf, sah Arnulf an, nickte ihm zu, nicht freundlich, eher kühl. »Gott segne dich! Das ist dein Pferd, nicht wahr? Ich habe es eingefangen. Es kam wie wild den Bach herauf galoppiert.«
»Vielen Dank!« stotterte Arnulf verwirrt. Wer war der fremde Mann? Plötzlich begriff er, daß es dieser heilige Mönch sein mußte, von dem im Dorf die Rede gewesen war, der Giselas Bruder geheilt hatte.
»Es ist ein gutes Pferd«, sagte der Mönch, »und Gottes Geschöpf. Du solltest es nicht so schlagen, dann geht es dir auch nicht durch!« Deutlicher Vorwurf klang in seiner Stimme.
»Ich schlage mein Pferd doch nicht!« fuhr Arnulf auf, halb entrüstet, halb verwundert.
»Nicht?« Die Augen des Mönches musterten ihn nachdenklich und aufmerksam. »Was ist dann das?« Und er nahm Arnulfs Hand und legte sie sacht auf die Flanke des Pferdes, strich mit Arnulfs Hand leicht über das Fell. Da spürte Arnulf den Striemen.
»Das war doch nicht ich!« rief er aus. »Ein Ast muß sie verletzt haben, als sie so durchs Holz brach!«
»Das ist möglich. Ich freue mich zu hören, daß du deine Stute gut behandelst.«
»Ich möchte nur wissen, warum sie so davongestürmt ist«, überlegte Arnulf.
»Nun, vielleicht hat ein Insekt sie gestochen. Ich hatte noch keine Zeit, sie mir gründlicher anzusehen, hatte erst einmal beide Hände voll zu tun, sie einzufangen und zu beruhigen«, erwiderte der

Mönch mit leisem Lächeln. »Aber es kam mir vor, als würde sie am linken Vorderhuf etwas lahmen.«
»Ja, sie hat sich vor Tagen einen Dorn eingetreten. Ich habe ihn entfernt. Wenn du es dir ansehen würdest? Ach, entschuldige, ich habe dir ja noch gar nicht meinen Namen genannt: Ich heiße Arnulf.«
»Und ich bin Bruder Aed.« Der Mönch bückte sich, hob ganz selbstverständlich den Fuß der Stute, sprach ihr beruhigend zu, als sie zurückwich, besah sich den Huf. »Das heilt wieder«, erklärte er sich aufrichtend.
Arnulf beobachtete den Fremden mit wachsender Verwunderung und Hochachtung. »Darf ich dich etwas fragen?« sagte er schließlich vorsichtig.
»Gewiß!«
»Woher kannst du so gut mit Pferden umgehen. Ich meine«, er wurde verlegen, »ich meine, du bist doch ein Mönch?«
»Ja, das bin ich. Ein Mönch aus einem fernen Land. Aber man wird nicht als Mönch geboren. Als ich etwa in deinem Alter war, habe ich die Pferde meines Vaters gehütet und zugeritten.«
»Wieviele waren es?« fragte Arnulf unwillkürlich.
»Oh – eine ganze Herde.«
»Eine ganze Herde?« wiederholte Arnulf fassungslos. »Aber dann, dann war dein Vater ja reich!«
»Reich? Nun ja, unsere Familie ist reich an Pferden und Rindern und Land. Doch darauf kommt es nicht an.«
»Nicht?« stotterte Arnulf, nun völlig verwirrt.
Was für ein merkwürdiger Mensch!
»Mußtest du aus deiner Heimat fliehen?« fragte Arnulf.
Der Mönch sah zu Boden, schüttelte nur den Kopf.
»Warum lebst du dann hier so armselig?«
Jetzt hob der Mönch den Kopf, sah ihn an, musterte ihn aufmerksam, ließ seinen Blick über Arnulfs Kleidung gleiten, die dank

Giselas Fürsorge trotz der Wochen im Wald noch gut in Ordnung war, den wohlhabenden Bauernsohn verriet, betrachtete die große eiserne Gürtelschnalle, die vielen Bronzebeschläge des Gürtels, verharrte einen Augenblick auf dem Sax – dem Kurzschwert in der mit versilberten Beschlägen verzierten Lederscheide – und dem Eisenmesser am Gürtel, dann sah er Arnulf ins Gesicht, so nachdenklich und forschend, als wolle er durch Arnulfs Augen in seine Seele blicken.
Und dann sprach er langsam, gleichsam tastend, mit fremdem Akzent die Worte, die Arnulf tief erschrecken ließen, weil sie seine geheimsten Wunschträume offenbarten: »Was würdest du tun, wenn eines Tages Graf Matto in dein Haus treten würde und sagen: Ich habe dich ausgewählt, Arnulf, unter allen jungen Männern gerade dich, mein Gefolgsmann zu werden. Willst du an meinem Tisch mit mir sitzen, willst du mit mir aus meinem Glas trinken, willst du mein Schwert tragen und meinen Ring empfangen, willst du an meiner Seite kämpfen, und willst du mir Treue und Gehorsam schwören? Sag mir, Arnulf, was du dann antworten würdest!«
Arnulf starrte den Mönch an. Beinahe tonlos flüsterte er: »Ich würde niederknien und sagen: Herr, verfügt über mich. Ich bin Euer!«
»Und wenn Graf Matto dann fortfahren würde: Für deine Treue will ich dich reich belohnen, Land und Leute sollst du bekommen, Pferd und Waffen, und an nichts soll es dir mangeln. Doch wenn wir in den Kampf ziehen, so wirst du viel erdulden müssen, Schmerzen und Wunden, Hunger und Durst, Anstrengung und Erschöpfung, Angst und vielleicht den Tod. Doch alles sollst du mit mir ertragen, denn ich werde es tragen wie du. Was würdest du dann sagen, Arnulf?«
»Ich würde die Hand auf mein Schwert legen und schwören, daß es nichts gäbe, das ich nicht ertragen würde für ihn! Und ich würde es halten!«
»Ja, das glaube ich dir. Siehst du, wenn du das alles tun würdest für

deinen Gefolgsherrn, der doch nur ein Mensch wäre, wievielmal mehr sollte ich es dann nicht tun für meinen Gefolgsherrn, der niemand anderes ist als Gott selbst?«

Arnulf schwieg lange. »Ich verstehe nicht ganz«, stotterte er schließlich.

»Ich kann es dir erklären, wenn du es hören magst. Willst du?«

Arnulf nickte. Er mußte es wissen, unbedingt.

»Dann setz dich mit mir hier auf diese Bank!«

Der Mönch band die Stute fest, setzte sich auf die Bank hinter der Hütte, sah lange auf das fremdartige halbfertige Holzkreuz, begann schließlich zu sprechen.

Arnulf wandte keinen Blick von ihm.

*

Arnulf suchte am Bach, unter den Bäumen, hinter der Hütte, in der Hütte: Der Mönch war nicht da. An seiner Enttäuschung erst merkte er, wie fest er damit gerechnet hatte, den Mönch anzutreffen, wie wichtig es ihm gewesen war.

Er rief nach ihm, erst leise, dann immer lauter. Keine Antwort. Da ließ er sich auf der Bank vor der Hütte nieder, stützte die Arme auf die Knie, den Kopf in die Hände und wartete.

Seit zehn Tagen schon kam er nun um die Mittagszeit hierher, und immer war der Mönch dagewesen. Und immer hatte er Zeit für ihn gehabt.

Der Mönch: ein ungewöhnlicher Mensch. Eine ganze Pferdeherde aufzugeben! Ein reiches Erbe auszuschlagen und in solcher Armut zu leben! Was mußte das für ein Gott sein, der einen Mann dazu veranlassen konnte! So etwas könnte er, Arnulf, niemals tun.

Nun ja, für Gisela! Für sie hatte er auch viel aufgegeben, viel auf sich genommen.

Ob sein Vater ihm zürnen würde?

Vater, er hat doch Waghild geliebt, er wird doch verstehen, wie das ist, wenn man an nichts anderes mehr denken kann als an das eine Mädchen, wenn man alles andere vergißt!
Und wenn nicht? Wenn Vater sich weigert, mich wieder bei sich aufzunehmen, Gisela anzuerkennen? Wenn er mir gar mein Erbe verweigert? Das kann ein Vater doch nicht – oder doch?
Im Zorn ist mein Vater zu vielem fähig.
Und Giselas Vater. Er könnte Rache üben. Und mich . . . Froh kann ich sein, wenn er nur Bußzahlung fordert. Das Recht ist auf seiner Seite.
Zu teuer erstanden.
Nein, so darf ich nicht denken! Wie Gisela mir den Wein reichte, zu Gudruns Hochzeit, wie ich sie da sah, als sie tanzte – wie ein Schleier fiel es mir von den Augen. Und ich dachte nur noch an sie. Ich bin ihr gefolgt, in der Nacht, zum Bach hinunter. Ich habe sie in den Arm genommen, aller Sitte zum Trotz. Ich war es, nicht sie. Ich habe sie überredet, mit mir zu fliehen. Ich habe sie geraubt.
Mein Entschluß war es, mein freier Wille.
Ich muß dazu stehen. Meinem Vater gegenüber. Ihrem Vater gegenüber.
Und ich tue es auch. Heute werde ich mit dem Mönch darüber sprechen. Heute, ganz bestimmt.
Warum habe ich ihm nicht die Wahrheit gesagt, als er mich fragte, ob ich verheiratet sei? Warum habe ich einfach den Kopf geschüttelt? Sicher, ich bin nicht richtig verheiratet. Aber trotzdem – es war eine Lüge.
Jeden Tag wollte ich es schon sagen. Warum habe ich es nie getan? Fürchte ich mich vor ihm?
Warum ist er nicht da?
Ich möchte ihm zuhören. Solange ich ihm zuhöre, ist alles so klar. Dieser Ernst, der in ihm ist. Er redet nicht nur, er lebt, was er redet. Ganz anders als Engelbert, dieser Priester.

Glaube ich, was der Mönch sagt?
Aber dann wäre falsch, was mein Vater sagt!
Ich verrate doch unsere Ahnen nicht!
Der Mönch sagt, ich solle nach Wirziburg ziehen. Dort lebe sein Bischof, sagt er. Wenn ich den predigen höre, werde ich verstehen. Nur Stückwerk sei, was er mir erklären könne, gegen das, was sich mir offenbaren werde, wenn ich seinen Bischof höre.
Der Mönch sagt, er selbst sei nur ein schwankendes Rohr, aber der Bischof sei eine sturmerprobte Eiche. Bei ihm werde ich Sicherheit finden, sagt er.
Sicherheit. Immer war ich sicher, daß richtig ist, was wir verehren. Das ewige Schicksal. Die Geister um uns herum. Ihre Nähe zu spüren, im Wind und im Feuer, im Wasser und in der Erde, im Rauschen der Bäume und im Plätschern der Quelle. Und unsere großen Götter. Stark und gewaltig.
Die heiligen Handlungen, die den Segen zu uns kehren, das Böse abwenden.
Die Versöhnung mit den Göttern im Opfer. Die Gemeinschaft im Opfermahl.
Es gibt nur ein Opfer, sagt der Mönch, und das hat Gott selbst vollbracht. Christi Opfer am Kreuz. Er für alle, ein für allemal. Früher habe ich darüber gelacht. Und nun? Wäre da nicht dieser Mönch mit seinem Ernst . . .
Die Fragen, die er in mich gepflanzt hat. Nie habe ich sie mir zuvor gestellt. Nun werde ich sie nicht mehr los.
Woher kommen wir und wohin gehen wir?
Wer hat diese Welt geschaffen und wozu?
Und was wird sein, wenn sie nicht mehr ist?
Der Mönch hat Antworten auf das alles. Nicht nur Worte allein. Im Glauben an sie hat er alles geopfert.
Diese Stärke. Muß nicht ein starker Gott sein, wer solch starken Diener hat? Stärker als unsere Götter?

Kann ich es überhaupt noch wagen, mich diesem Gott zu entziehen, nun, wo er seine Hand nach mir ausgestreckt hat?
Gisela. Sie wäre glücklich.
Wenn sie wüßte, daß ich jeden Mittag den Mönch aufsuche! Wenn sie es nur ahnte!
Arnulf zuckte zusammen. Hatte er da nicht etwas gehört, Schritte, das Brechen eines Zweiges? Kam der Mönch zurück?
Er sah auf, erblickte eine Bewegung zwischen den Bäumen. Nein, nicht der Mönch – Gisela! Sie zog sich zurück, schien fliehen zu wollen.
»Gisela! Bleib da! Komm her!«
Er rannte hinter ihr her, holte sie ein, umfaßte sie, »Du hast mich gesucht, nicht wahr, nun weißt du, wo ich jeden Mittag war, hier bei dem Mönch, aber heute ist er nicht da!«, nahm ihr Gesicht in seine Hände, wie groß ihre Augen sind, was hat sie nur, sie sieht mich so flehend an, wovor fürchtet sie sich, o Gisela, du sollst dich nicht fürchten!
Eng zog er sie an sich: »Gisela, es wird alles gut. Sei ganz ruhig. Wir werden deinen Vater versöhnen. Ich werde mich taufen lassen!«
Er erschrak über seine eigenen Worte.
Sie schluchzte auf, bedeckte sein Gesicht mit Küssen.
Da verbannte er sein Erschrecken aus seinem Herzen: Es ist für sie. Und er dachte nur noch an das Mädchen in seinen Armen.

*

Aed schritt rasch aus. Die Mittagszeit war schon vorüber. Ob Arnulf noch auf ihn warten würde? Oder ob er wieder gegangen war, enttäuscht, ihn nicht angetroffen zu haben?
Mitten in der Nacht war Aed zum Gutshof geholt worden, zu einer schwerkranken Frau. Die Geschichte von der Errettung des kleinen Gerold hatte sich weit herumgesprochen, immer öfter kamen Men-

schen zu ihm, um ihn zu ihren Kranken zu bitten. Doch heute nacht hatte sein Gebet nicht helfen können. Die Frau war gestorben.

Herr, unerforschlich sind Deine Wege. Dein Plan mit dieser Frau war ein anderer als der der Menschen.

Welchen Plan hast Du mit Arnulf?

Das ist ein junger Mann voller Kraft. Und nicht mehr weit entfernt von der Erkenntnis der Wahrheit. Wenn Du mich den für Dich gewinnen ließest! Ach Herr, mein Leben wäre nicht umsonst gewesen, wenn dieser junge Mann durch mich berufen würde zum wahren Glauben. Getauft auf Deinen Namen. Und mehr noch: ganz Deinem Dienst geweiht.

Seine Stimme im Chor der Mönche! Wer ihn singen hört, der ahnt, welche Tiefe in ihm stecken muß, welche Hingabe, welche Leidenschaft. Herr, wenn sie auf Dich gerichtet wäre, ganz und ausschließlich!

Ist es vermessen, Herr, wenn ich darum bete, daß dieser Arnulf meinen Platz einnehmen möge bei Bischof Killena?

Vieles an ihm erinnert mich an den, der ich einmal war. Möge er vollkommener werden in Deinem Dienst als ich!

Aed sah auf. Nun kannte er hier schon jeden Strauch und jeden Baum. Gleich würde er seine Hütte erreichen. Er trat hinter der Hecke hervor.

Da, unter dem Baum, dicht vor ihm, der Mann und die Frau in enger Umarmung . . .

»Arnulf!«

Arnulf fuhr herum, ließ die Frau los.

Nein, es war keine Frau, ein junges Mädchen, Gisela, er kannte sie, die Schwester des kleinen Gerold, sie hatte mit ihm am Krankenlager gekniet, mit ihm gebetet, ein Mädchen aus christlichem Haus, eine wohlbehütete Tochter!

Und so schamlos.

Ihr Haar war verwirrt, ihre Bluse verrutscht. Mit beiden Händen

zog sie das Schultertuch enger, stieß einen erstickten Schrei aus, trat zurück.
Trat in den Sonnenschein.
Flammend rot leuchtete ihr Haar.
Finda.
Die Sünde.
Arnulf machte einen Schritt neben sie, nahm ihre Hand.
Da packte Aed Arnulf an den Schultern und zog ihn zurück. »Laß deine Finger von diesem Weib!« schrie er Arnulf an. »Widersteh der Versuchung! Weißt du nicht, daß Gott selbst in dir wohnen will! So muß dein Leib ein reiner Tempel sein! Und wenn dein Fleisch zu schwach ist, so heirate und lebe in Ehren mit deiner Ehefrau! Aber laß die Finger von der da! So doch nicht, Arnulf! Siehst du nicht, wie verdorben sie ist, wie sie dich ins Verderben zieht? Wie Eva, die den Verlockungen der Schlange Gehör schenkte und Adam den Apfel gab! Das Weib ist das Gefäß der Sünde. Verblendet hat sie dich! Hüte dich, Arnulf, hüte dich vor ihr!«
Gisela starrte den Mönch an. Ihre Finger verkrampften sich um das Tuch.
Im Toben des Herzschlags konnte sie nur eines denken: Er ist ein Heiliger. Er weiß alles. Er sieht die Wahrheit. Die Sache mit dem Zauber. Nun ist es heraus.
Sie taumelte, suchte Halt am Stamm des Baumes. »Aber ich habe es doch nur aus Liebe getan«, flüsterte sie. »Weil Arnulf mich nie angesehen hat. Und er sollte mich doch auch lieben. Ich, ich konnte doch nicht mehr anders. Da habe ich es ihm in den Wein getan.«
Aber niemals darf dein Geliebter davon erfahren, das würde er dir nie verzeihen, tönten überlaut Hedwigs Worte in ihrem Inneren.
Arnulf wurde weiß. »Was sagst du da? Was war mit dem Wein?«
»Ein Liebeszauber«, sagte sie tonlos. »Ein Pulver, das Hedwig mir gegeben hat.«
»An Gudruns Hochzeit?« keuchte er.

Sie nickte. »Es war doch, weil ich dich so liebe, Arnulf«, flüsterte sie.
»Liebe!« schrie er wild.
Ein Zauber. Alles nur Lug und Trug.
Und für dieses Mädchen war er in den Wald geflohen, hatte er sein Erbe aufs Spiel gesetzt, hatte er den Zorn seines Vaters und ihres Vaters in Kauf genommen, Gefahren auf sich gezogen, an die er gar nicht denken mochte!
Nicht eigener Entschluß. Nicht freier Wille.
Alles ein Zauber.
Er sah wieder das Feuer, an dem sie tanzte. Sie war so schön. Die Flammen schlugen immer höher. Rotes Licht. Blutrote Glut.
Seine Hände schlossen sich um ihren Hals.
Sie wand sich unter seinem Griff.
Da schlossen sich die Hände noch fester.
»Nicht! Arnulf!« Aed riß Arnulf zurück. Arnulf ließ nicht los.
Das Gesicht Giselas, angstvoll aufgerissene Augen ... Schon verfärbte es sich.
Da umklammerte Aed die Handgelenke des jungen Mannes. O Gott, gib mir die Kraft meiner Jugend zurück! Dies eine Mal laß sie zum Segen werden!
Mit größter Anstrengung bog Aed Arnulfs Arme auseinander. Und langsam, langsam öffneten sich die Hände um Giselas Hals.
Tonlos schluchzend sank Gisela zu Boden, krümmte sich zusammen, schlug die Hände vor das Gesicht und verharrte so, von stummem Weinen geschüttelt.
Arnulf stand merkwürdig fremd da. Aed sah durch ihn hindurch, sah sich selbst so dastehen wie nun Arnulf, sah Lugaid am Boden, blutüberströmt.
Endlich hob er den Kopf, richtete seinen Blick auf Arnulf. »Arnulf, du hast schwere Schuld auf dich geladen«, sagte er leise. »Du hättest sie getötet. Die Menschen mögen dich dafür entschuldigen,

nach dem, was sie dir angetan hat. Aber denke daran, daß du vor den göttlichen Richterstuhl wirst treten müssen, wie ich es dir gesagt habe.«

Arnulf regte sich nicht. Als habe er nicht gehört.

Aed legte ihm die Hände auf die Schultern. »Du mußt mir jetzt zuhören, Arnulf, und genau tun, was ich dir sage, hörst du? Arnulf!«

Arnulf nickte.

»Nimm dein Pferd und reite nach Wirziburg. Auf dem kürzesten Weg, und ohne anzuhalten! Dort frag nach Bischof Killena. Sag ihm, daß ich dich zu ihm schicke. Und gestehe ihm alles, was vorgefallen ist. Alles. Er ist sehr streng. Aber er wird dir helfen. Geh zu ihm, Arnulf, geh zu ihm wie ein Kind zu seinem Vater!«

Arnulf nickte wieder, machte einige langsame Schritte, dann zauderte er, blieb stehen, sah nicht auf Gisela, machte nur eine unbestimmte Kopfbewegung in ihre Richtung, fragte mit rauher Stimme den Mönch: »Und sie?«

»Du hast sie nicht ernsthaft verletzt. Sie wird sich erholen. Ich bringe sie zu ihren Eltern und zu ihrem Priester. Sollen andere über sie richten. Nicht du und nicht ich!«

Arnulf drehte sich um und ging.

Ohne ein Wort.

Ohne einen Blick.

Kapitel 8

Heden beobachtete Nordegar, den Gast. Dieser spürte wohl den Blick, sah zu ihm hin, lächelte – ein Augenblick des Einverständnisses, Beschwörung jener Schlacht, in der sie beide im Gefolge Pippins gekämpft hatten, Erinnerung an ihre gemeinsamen Jagden, an die Waffenspiele, die Feste –, dann wandte er sich wieder in höflicher, ungeteilter Aufmerksamkeit zum Herzog, hörte ihm ehrerbietig zu.

Heden konnte kaum seine Ungeduld zügeln. Nordegar war gekommen, ein Gleichaltriger, ein Gefährte jener sich immer mehr verklärenden Zeit in der Nähe Pippins, und er hatte noch kein vertrautes Wort mit ihm sprechen können! Erst der feierliche Empfang in all seinem Prunk, wie es einem Gast aus hohem, beinahe ebenbürtigem Haus gebührte, dann das Festmahl, und nun, nachdem sich die Herzogin mit ihren Hofdamen endlich zurückgezogen hatte und die Tafelrunde enger zusammenrückte, hatte er den Freund noch immer nicht für sich, denn der Vater saß zwischen ihnen. Wenn der Vater nur aufhören würde zu reden, wenn er wenigstens Nordegar Fragen stellen würde, die ihn veranlaßten, von Pippins Hof zu sprechen! Das würde immerhin dies schreckliche Warten verkürzen, bis er, Heden, die Möglichkeit hätte, Nordegar zu fragen, ob er Theodrada gesehen habe, ihm vielleicht gar Botschaft von ihr bringe!

Endlich stellte der Vater die lang erwartete Frage: »Nun sage uns doch, Nordegar, was gibt es für Neuigkeiten vom Hofe Pippins?«

Nordegar verneigte sich höflich. »Gerne will ich das versuchen. Es ist ja noch nicht lange her, seit ich den Hof Seiner Hoheit des Hausmeiers Pippin verlassen habe, um auf Wunsch meines Vaters unsere Besitztümer hier im Osten zu bereisen. Dennoch, dies ist eine Zeit sich überstürzender Ereignisse, und manches von dem, was ich sage, mag nicht mehr auf dem neuesten Stand sein. Soweit ich es jedoch weiß, richtet sich der Zorn Seiner Hoheit in wachsendem Maße gegen den Friesenkönig Redbad. Nicht länger kann und will er dessen Anmaßung hinnehmen, mit der er immer mehr Land und Leute an sich reißt, die Grenzen mißachtet, das fränkische Reich bedroht. Um Dorestad, denke ich, geht es, aber Ihr müßt verzeihen, von Politik verstehe ich nicht viel, um die Wahrheit zu sagen, nichts. Nur eines weiß ich mit Sicherheit: Dieser Friesenkönig ist eine große Gefahr und ein gewaltiger Gegner. Schwer wird es sein, ihn in die Knie zu zwingen. Man sagt von ihm, er kämpfe mit der gleichen Wildheit in der Schlacht, mit der er gegen den wahren Glauben zu Felde zieht. Er ist ein erbitterter Feind der christlichen Kirche, und darum ist das Heil auf der Seite des großen Hausmeiers Pippin, so schwer auch seine Lage ist. Ich werde mich in wenigen Tagen schon auf die Heimreise machen, um zur Stelle zu sein, wenn ich ihm Heerfolge zu leisten habe, denn ich glaube, es wird zum Krieg kommmen. Vielleicht hat Seine Hoheit inzwischen sogar schon mit der Truppenaushebung begonnen, aber verzeiht, ich weiß nichts Genaues. Doch sicher werdet Ihr bald Botschaft aus berufenerem Munde erhalten als aus meinem.«

Heden hatte mit wachsender Anteilnahme zugehört, dann mit Begeisterung. Schließlich konnte er sich nicht mehr halten. »Krieg!« rief er aus. »Krieg gegen die Friesen! Beim heiligen Martin, welche Herausforderung! Vater, Ihr dürft keinen Augenblick Zeit verlieren! Wartet nicht ab, ob Pippin Heerfolge von Euch fordert! Kommt seinem Befehl zuvor! Sofort müßt Ihr mit dem Einziehen der Truppen beginnen, noch zu dieser Stunde! O bitte, schickt mich nach Thüringen, laßt mich die Adalinge zusammenrufen, vielen von ihnen traue ich nicht, es wird gut sein, sie unmißverständlich an ihre Treuepflicht zu erinnern! Ich reite noch diese Nacht. Oder . . .«

Er brach ab. Plötzlich wurde ihm der Blick bewußt, mit dem sein Vater ihn musterte. Kalt und immer kälter.
Das Schweigen des Herzogs nahm bedrohliche Ausmaße an.
Furcht stieg in Heden auf. Er kannte dieses Schweigen, einige Male schon hatte er es miterlebt, einem ungetreuen Meier gegenüber, einem ungehorsamen Dienstmann, einem widersetzlichen Adaling. Jedesmal war diesem Schweigen ein furchtbares Strafgericht gefolgt. Doch noch nie hatte es sich gegen ihn gerichtet. Bis jetzt.
Endlich sprach der Herzog mit schneidender Schärfe: »Was maßt du dir an! Nicht genug, daß du dir herausnimmst, einem Gast in die Rede zu fallen und ungefragt vor mir das Wort zu führen, nein, deine Unverschämtheit geht so weit, mir befehlen zu wollen, was ich zu tun habe! Wer bist du, daß du dich unterstehst, deinem Herzog Befehle zu erteilen! Wie kannst du es wagen, dermaßen Oben und Unten zu vertauschen! Wenn hier jemand unmißverständlich an seine Pflicht erinnert werden muß, so bist das du, und zwar an deine Gehorsamspflicht! Und an deine Pflicht zur Ehrerbietung! Ein ungehorsamer, unehrerbietiger Sohn kann meine Huld nicht haben. Ich entziehe dir das Recht zu meiner Tischgemeinschaft. Einst habe ich es dir geschenkt. Es wieder zu erringen, wird sehr schwer sein. Jetzt geh! Nein, kein Wort mehr! Geh!«
Heden schoß das Blut in den Kopf. Er sah sich um. Keiner der Männer, die zur auserwählten Schar der herzoglichen Tischgemeinschaft gehörten, schaute ihn an. Alle blickten betreten zu Boden. Alle waren sie Zeugen dieser unauslöschlichen Schande. Auch Nordegar.
Und dabei hatte er nichts getan, als die Wahrheit zu sagen. Nun gut, zugegeben, er hatte alle Formen dabei verletzt. Aber in solchem Augenblick, auf solche Nachricht!
Heden ballte die Hände zu Fäusten. Doch er ging schweigend aus der Herzogshalle.
»Mein Pferd!« rief er laut über den Hof. Sein Knecht kam gelaufen.

»Nun mach schon«, herrschte Heden ihn an, »meine Waffen, die Satteltaschen mit Proviant, eine Decke, ich reite weg, nein, ohne Begleitung, beweg dich!«
Ein Pferdeknecht brachte den Hengst, schon wollte Heden aufsteigen, da kam Theotbald herbei. »Heden!« rief er. »Was ist? Du wolltest doch morgen mit mir zur Jagd?«
Heden runzelte die Stirn. »Ich kann nicht, Kleiner!« Dann zog er den Stiefbruder heftig an sich. »Ich hasse ihn!« stieß er gepreßt hervor.
»Wen?« fragte Theotbald erschreckt.
»Den Herzog!« erwiderte Heden, stieg auf und gab dem Pferd die Sporen. Im Wegreiten hörte er den entsetzten Aufschrei des Jüngeren.
Er ritt aus der Burg, den Berg hinunter, schlug den Fernweg nach Norden ein, jagte durch das Tal, trieb sein Pferd die Steige hinauf. Schon war Nacht, doch der Mond schien, und ihn drängte es, Abstand zwischen sich und die Wirziburg zu bringen, Abstand zu der Erniedrigung, die er erfahren hatte, Abstand zum Vater.
Undenkbar, jetzt noch Nordegar in die Augen zu sehen, den Gefolgsleuten zu begegnen, mit denen sich der Vater umgab, während er seinen eigenen Sohn ausschloß! Unmöglich, dem Vater gegenüberzutreten. Wenn der Vater ihn nicht an seinem Tisch haben wollte, so wollte er, Heden, nicht in seiner Burg leben!
Nach Thüringen wollte er, er wußte es, ohne darüber nachzudenken, auf das Gut, das er von der Mutter geerbt hatte. Dort würde er der Herr sein, gebieten können, sich nicht erniedrigen lassen müssen. Und bei den Verwandten der Mutter wäre er willkommener als beim eigenen Vater.
Ah, der Vater würde sich noch wundern! Wenn der Vater ihn von der Mitverantwortung, von der Beteiligung an der Regierung ausschloß, wenn er ihn behandelte und maßregelte wie ein unmündiges Kind, so würde er, Heden, seine eigenen Wege zur Herrschaft

suchen! Auf seinem eigenen Gut würde er beginnen, doch das würde nur der Anfang sein. Thüringen war groß – und weit weg von der Wirziburg. Als erstes würde er sich der Unterstützung seines Oheims und seiner Vettern versichern ...

Stundenlang ritt Heden. Die Nacht war fast vorüber, als er endlich seinem Pferd eine Pause gönnte, sich zu kurzem Schlaf unter einen Baum legte. Schon früh am Morgen brach er wieder auf, ritt weiter, ohne um sich zu sehen. Kein Blick für Wiesen, Felder und Brachen, die verstreuten Dörfer und einzelnen Gehöfte. Und an den folgenden Tagen kein Blick für die Schönheiten des Berglandes, das er durchquerte, für den tiefen Wald, für das Flimmern des Sonnenlichtes in den Zweigen der Bäume, für die sich plötzlich auf der Höhe auftuende Aussicht in die Ferne.

Immer wieder kehrten seine Gedanken zur erlittenen Schmach zurück, immer wieder zwang er sie auf die Zukunft, zu Pippin und nach Thüringen.

Endlich, am vierten Tag, erreichte er das weite fruchtbare Land der Thüringer Mulde.

Er ritt den Fluß entlang. Dann, aus dem Wald kommend, lag es vor ihm, sein Gut, sein Erbteil, sein Eigentum.

Er sprengte in den Hof, bemerkte das Erschrecken des Meiers, blickte sich um, entschlossen, Mißstände zu entdecken, sah die Lücken im Zaun, das schadhafte Dach des größten Stallgebäudes, forderte Rechenschaft, kaum daß er vom Pferd gestiegen war. Endlich hatte sein Zorn etwas gefunden, woran er sich entladen konnte.

Wie ein Unwetter aus heiterem Himmel mußte er der Familie des Meiers und seinem Gesinde erscheinen, das sie verängstigt über sich ergehen ließen. Er fragte, prüfte, forschte, inspizierte, zählte, er richtete, und er strafte.

Am nächsten Tag wurde er milder, beinahe heiter, gewann durch Freundlichkeit die Herzen zurück, die er am Tag zuvor verschreckt

hatte. Dies war sein Herrschaftsbereich, und er würde ihn formen nach seinem Entwurf und Willen, so wie er es einmal mit dem ganzen Herzogtum tun würde.
Er ritt zu seinen Verwandten, wurde freudig empfangen und aufgenommen, zum Festmahl geladen. Man aß viel, trank noch mehr, lachte und sang, erzählte sich Heldentaten vom Kampf und prahlte mit Jagderfolg und Jagdgefahr. Je weiter die Nacht fortschritt, desto unglaublicher wurden die Geschichten. Heden lehnte sich in seinem Polsterstuhl zurück, dem bequemsten, den das Haus zu bieten hatte, ließ sich zum ungezählten Male Bier nachschenken. In der Wirziburg würde jetzt die Tafelrunde des Herzogs feiern ... Er schüttete das Bier hinunter. Ah, das thüringische Bier schmeckte auch nicht schlechter! Hier wußte keiner von seiner Schmach, hier wurde er geachtet, umworben. Hier gefiel es ihm viel besser als in der Tafelrunde des Vaters, in der man nur auf Erlaubnis des Herzogs sprechen durfte, in der nie auch nur annähernd so ausgelassen gelacht wurde!
Als einer seiner Vettern ihm für den nächsten Tag eine Jagd vorschlug – Auerochsen sollten im Wald gesehen worden sein, Wölfe, Eber und Bären gab es zur Genüge –, stimmte er mit überlauter Begeisterung zu.
Auf der Jagd ritt er zunächst mit den anderen, suchte sie durch seine Gewandtheit zu beeindrucken, durch seinen Witz für sich einzunehmen, doch dann, als er die Fährte eines Auerochsen entdeckt hatte, packte ihn unwiderstehlich der Wunsch, ganz allein sein Jagdglück und die Gefahr zu suchen, das Schicksal herauszufordern. Das würde vergessen helfen.
Er trennte sich von den anderen und folgte ohne Begleitung der Fährte. Er hatte für nichts anderes mehr Augen als für diese Fährte, konnte und mußte an nichts anderes mehr denken als an die erhoffte Begegnung mit dem Auerochsen. Wenn es ein Stier wäre! Die Krone der Jagd.

Gegen Abend, als ihm klar wurde, daß er die Fährte verloren hatte, hielt er an und sah sich um. Da erkannte er, daß er nicht wußte, wo er sich befand, daß er sich verirrt hatte. Verirrt im Thüringer Wald.

*

Der Herzog ging mit großen Schritten im Raum auf und ab, den Kopf gesenkt, die Hände auf dem Rücken verschränkt.
Geilana ließ ihre Stickarbeit sinken, folgte ihm mit dem Blick. Lange ging er nun schon so, ohne ein Wort zu sagen. Sie mußte einen Weg finden, mit ihm zu sprechen.
»Gozbert, hast du von Heden gehört?« fragte sie mit möglichst beiläufiger Stimme.
Er blieb sofort stehen, schüttelte den Kopf. »Nein. Nichts. Außer, daß er vor Tagen, das heißt in der Nacht, als ich ihn von meinem Tisch ausgeschlossen habe, auf dem Weg nach Thüringen gesehen wurde.«
»Thüringen?« Ein Zittern war plötzlich in ihrer Stimme.
Er zuckte die Achseln. »Nun ja. Er wird zu seinem Eigengut geritten sein, du weißt, das Erbteil seiner Mutter.«
Heden in Thüringen! Und sie wußte nicht, was er dort tat.
»Sagtest du nicht, Heden habe dich darum gebeten, daß du ihn nach Thüringen sendest, damit er dort die Adalinge für den Kriegszug Pippins gewinne?«
»Gebeten ist wohl nicht das rechte Wort. Verlangen wollte er es von mir!«
Die thüringischen Adalinge. Nicht alle waren auf der Seite der thüringischen Sache. Manche von ihnen blickten nach Westen, hatten ihre Eigenart vergessen, waren längst dem Glanz des fränkischen Reiches erlegen. Und viele waren unentschlossen. Wenn Heden diese gewinnen würde! War nicht Heden genau der, auf den sie warteten, um ihm folgen zu können: jung, stark, voller Mut – und

voller Vertrauen auf die Richtigkeit seiner Sache, Pippins Sache? Fähig, die Wankelmütigen zu sich zu ziehen, die Entschlossenen zu begeistern!
»Gozbert? Denkst du daran, nach Heden zu schicken, ihn wieder hierher zu befehlen?«
»Nein. Daran denke ich nicht. Soll er dort bleiben und sich meiner Ungnade bewußt sein.«
»O Gozbert!« sagte sie leise und faßte nach seiner Hand.
Er sah Geilana an, nachdenklich und ein wenig spöttisch: »Was ist? Sonst ist doch deine Zuneigung zu Heden nicht gerade herzlich. Findest du mich jetzt mit einemmal zu hart?«
Er nahm seine unruhige Wanderung wieder auf. »Ich weiß, daß sein Verhalten im Grunde ein Versehen im Überschwang der Gefühle war, nicht eigentlich Bösartigkeit. Aber er muß es lernen. In welche Lage er mich gebracht hat! Hätte er mir das Gleiche unter vier Augen gesagt, so hätte ich ihn mit der gebotenen Schärfe zurechtgewiesen, und damit wäre es erledigt gewesen. Aber in aller Öffentlichkeit! Vor den Ohren jener Gefolgsleute, denen er aus dem Herzen gesprochen hat, Otrich, Otwin, Gerlach, die mehr und mehr zum Lager Pippins überschwenken, mich bedrängen, stärkeren Anschluß ans Reich zu suchen, Pippin meine untertänige Ergebenheit anzutragen! Und zu allem Überfluß auch noch vor den Ohren von Nordegar, der jedes Wort, das an meinem Tisch gesprochen wird, Pippin berichten wird! Sollte ich vor diesen Zuhörern sagen, was ich über Pippins Auseinandersetzung mit Redbad denke?! Was ich von den Vorstellungen meines eigenen Sohnes halte?! Es blieb mir doch gar nichts anderes übrig, als meine Erwiderung auf die Form seines Vorschlags zu beziehen und nicht auf den Inhalt! Es blieb mir gar nichts anderes übrig, als ihm so zu antworten, daß ich einer Antwort enthoben war! Im übrigen hat er es verdient – für so viel Unehrerbietigkeit, Unverstand und Selbstüberschätzung.«
Geilana drehte den Goldfaden ihrer Stickerei auseinander, zwirbel-

te ihn wieder zusammen. »Und was denkst du über Pippins Auseinandersetzung mit Redbad?« fragte sie.
Herzog Gozbert lachte: »Pippin wird sich die Zähne an Redbad ausbeißen, das denke ich! Und es kann mir nur recht sein.«
»Und wenn Pippin nun wirklich Heerfolge von dir fordert?«
»Bisher hat er es nicht. Offiziell weiß ich ja noch nicht einmal von der Sache. Was soll ich jetzt in vorauseilendem Gehorsam Truppen zusammenziehen!«
»Aber – wenn er es nun doch noch tut?«
Der Herzog schwieg lange. Er spreizte seine Finger, betrachtete sie, als sehe er sie zum erstenmal. »Dann werde ich wohl folgen müssen«, sagte er schließlich. »Mit einem Aufgebot, so klein wie möglich. Das ich einsetze, so wenig wie möglich. Aber wer weiß, ob es dazu kommt!«
Geilana legte die kalten Hände an die heißen Wangen. Das war die Gelegenheit. Sie durfte sie nicht ungenutzt verstreichen lassen.
»Und wenn du ihm nicht folgst?« fragte sie.
Der Herzog nahm seinen Siegelring vom kleinen Finger, hauchte ihn an, rieb ihn an seinem Kittel, als sei das Gold nicht schon glänzend genug. »Das wäre eine offene Kriegserklärung an Pippin!« sagte er schließlich.
Sie beobachtete ihn genau. »Du wärst nicht der einzige. Herzog Godefrid würde sich sicher gewinnen lassen, mit dir zu ziehen. Und der Bayernherzog auch. Vielleicht auch die Sachsen. Die Zeit wäre günstig. Pippin hat mit Redbad allein schon genug zu tun.«
Er steckte den Ring wieder an. Schließlich, nach langem Schweigen, schüttelte er den Kopf. »Warten wir den Krieg mit den Friesen ab. Wenn Redbad Pippin vernichtend schlägt, was ich ihm wahrhaftig zutraue, so ist das Problem gelöst. Lassen wir die Zeit für uns arbeiten!«
»Die Zeit!« entfuhr es ihr bitter. »Sie kann auch gegen uns arbeiten!«
Sein Gesicht verschloß sich, wurde herrisch, abweisend. »Geilana!

Pippin ist neuerdings Hausmeier in Austrasien wie in Neustrien. Er führt die Reichsgeschäfte. Ich will keinen offenen Aufruhr gegen den Regenten des Reiches.«
»Hausmeier! Regent! Ein Usurpator ist er, mit Gewalt und Mord hat er den König geraubt, die Stellung an sich gerissen, die du ihm nun zugute hältst. Du redest von Austrasien, glaubst diesem Austrasien Treue zu schulden. Wo war denn Austrasien vor Pippin? Es gab es nicht mehr, und nur der König hätte es aus freien Stücken wieder einrichten können, nicht unter dem Diktat dessen, der die Macht an sich gerissen hat! Du bist treu, Gozbert, und das zeichnet dich aus in einer Zeit, in der Treue nichts mehr gilt unter den Großen des Reiches. Aber du schuldest Pippin keine Treue!«
Er ließ sich auf einen Stuhl fallen, stützte den Kopf auf, starrte lange vor sich hin. »Vielleicht hast du recht«, meinte er nachdenklich. »Mit dem, was du über Pippin sagst, jedenfalls. Aber nicht darin, daß du mir zum Krieg raten willst. Heerfolge gegen die Friesen, das ist eine Sache. Dorestad liegt weit weg von Wirziburg. Doch Krieg hier, im eigenen Land, das ist eine ganz andere Sache. Mehr als genug machen mir die Wenden Schwierigkeiten. Kaum ein Jahr, in dem sie nicht unsere Ostgrenze erschüttern, unsere Ostlande verheeren. Nun auch noch Bedrohung vom Westen, vom Reich – nein, Geilana! Nicht jetzt!«
Die letzten Worte waren mit einer Bestimmtheit gesprochen, die keinen Widerspruch mehr erlaubte.
Sie hatte immer gewußt, wann sie zurückstecken mußte. Jetzt war der Punkt erreicht, an dem sie nicht länger beharren durfte, um nicht seinen Zorn zu erregen. Aber etwas anderes konnte sie tun, plötzlich sah sie es ganz klar und deutlich, etwas, um Heden aus Thüringen wegzuholen.
Sie senkte den Kopf. »Verzeih, Gozbert, wenn ich mich hinreißen ließ, mehr zu sagen, als mir zusteht. Du bist der Herzog und mein Herr.«

Er lächelte, streichelte ihre Wange. »Dein Rat ist mir immer willkommen, Geilana, mehr als der jedes anderen.«
Sie schmiegte ihre Wange fester in seine Hand. »Darf ich dich noch um etwas anderes bitten, dir noch einen Vorschlag machen?«
»Gewiß!«
»Es fiel mir eben ein, weil du von den Kämpfen mit den Wenden gesprochen hast. Und vor wenigen Tagen hast du den Zustand der Bergfestungen im Südosten beklagt, die Befürchtung geäußert, daß die Wenden nun auch entlang des Mains ihre Angriffe vorantreiben könnten.«
»Ja?«
»Dann – bitte, zürne mir nicht, wenn ich noch einmal von Heden spreche –, dann erwäge doch, ob du nicht ihn dorthin senden solltest. Er könnte die Bergfestungen in Ordnung bringen lassen, die Verteidigungsmaßnahmen organisieren. Bitte, Gozbert, gib Heden eine Möglichkeit, dir seine Treue und seinen Gehorsam zu beweisen! Gib ihm eine Aufgabe! Dein Sohn, du weißt, wie sehr er zum Heerführer geschaffen ist. Ich mache mir Sorgen, verstehst du. Schon mancher Sohn hat sich gegen seinen Vater gewandt, weil er von der Verantwortung ausgeschlossen war.«
Er beugte sich über sie, küßte ihre Stirn. »Du bist eine sehr kluge Frau. Manchmal habe ich den Eindruck, hinter dieser Stirn geht noch viel mehr vor, als je über deine Lippen kommt. Nun gut, ich werde über deinen Vorschlag nachdenken. Er hat vieles für sich.«
Er trat zum Fenster. »Hast du schon deine Sachen packen lassen? Morgen in aller Frühe will ich zum Schwanberg aufbrechen. Es wird Zeit, daß ich mich dort sehen lasse und die Güter ringsum inspiziere. Zu lange Abwesenheit des Herrn tut nie gut. Auch dem Grafen Matto muß ich mich etwas ins Gedächtnis bringen. Er gehört zu denen, die gerne vergessen, daß sie noch einen Herzog über sich haben. Du bist doch morgen früh bereit!«
»Ja. Ganz, wie du es wünschst.«

Vom Schwanberg war es nicht weit zu jenem Heiligtum an der Quelle. Ob sie noch einmal die Göttin aufsuchen sollte, Ihr opfern?
»Herein!« rief der Herzog. Geilana hatte das Klopfen überhört.
Ein Dienstmann trat in den Raum, verneigte sich tief, wartete auf die Erlaubnis zum Sprechen. »Bischof Killena ist gekommen und bittet dringend darum, empfangen zu werden, bevor Ihr abreist.«
Nein! Nicht hier in meiner Gegenwart! wollte Geilana sagen. Aber der Herzog hatte schon mit einer ungeduldigen Handbewegung erwidert: »Führ ihn herein!«
Der Bischof neigte leicht das Haupt, sprach einen Segen. Der Herzog antwortete mit einem kühlen, kurzen Gruß.
»Was führt dich zu mir?«
»Die Sorge. Ich weiß, Eure Zeit ist knapp bemessen, darum will ich ohne Umschweife zur Sache kommen. Ihr erinnert Euch an das Unwetter vor einigen Tagen. Der Hagel hat an vielen Stellen des Maintales schweren Schaden angerichtet. So manchem Bauern ist kein einziges Feld unverwüstet geblieben, die gesamte Ernte vernichtet. Viele Bauern Eurer Grundherrschaft sind darunter, die ausschließlich oder teilweise Euer Land zu Leihe haben.«
»Ja, und?«
»Täglich kommen sie zu mir und klagen mir ihr Leid. Täglich bitten sie mich um meine Fürsprache. Sie werden die Abgaben nicht zahlen können, da sie keine Ernte einbringen.«
Erwartungsvoll blickte der Bischof den Herzog an.
Der Herzog schwieg, zog nur die Augenbrauen in die Höhe. »Und?« fragte er schließlich noch einmal, nun schon kalt.
»Herr Herzog, ich bin nicht so vertraut mit den Gepflogenheiten der Grundherrschaft in Eurem Lande. Die Bauern sagten mir, wenn sie die Abgaben nicht zahlen könnten, drohe ihnen der Verlust ihres eigenen Grund und Bodens, so sie welchen haben. Oder gar die Leibeigenschaft.«
»Wenn sie ihre Schuld nicht zahlen können, gewiß.«

»Aber es ist nicht ihr Verschulden! Was können die Bauern für den Hagel! Nichts – im weltlichen Sinn. Und im geistlichen? Wer kann von sich sagen, er kenne den Ratschluß Gottes! Vielleicht hat Gott der Herr uns alle damit schlagen wollen. Als Strafe für unsere Sünden, als Mahnung zur Buße. Doch dann gilt die Strafe uns allen, und wir alle müssen sie gemeinsam tragen, nicht nur die Armen! Warum sollen nun sie allein dafür zahlen?!«

»Auch ich kann nichts für den Hagel. Warum sollte ich dafür zahlen?!«

»Weil es eine Tat der Barmherzigkeit wäre. Vergeßt nicht, daß auch Ihr auf Barmherzigkeit angewiesen seid, auf Gottes grundlose Barmherzigkeit.

Ich will Euch ein Gleichnis unseres Herrn Jesus erzählen. Ein König rechnete mit seinen Knechten, und er fand einen, der war ihm zehntausend Pfund schuldig. Und da dieser nicht zahlen konnte, befahl der König, daß der Knecht verkauft werde mit seiner Frau und seinen Kindern und allem, was er hatte, damit die Schuld bezahlt würde. Aber der Knecht warf sich dem König zu Füßen und bat um Geduld, damit er seine Schuld eines Tages zahlen könne. Da erbarmte sich der König und ließ den Knecht frei und erließ ihm all seine Schuld. Da ging der Knecht nach Hause und traf einen Mitknecht, der war ihm 100 Silbergroschen schuldig, und er schlug und würgte den Mitknecht und verlangte, daß er ihm die Schuld begleiche. Doch der Mitknecht konnte nicht zahlen und flehte um Aufschub, aber der Knecht hatte kein Erbarmen und warf ihn ins Gefängnis. Da aber der König davon erfuhr, wurde er zornig und ließ den Knecht vor sich rufen und sprach: All deine Schuld habe ich dir erlassen, weil du mich darum batest. Hättest du da nicht auch dich über deinen Mitknecht erbarmen sollen, wie ich mich über dich erbarmt habe? Und der König warf den Knecht ins Gefängnis und ließ ihn peinigen, bis daß er bezahlt hätte alles, was er schuldete.

Der Herr Jesus beschließt dieses Gleichnis mit den Worten: So wird euch mein himmlischer Vater auch tun, wenn ihr nicht vergebet von Herzen, ein jeglicher seinem Bruder.
Wir alle sind Gottes Schuldner, auch Ihr. Wir alle haben Gottes Gericht zu fürchten, auch Ihr. Darum erlasset Schuld, damit auch Euch Schuld erlassen werde!
Und nun bitte ich Euch: Erlaubt mir um der Barmherzigkeit Gottes willen, den Bauern zu versprechen, daß sie ihre Abgaben an Euch in den folgenden Jahren abtragen können, wenn, so Gott es will, die Ernten besser sein werden!«
»Nichts dergleichen!« erwiderte der Herzog eisig. »Wärest du nicht ein Mann Gottes, so würde ich dich ob dieser Anmaßung in Ketten legen lassen. Ich dulde keine Einmischung in meine Rechte! Ich habe dir meinen Schutz zugesagt, damit du hier das Wort Gottes verkündest, nicht damit du in meine Herrschaft hineinregierst. Übe du dein Amt aus und vergreife dich nicht an dem meinen!«
»Ich kann das Wort Gottes nicht verkünden, ohne Euch die Wahrheit zu sagen. Auch zu Euch hat der Herr mich gesandt, auch für Eure Seele bin ich Ihm verantwortlich.«
»Ich kann sehr wohl für mich selbst Verantwortung tragen! Jetzt geh!«
Finster schaute der Herzog dem davongehenden Bischof nach, starrte noch die Tür an, als sie sich längst hinter dem Bischof geschlossen hatte.
»Dieser Killena nimmt sich mehr und mehr heraus. Wofür hält er sich?! Schwingt sich zum Richter auf! Leiht denen, die zu schweigen haben, die Kraft seiner Rede! Maßt sich Rechte an, die ihm nicht zustehen! Redet mir in meine Machtausübung hinein mit Worten aus der Bibel! Er wird immer lästiger. Aber einer wie der ist so schnell nicht zum Schweigen zu bringen.«
Geilana stand auf, trat an seine Seite, lehnte sich an ihn.
»O Gozbert«, sagte sie dicht an seinem Ohr, »ich liebe dich.«

Als er sie in den Arm nahm, war sie seit langem einmal wieder glücklich. Und hätte nicht zu sagen vermocht, warum.

*

Heden atmete auf. Im letzten Dämmerlicht der hereinbrechenden Nacht konnte er erkennen, daß der Wald sich lichtete. So war es richtig gewesen, einem Bachlauf zu folgen, der etwa in nördlicher Richtung verlaufen war, und es blieb ihm erspart, ohne Verpflegung allein eine Nacht im Wald verbringen zu müssen. Er war den ganzen Tag geritten oder zu Fuß durchs Gebüsch gestreift, ohne Pause zu machen oder etwas zu essen. Jetzt wünschte er nichts mehr als eine warme Mahlzeit, einen ordentlichen Schluck Bier und ein weiches Bett.

Er zog das Pferd am Zügel hinter sich her, kämpfte sich die letzten Schritte durch dichte Hecken, dann trat er hinaus ins Freie, sah sich um. Dunkel breitete sich das Land vor ihm aus, und dort, in der Ferne, konnte er in schwarzen Umrissen ein Dorf ahnen. Er wußte nicht, wo er sich befand. Aber er war entschlossen, dort Unterkunft zu suchen und zu erhalten.

Er stieg auf das müde Tier und ritt langsam dem Dorf zu, traf schließlich auf einen Weg.

Sein Pferd folgte dem Weg, ohne daß er es lenken mußte. Heden schloß die Augen. Beinahe schlief er ein.

Plötzlich schreckte er hoch. Ihm wurde bewußt, daß er schon seit einiger Zeit etwas gehört haben mußte, ohne darauf zu achten. Er blickte sich um, bemerkte, daß er dem Dorf schon nahegekommen war und daß sich vor dem Dorf, hinter einer Hecke halb verborgen, Lichter bewegten. Von dort drangen auch die Töne. Ein fremder Gesang war es, von dumpf tönenden Blasinstrumenten begleitet, wie er ihn noch niemals in seinem Leben gehört hatte.

Seine Müdigkeit war verschwunden. Er stieg vom Pferd, band es an

einer Eiche am Wegesrand fest und ging leise zu der Hecke, hinter der vorging, was er sich nicht erklären konnte.
Erst sah er nur die Lichter, die sich im Kreis bewegten. Fackeln waren es, jetzt konnte er die Männer erkennen, die sie trugen, im Kreis um einen hoch aufgeschichteten Holzstoß herum. Große runde Grabhügel zeichneten sich dahinter ab.
Nun wußte er, was dies zu bedeuten hatte. Er war am Friedhof, und dies hier war eine Bestattung. Aber eine ganz andere, als er sie kannte.
Der Gesang schwoll an und brach plötzlich ab. Die Männer blieben stehen, richteten ihre Fackeln auf den Holzstoß. Heden konnte den Toten darauf erkennen, einen Mann mit reicher Waffenausstattung, die nun im Lichtschein auffunkelte. Ein sehr wohlhabender Bauer mußte er gewesen sein – oder gar ein Adaling?
Dann, plötzlich, loderte das Feuer auf. Es mußte sehr kunstvoll vorbereitet gewesen sein.
Neuer Gesang begann, doch nun wilder, und dann, plötzlich, teilte sich die Schar der Männer, und ein Pferd wurde herbeigeführt. Zwei Männer hielten es am Zaumzeug. Tief und dumpf klagten die Hörner. Ein Mann in vornehmer Kleidung trat neben das Pferd, zog sein Schwert aus der Scheide, hob es feierlich empor. Lange stand er so da, das Schwert erhoben, umleuchtet vom Feuer, entrückt vom immer beschwörender werdenden Gesang. Dann ließ er das Schwert auf den Hals des Pferdes niedersausen. Das Blut spritzte auf. Der Körper des Pferdes brach zusammen. Sein Kopf aber wurde von den beiden Männern gehalten.
Heden wandte sich ab. Er hatte genug gesehen.
Langsam ging er zu seinem Pferd zurück, löste den Zügel, führte es weiter.
Es gab sie also noch immer, die Pferdeopfer der Heiden. Er hatte es gewußt. Dennoch, wissen war etwas anderes, als mit eigenen Augen sehen.

Ihn schauderte. Warum? rief er sich gleich selbst zur Ordnung, was schaudert dich bei einem abgeschlagenen Pferdekopf! Hast du deren nicht in der Schlacht genug gesehen, auch, was viel schlimmer ist, Menschenköpfe? Und es hat dich nicht geschaudert! Also reiß dich zusammen!

Doch schon während er so mit sich selbst schalt, wußte er, daß das alles etwas anderes war. Und daß sein Schaudern einen anderen Grund hatte. Einen Grund, der nicht wegzuwischen war.

Er klopfte an die Tür des ersten Bauernhauses, wurde freundlich aufgenommen, ohne daß er sagen mußte, wer er war, erhielt eine nahrhafte Grütze und Bier im Überfluß, das Bauernehepaar räumte ihm das eigene Bett.

Er lag auf dem Heusack und schaute zur dunklen Decke empor. So müde war er gewesen, doch nun konnte er nicht schlafen. Immer wieder schob sich das Bild vor das Vergessen, riß ihn ins Wachen zurück, das aufspritzende Blut, das zusammenbrechende Pferd, der Pferdekopf. Und plötzlich ein anderes Bild: Pippin, mit vom Wein geröteten Gesicht, der sich ihm zuneigte und eindringlich mit ihm sprach. Was waren seine Worte gewesen? Was nützt dir der Eid eines Gefolgsmannes, dessen Seele anhängt dem Teufelsdienst – Gefahr vor allem droht dir von denen, die unseren Gott hassen – ein Reich, ein Glaube – damit liegt es im argen bei euch – sorge dafür, daß Killena dorthin geht, wo er am dringendsten benötigt wird: ins Herz Thüringens.

Heden richtete sich auf. Wie hatte er diesen Rat Pippins vergessen können! War es ein Rat gewesen? Oder ein Befehl?

Warum hatte er die Worte Pippins so wenig beherzigt! Nun, wo ihm klargeworden war, wie sehr sie berechtigt waren, war es zu spät. So, wie es jetzt zwischen ihm und dem Vater stand, würde er beim Vater nie etwas erwirken können.

Aber brauchte er den Vater überhaupt?! Genügte nicht Bischof Killena? Sicher, der Vater würde zustimmen müssen, doch wenn

Bischof Killena selbst ihn darum bat, würde er kaum ablehnen können ...
Das war es. Er mußte Bischof Killena von seinem Erlebnis erzählen. Er mußte Bischof Killena den schrecklichen Abgrund des Teufelsdienstes im Thüringer Land deutlich vor Augen stellen. Dann würde der Bischof selbst den Entschluß fassen, nach Thüringen zu ziehen! Nie brauchte der Vater zu erfahren, daß es seine, Hedens, Entscheidung gewesen war! Und Bischof Killena würde hier wirken. Bei den Adalingen sollte er anfangen. Denn daß es ein Adaling gewesen war, der da heute nacht verbrannt wurde, das wußte er inzwischen. Seine Adalinge, sein künftiges Gefolge – Heiden! Wie hatte der Vater das so lange tatenlos hinnehmen können!
Doch nun würde sich das ändern. Als Christen sollten sie ihm einen christlichen Eid schwören, wenn er die Herrschaft antrat!
Morgen schon würde er sich auf den Heimritt nach Wirziburg machen, um mit Bischof Killena zu reden.
Überhaupt war seine Flucht, recht betrachtet, eine Kinderei gewesen. So einfach wollte er es dem Vater nicht machen, daß er ihm einfach aus dem Weg ging! Und wer weiß, wenn Pippin wirklich Krieg führen und Heerfolge fordern würde, nicht auszudenken, wenn er, Heden, dann nicht sofort zur Stelle wäre!
Ja, morgen würde er sich auf den Heimweg machen. Wenn er zügig ritt, konnte er schon in vier Tagen wieder in der Wirziburg sein.
Beruhigt legte er sich auf die Seite, schloß die Augen und schlief ein.

*

Heden schaute Bischof Killena gespannt und erwartungsvoll an. Er hatte ihm alles erzählt, sein Erlebnis jener Totenverbrennung, hatte in den grellsten Farben von dem Pferdeopfer und den Beschwörungen der Geister gesprochen, hatte die thüringischen Adalinge als

tief im Abgrund des Heidentums verfangen geschildert – kein Wort davon, daß etliche von ihnen getauft waren –, die Blindheit des Volkes beklagt. Wirkungsvoller konnte man doch gar nicht die Notwendigkeit einer Mission in Thüringen beschwören! Nun konnte der Bischof doch nicht anders, als sofort, auf der Stelle, den Entschluß zu fassen, nach Thüringen zu ziehen!
Der Bischof hatte ihm zugehört, ohne ein Wort zu sagen.
Warum schweigt er noch immer, dachte Heden, warum sieht er mich so an, so merkwürdig forschend, warum antwortet er nicht endlich?
Heden räusperte sich und begann von neuem: »Ihr werdet nach Thüringen gehen, nicht wahr? Ihr werdet den Herzog um die Erlaubnis dazu bitten? Und Ihr werdet bei den Adalingen ansetzen? Ihre Herzen sind am schlimmsten verstockt. Sie geben dem Volk ein schlimmes Beispiel. Wenn Ihr die bekehrt, bekehrt Ihr zugleich das Volk.«
Der Bischof stand auf, ging zur offenen Tür und schaute lange in den Sonnenschein hinaus, über den Platz zum Oratorium hinüber. Heden wartete.
Als der Bischof endlich zurückkam und vor ihm stehenblieb, erhob Heden sich höflich.
Endlich sprach der Bischof: »Vielleicht, Prinz Heden, spricht der Wille Gottes durch Euren Mund. Ich weiß es nicht. Ich werde Gott im Gebet anrufen, mir darüber Klarheit zu schenken. Auch hier am Main ist meine Aufgabe noch lange nicht erfüllt. Ich kann Euch jetzt keine Antwort darauf geben. Aber eine Frage will ich Euch stellen. Ihr sollt mir nicht vorschnell darauf antworten, sondern sie in den tiefsten Winkel Eures Herzens dringen lassen.«
Der Bischof machte eine Pause, sah Heden in die Augen. Nun schien Heden der Blick des Bischofs nicht mehr nur forschend, sondern beinahe drohend: »Warum habt Ihr mir das erzählt, Prinz Heden? Warum bedrängt Ihr mich, meine Aufgabe hier zu verlassen

und eine andere zu übernehmen? Warum wollt Ihr so dringend, daß ich nach Thüringen gehe?
Ist es wirklich die Sorge um die Sache des Evangeliums? Ist es wirklich die Sorge um das Heil des thüringischen Volkes? Warum besteht Ihr so darauf, daß es die Adalinge sind, unter denen vor allem ich zu wirken hätte? Warum wollt Ihr das nicht mir überlassen?
Prüft Euch, Prinz Heden. Die Menschen könnt Ihr täuschen. Gott aber sieht das Herz.
Oft haben die Großen dieser Welt vielerlei Gründe, die Sache der Kirche zu stützen. Ich weiß das wohl, und es erfüllt mich mit Schmerz und tiefem Erschrecken. Sie sagen Gott. Und meinen ihre eigene Macht.
Ihr errötet. Es ist gut, daß Ihr noch erröten könnt.
Ich werde jetzt nicht weiter in Euch dringen – nicht heute. Ihr sollt darüber nachdenken. Aber seid gewarnt, Prinz Heden: Die Sünden wider den Heiligen Geist sind die schlimmsten Sünden. Verfallt ihnen nicht!
Aber noch eine Frage, und auf die sollt Ihr mir antworten, jetzt auf der Stelle: Warum habt Ihr, was Ihr erlebt und erkannt habt, nicht erst Eurem Vater berichtet und es seinem Beschluß überlassen, was zu tun sei?«
Heden starrte den Bischof an. Er hatte geglaubt, vom Vater vor der Tafelrunde bloßgestellt worden zu sein, das sei die schlimmste Erniedrigung gewesen, die das Leben für ihn bereithielt. Und nun das! Es schien, als wisse der Bischof alle Antworten, Antworten, die nicht einmal er, Heden, selbst sich eingestehen mochte. Als risse er mit einem Ruck den Mantel von allem, was mühsam bedeckt war.
Heden brachte keinen Ton heraus. Er schüttelte stumm den Kopf.
Und hörte die Stimme des Bischofs, nun noch strenger: »Ihr wollt es nicht sagen. Nun, so sage ich es für Euch. Ihr wolltet diese Sache hinter dem Rücken Eures Vaters betreiben, an ihm vorbei. Oder gar

noch schlimmer: gegen ihn. Und Ihr wolltet ihn um nichts bitten, weil Ihr wußtet, daß Ihr ihn zuvor um Verzeihung bitten müßtet. O ja, ich weiß, was vorgefallen ist. Ich weiß, daß Ihr es an Ehrerbietung Eurem Vater gegenüber habt fehlen lassen. Und daß Ihr davongelaufen seid, statt seinen gerechten Zorn zu ertragen und ihn durch doppelten Gehorsam um Vergebung zu bitten. Dabei kennt Ihr sehr wohl das vierte Gebot! Du sollst deinen Vater und deine Mutter ehren, auf daß es dir wohlergehe und du lange lebest auf Erden. Die Gebote, Prinz Heden, sie sind nicht irgendwelche Worte, die wir befolgen können, wenn sie uns gelegen kommen, und nicht befolgen, wenn sie uns ungelegen sind. Die Gebote sind Gottes Wille, und keiner soll es wagen, sie zu mißachten! Weh Euch, wenn Ihr das tut, und weh mir, wenn ich Euch nicht ermahne! Ihr habt viel zu beichten, Prinz Heden, und für vieles habt Ihr Buße zu tun. Doch bevor Ihr zu mir kommt und durch mich Gottes Vergebung erflehen könnt, geht zu Eurem Vater und demütigt Euch vor ihm! Und jetzt kommt mit mir, die Glocke läutet zum Gottesdienst. Kommt mit in die Kirche!«

Heden ging hinter dem Bischof her. Merkwürdig fremd kam er sich vor, als sei er neben sich getreten, sehe sich über den Platz gehen. Wie er den Schein der Abendsonne auf der hageren, ungebeugten Gestalt des Bischofs sah, dachte er plötzlich: Keiner hat ein Recht, so mit mir zu reden. Keiner. Das vergesse ich ihm nicht.

Dem Gottesdienst wohnte Heden ohne jede Aufmerksamkeit bei. Der Gesang der Mönche konnte den Aufruhr in seinem Inneren nicht beruhigen.

Dann predigte Bischof Killena. Heden hörte nicht zu. Nur gelegentlich drangen Fetzen von Killenas Rede wider Willen durch Hedens verschlossene Ohren: der Hagel – Gott straft uns, damit wir Buße tun und nicht der ewigen Verdammnis verfallen – den Weinberg, der keine Frucht bringt, wird er verwüsten lassen – die Axt ist dem Baum an die Wurzel gelegt – reiße das Böse aus dir, kämpfe gegen

das Arge in deinem Inneren – wenn dich dein Auge ärgert, so reiße es aus – wie ein Vater seinen Sohn züchtigt . . .
Heden horchte auf. Das gilt mir, dachte er, das sagt der Bischof, weil er mich treffen will!
»Denn es steht geschrieben: Welchen der Herr liebhat, den züchtigt Er, und Er straft einen jeglichen Sohn, den Er aufnimmt. Gott erzieht euch, wenn ihr dulden müßt! Als Seinen Kindern begegnet euch Gott, denn wo ist ein Sohn, den der Vater nicht züchtigt? Alle Züchtigung aber, wenn sie da ist, dünkt uns nicht Freude, sondern Traurigkeit zu sein, aber danach wird sie geben eine friedsame Furcht der Gerechtigkeit denen, die dadurch geübt sind.«
Eine friedsame Furcht! Heden genoß es, wie sein Zorn immer stärker wurde: von wegen friedsamer Furcht! Wut hat sie mir gegeben, und Haß. Und das ist gut so. Denn endlich spüre ich die Kraft und den Mut, mich aufzulehnen, nicht mehr nur zu träumen, sondern zu handeln, für meine Sache zu kämpfen, gegen meinen Vater. Den Zorn, so gewaltig und groß, daß er alle Furcht und alle Bedenken wegwischt. Mein Vater wird schon sehen . . .
Und dieser dahergelaufene Bischof auch! Glaubt, mir drohen zu können, mich zwingen zu können! Bildet er sich ein, ich würde mich vor ihm ducken wie ein Knecht?
»Und weiter steht geschrieben: Welche ich liebhabe, die strafe und züchtige ich. So mache dich auf und tue Buße! Siehe, ich stehe vor deiner Tür und klopfe an. So jemand meine Stimme hören wird und die Tür auftut, zu dem werde ich eingehen und das Abendmahl mit ihm halten und er mit mir.
Meine Brüder und Schwestern in Christo, lasset uns die sein, die die Stimme hören! Lasset uns umkehren! Lasset uns Gott anhängen mit der ganzen Kraft unserer Herzen! Und lasset uns nicht verzagen! So wir ernstlich bereuen, ist Er bereit, uns Seine Vergebung zu schenken und unsere Schuld von uns zu nehmen, als wäre sie nie gewesen. Er wird uns Seinen Frieden geben. Und uns aufneh-

men in Sein ewiges Reich der Herrlichkeit. Das zerstoßene Rohr wird Er nicht zerbrechen, und den glimmenden Docht wird Er nicht auslöschen. Amen.«
Die letzten Worte des Bischofs hörte Heden längst nicht mehr.
Ein anderer hörte sie, und sie ergriffen ihn: Arnulf. Frieden – wie weit war er davon entfernt. Und wie sehr sehnte er sich danach!
Seit einigen Tagen schon lebte Arnulf in der Nähe des Bischofs, dem er sich unterstellt hatte, wie der Mönch es ihm gesagt hatte.
Bischof Killena hatte ihn, als er sich kaum getraut hatte, den hohen Gottesmann anzureden, zum Sprechen ermutigt, ihn auf die Nennung des Namens Aed sofort in seine Hütte geladen, geduldig gewartet, als er, Arnulf, nicht gewußt hatte, wo beginnen, als er Unverständliches gestottert und sogar geweint hatte. Dann hatte sich der Bischof alles, was er zu berichten hatte, sehr ruhig angehört, ihm weitergeholfen, wenn ihn das Entsetzen bei der bloßen Erinnerung übermannen wollte. Ja, es war eine unglaubliche Erleichterung gewesen, diesem Bischof das alles zu erzählen.
Und doch hatte Bruder Aed die Wahrheit gesagt: Der Bischof war wirklich sehr streng.
Welche ich liebhabe, die strafe und züchtige ich.
Immer wieder in der vergangenen Woche hatte Arnulf sich mit staunender Verwunderung gefragt, warum er eigentlich die harte Strafe auf sich genommen hatte, die der Bischof Buße nannte und ihm zugemessen hatte, dafür, daß er Gisela beinahe erwürgt hätte.
Warum er eigentlich bei den Mönchen blieb, mit ihnen fastete, wachte, betete und bis zur Erschöpfung arbeitete, da doch niemand ihn dazu zwang.
Dennoch war er nicht gegangen.
Nun wußte er, warum.

Kapitel 9

Gisela drückte sich an den Stamm der Buche, schaute dahinter hervor. Hier endete der Wald. Ging sie weiter, würde sie seinen Schutz verlassen.

Steil stieg der Schwanberg an, auf seiner Höhe drohte die Mauer der Burg. Noch nie hatte sie den Berg von dieser Seite gesehen, aus dem tiefen Einschnitt im Südosten.

Seit Tagen umkreiste sie ihn nun schon, aber immer hatte ihr der Mut gefehlt hinaufzusteigen.

Dennoch, es war die letzte Möglichkeit, die letzte Hoffnung.

Ihr blieb nur noch Gudrun. Wenn auch Gudrun sie zurückstoßen würde . . .

Da waren sie wieder, die Bilder, die sie nicht loswerden konnte.

Arnulf, der sie anstarrte, Haß in den Augen.

Arnulf in seinem besinnungslosen Zorn, die Hände um ihren Hals.

Die Hände, die sich fester und fester zogen . . .

Dieses Gesicht, nicht mehr sein Gesicht, verzerrt vor Wut.

Arnulf, der sich abwandte und ging, kein Wort zu ihr zu sagte. Kein einziges.

Und sie kauerte da und spürte nur eins: Etwas war gestorben in ihr.

Dann der Mönch mit dem unbewegten, verschlossenen Gesicht, der neben ihr herschritt, ohne sie auch nur einmal anzusehen. Und dennoch war seine ganze Haltung, jeder einzelne Schritt eine einzige Anklage gewesen, ein Ausdruck abgrundtiefer Verachtung. Warum war sie mit ihm gegangen, warum war sie nicht einfach davongelaufen? Warum war sie keines einzigen Gedankens fähig gewesen, nicht einmal des einen: Flucht?

Und dann die Mutter, als der Mönch die Tür zu ihrem Elternhaus geöffnet und ihr, Gisela, wortlos den Vortritt gelassen hatte, die Mutter, die allein im Raum war, Brotteig knetete wie so oft – der Geruch des Sauerteigs, die Hände und Arme voll Mehl, das dumpfe Klopfen, mit dem sie den Teig auf das Holz schlug, immer war das schon so, früher, wie oft habe ich dabei zugesehen, geholfen, früher, hier habe ich hergehört, hier gehöre ich her, o Mutter, Mutter, was mir geschehen ist, hilf mir –, ihr eigener erstickter Aufschrei, mit dem sie auf die Mutter zulief, sich in ihre Arme flüchtete, die Mutter, ihr Gesicht, fassungslos: Erschrecken, Entrüstung oder Freude?, die Arme um die Mutter geschlungen, ihre Wärme spüren, und dann fühlen, wie die Mutter sich in Abwehr verhärtete, sie wegschob. Von ihr ins Gesicht geschlagen werden. Und Mutter wußte noch nicht einmal, was sie getan hatte.

Die Stimme des Mönches, der berichtete, was geschehen war, in knappen Worten. Er sagte nichts Falsches. Aber wie er es sagte – ihn hören, das war der Augenblick, in dem das Entsetzen darüber, was ihr geschehen war, umschlug in das Entsetzen darüber, was ihr geschehen würde.

Ihn hören, das war erkennen: Sie war verloren.

Das Zuschlagen der Tür, als er ging.

Der Blick der Mutter. Als wäre sie nicht ihre Tochter. Als wäre sie der Teufel leibhaftig.

Und dann der Vater.

Das schlimmste waren nicht einmal die Schläge, mit denen er sie aus dem Haus und vom Hof trieb. Das schlimmste waren die Worte. Nein, sie durfte nicht mehr an diese Worte denken, sie hielt es nicht aus.

Aber sie ließen sich nicht verdrängen: Hätte er dich nur umgebracht ... diese Schande ... durch nichts gutzumachen ... Graf Matto, wenn er davon erfährt ... sich zu entehren, mit einem Mann durchzugehen, ist schlimm genug, aber nun auch noch Zauber, Teufelswerk ... unverzeihlich ... du Hexe, du hast unsere ganze Familie

entehrt ... du gehörst nicht mehr zu uns ... du bist meine Tochter nicht mehr ...
Priester Engelbert, zu dem sie sich vor ihrem Vater geflüchtet hatte, vor ihm auf die Knie fiel, sich schuldig bekennen, ihn um seine Hilfe anflehen wollte – und der sie gar nicht zu Wort kommen ließ. Der schon wußte, was geschehen war. Der sie verdammte, ohne sie anzuhören. Ihr die Tür wies.
Ausgestoßen aus dem Vaterhaus.
Keine Zuflucht in der Kirche.
Und Arnulf, der sie töten wollte.
Kein Ort mehr.
Ein Mädchen, eine Frau allein, ohne den Schutz einer Familie, ohne den Schutz eines Herrn: Freiwild. Preisgegeben dem Verderben.
Selbst der Wald, der ihr mit Arnulf gemeinsam Freistatt gewesen war, verschwor sich gegen sie, keine Heimat mehr, nirgends, nur feindliche Wildnis.
Einzig Gudrun blieb noch, als allerletzte Hoffnung.
Fand sie bei Gudrun keine Hilfe, so gab es keine Hilfe mehr. Nicht Nahrung noch Kleidung, nicht Aufnahme noch Obdach. Dann war sie verloren, konnte nirgendwo hin außer in den Wald, würde kaum den Sommer überleben, gewiß nicht den Winter.
Das war der Grund, warum sie so lange nicht gewagt hatte, zur Burg hinaufzusteigen: aus Furcht vor der Hoffnungslosigkeit. Doch nun konnte sie nicht mehr anders.
Auf dem schmalen, steilen Pfad stieg sie den Berg hinauf, erreichte das Tor. Ein Wächter, den sie bei ihrem Besuch nicht gesehen hatte, fragte mißtrauisch, was sie wolle, ließ sie passieren, als sie sagte, sie sei die Schwester der Burgmeierin.
Sie trat durch das Tor, sah die Pferde, die offenen Türen der Häuser, den aus dem Herzogshaus aufsteigenden Rauch, das viele Gesinde, die Männer in den prächtigen Gewändern, begriff: Der Herzog war in der Burg. Zutiefst erschrak sie, wollte zurück, zum Tor hinaus,

wurde vom Wächter ergriffen, festgehalten, argwöhnisch gemustert.
Der Wächter schickte einen Boten zum Burgmeier, er möge herkommen, eine Person sei da, die sich als die Schwester seiner Frau ausgebe.
Dann kam Sigiheri.
Sie wußte sofort: Er hatte davon gehört, was sie getan hatte und was ihr geschehen war.
Er sah sie an, kalt und voller Verachtung: »Das soll die Schwester meiner Frau sein? Nein! Meine Frau hat keine Schwester mehr. Jag sie fort!«
»Sigiheri«, schrie sie, »laß mich mit Gudrun reden! Nur einmal noch!«
»Ich kenne dich nicht!«
»Um Christi Barmherzigkeit willen, laß mich zu Gudrun! Wo soll ich denn sonst hin?«
»Geh in den Main!« erwiderte er und drehte sich um.
Da packte der Wächter sie und stieß sie zum Tor hinaus.

*

Geilana winkte den jungen Adligen heran, der ihr kleines Gefolge anführte, mit dem sie – scheinbar – zur Jagd geritten war: »Nimm mein Pferd! Ich will das letzte Stück zu Fuß gehen. Allein.«
Sie sah, wie er zögerte. Er wagte nicht zu widersprechen, aber seine Augen beschworen sie, ihren Befehl rückgängig zu machen. Der Herzog hatte ihn zur Begleitung der Herzogin während der Tage auf dem Schwanberg bestimmt. Wenn der Herzog erfahren würde, daß er sie allein ließ, und heute schon zum zweiten Mal an einem Tag . . .
Bitte, wollte er sagen, versteht, ich darf nicht.
Ein Blick von ihr ließ ihn verstummen, ehe er den Mund geöffnet

hatte. Er half ihr vom Pferd, bedeutete den anderen, ihm zu folgen, ritt voran. Ein Stück vor der Burg wartete er, voller Angst, dem Herzog zu begegnen, ihm Rede und Antwort stehen zu müssen.
Geilana ging langsam über die Hochfläche des Schwanbergs. Sie mußte allein sein. So vieles gab es zu bedenken.
Heute war sie wieder bei dem Heiligtum der Göttin gewesen. Geopfert hatte sie Ihr, denn da war diese Hoffnung in ihr, seit Tagen die Hoffnung ... Nein, noch wagte sie nicht daran zu glauben, aber wenn die Göttin, die Fruchtbare, helfen würde!
Nicht nur deswegen hatte sie das Heiligtum aufgesucht. Sondern auch der weisen Frauen wegen. Antwort hatte sie gesucht auf so viele Fragen. Und nichts als dunkle Rätsel erhalten.
Wenn Ihr eine wichtige Begegnung macht, wißt sie zu nutzen ...
Was sollte sie damit anfangen!
Ob Baderich kommen würde? Möglich war es. Der drohende Krieg mit den Friesen mochte ihn dazu veranlassen, selbst herzukommen, das Äußerste zu versuchen, um Gozbert von einer Heerfolge abzuhalten ...
Wenn er doch bald käme, hierher, wo es leichter war, unbeobachtet mit ihm zusammenzutreffen als in der Wirziburg, in der sie eingeengt war von den starren Regeln des Hofes, beobachtet von den Blicken unzähliger Dienstmannen. Und keine Arohild mehr, der sie vertrauensvoll überlassen konnte, eine Möglichkeit zu finden.
Arohild. Nie hätte sie geglaubt, daß ihr eine Magd so fehlen könnte. Die vertraute Magd, die vieles wußte und verstand. Und zu allem schwieg. Nun war sie tot, plötzlich an einem Fieber gestorben, wenige Tage vor der Abreise.
Geilana ging bis an den Rand des Berges, blieb stehen, wo sich steil der Hang neigte und Brombeerhecken wucherten, schaute ins sonnenbeschienene Land. Was für ein Frühling! Warm und sonnig wie selten. Bald würde Sommer sein. Der Sommer, der die Entscheidung bringen mußte.

Würde Pippin stürzen? Oder gestürzt werden? Oder siegen und unbesiegbar werden?
Was betrieb Heden in Thüringen? Wozu war Heden fähig, in der Auflehnung gegen Gozbert, in der Begeisterung für Theodrada, im Glauben an Pippin?
Und Theotbald noch zu jung. Nicht nur zu jung: zu schwach. Lesen wollte er jetzt lernen, lesen! Tadg, dieser Mönch, hat es ihm in den Kopf gesetzt. Ihr Sohn, Prinz Theotbald, Bibel lesend! Das fehlte gerade noch! Den alten Kult sollte er wiederbeleben – und wenn lesen, dann die Runen! Die geheime Bedeutung der Zeichen ergründen, ihre Kraft nutzen. Lag es nicht dicht beieinander, Wissen und Macht, war es nicht eine göttliche Ekstase, aus der beides quoll, Dichtung und Kampfrausch, war Wodan nicht der Gott der Runen wie der Gott der Lanze . . .
Und nun erlag Theotbald dem christlichen Einfluß. Schlimmer noch: dem Einfluß Bischof Killenas!
Wäre es wenigstens nur der christliche Glaube, so wie sie gezwungen worden war, ihn anzuerkennen! Christus, der Himmelskönig, stark und mächtig, siegreicher Herrscher der Gewalten, in dessen Namen Hruodi und Gozbert in den Krieg gegen die Wenden gezogen waren! Aber dieser Bischof, dieses Reden von Demut und Liebe, von Sünde, Buße, Erlösung, Abkehr von der Welt, Streben nach dem Himmelreich! Dieser Bußgeist der Mönche, wenn er von Theotbald Besitz ergriff, wie sollte er dann tüchtig werden für seine Aufgabe! Wie sollte er dann kraftvoll und machtbewußt Herrschaft ausüben, die Geschicke lenken nach seinem Plan!
Sie würde dem Einfluß des Bischofs ein Ende setzen.
Und wäre es ein Ende mit Schrecken.
Geilana ging mit raschen Schritten weiter. Ihr Rock blieb an einer Dornenranke hängen. Heftig zog sie daran. Der Stoff zerriß: Arohild mußte das nähen.
Nein. Nicht Arohild. Arohild nähte nichts mehr.

Nun bückte sie sich doch, löste die Brombeerranke, befreite sich. Als sie sich wieder aufrichtete, sah sie das Bauernmädchen, die Fremde. Aus der Richtung der Burg kam sie dahergerannt, gehetzt, als sei eine Meute bissiger Hunde auf ihren Fersen. Sie schien nichts zu sehen, nichts wahrzunehmen, auch nicht, daß sie auf den Abbruch des Berges zusteuerte.
Geilana trat ihr in den den Weg. Zu spät bemerkte das Mädchen die Herzogin und stieß mit ihr zusammen.
Das Mädchen prallte zurück, starrte sie an, vergaß zu grüßen, kein tiefer Kniefall, nur ein gestottertes: »Verzeiht, ich habe nicht gesehen, ich . . .«
Da stand sie, verstummt, diese Fremde mit dem wirren roten Haar, dem verweinten und verschwollenen Gesicht und diesen merkwürdig aufgerissenen Augen, die nichts hielten.
Etwas regte sich in Geilana, war es Neugier oder Mitleid? Ungewöhnliches, Schlimmes mußte diesem Mädchen zugestoßen sein, und sie wollte wissen, was. Vielleicht war es von Bedeutung, auch für sie.
»Wer bist du?« fragte sie.
»Gisela«, antwortete das Mädchen leise.
»Und wo wolltest du so schnell hin, daß du mich beinahe umgerannt hättest?«
Giselas Augen glitten ab. »In den Main«, flüsterte sie.
Ist sie irre? Ach, Irrsinn, gibt es nicht Umstände, die kaum eine andere Antwort lassen, keinen Ausweg? Ich, damals, als Baderich . . .
»Setz dich hierher, Gisela, hier auf den Stein. So, und jetzt erzählst du, was dir zugestoßen ist.«
Geilana drückte Gisela auf den Stein, setzte sich daneben, wartete. Gisela saß da, zitterte und schwieg.
»Was war mit dem Main?«
»Ich . . . Wo soll ich denn hin, habe ich Sigiheri gefragt, und er hat gesagt, in den Main . . .«

»Sigiheri? Der Burgmeier? Was hast du mit ihm zu tun?«
»Er ist der Mann meiner Schwester. Aber ich darf meine Schwester nicht sehen . . .«
Gisela schlug die Hände vors Gesicht und begann zu weinen. Hemmungslos schluchzte sie.
Geilana wartete. Und nach und nach erfuhr sie die ganze Geschichte.
Sie sah wieder sich selbst in jenem Grubenhaus sitzen, ihre Ohren vor den Worten des Priesters verschließen, auf Baderich warten, bereit, mit ihm zu fliehen. Alles hätte sie damals für Baderich getan, alles, gegen ihren Vater, gegen den Herzog, gegen jedes Gebot, jeden Glauben, jeden Gott, gegen die ganze Welt.
Aber er hatte sie verraten.
Siehst du, Baderich, dieses einfache Bauernmädchen, diese Gisela, hatte mehr Mut, zu ihrer Liebe zu stehen, als du! Von der da hättest du lernen können, was es heißt zu lieben.
Liebeszauber – wer weiß. Vielleicht nichts anderes als der Zauber ihrer Liebe! Ich kenne die Sorte Weiber, an die sie sich ahnungslos gewandt hat. Mehr Gier nach Besitz als wirkliches Wissen. Irgendein harmloses Pulver . . .
Doch das mache einer den Männern klar! Immer sind die Frauen schuld, wenn die Männer sich vergessen!
Diese Närrin, warum hat sie es zugegeben! Warum hat sie diesem Mönch nicht ins Gesicht gelacht!
Doch was erwarte ich von einer, die erzogen ist in Furcht!
Ein Mönch. Ein Priester. Ihr Geliebter. Ihr Vater. Ihr Schwager. Brechen den Stab über sie. Lassen sie jämmerlich umkommen.
Christen!
Und nicht nur irgendwelche Christen. Bischof Killenas eigener Gefährte, einer seiner engsten Schüler.
Fromme Worte, ah, ich höre ihn geradezu, unseren Bischof: Einer trage des anderen Last – liebe deinen Nächsten wie dich selbst –

vergebet, so wird euch vergeben – richtet nicht, auf daß ihr nicht gerichtet werdet – liebet eure Feinde!
Und dann das. Treten ein Mädchen mit Füßen, das am Boden liegt. Ist das ihre Liebe?!
Ich hasse sie alle. Ich hasse und verachte sie.
Nein, ich liebe meine Feinde nicht. Ich hasse meine Feinde, aus vollem Herzen. Und ich kämpfe gegen sie mit aller Kraft. Aber mit der da, mit dieser Gisela, habe ich Mitleid.
Was mache ich nun mit ihr?
Gozbert bitten, sie zu schützen? Nein, er würde es ablehnen.
Eine wichtige Begegnung, die ich nützen soll ...
Warum nicht! Vielleicht ist dieses Mädchen eine wichtige Begegnung! Ich brauche wieder eine Magd, die mir blindlings ergeben ist. Eine, der ich vertrauen kann. Auch in dem, was ich hinter dem Rücken der Kirche und hinter dem Rücken Gozberts tue.
Wer sollte mir treuer ergeben sein als eine Magd, die ich vor dem Verderben gerettet habe?! Wer sollte eher schweigen als sie, die selber getan hat, was mit ewigem Schweigen hätte bedeckt werden müssen!
»Hör zu, Gisela! Weißt du, wer ich bin?«
Gisela schüttelte den Kopf, sah auf, fragte unsicher: »Eine Hofdame der Herzogin?«
»Nein. Die Herzogin selbst. Schon gut, laß, in Zukunft wirst du mir die schuldige Verehrung erweisen. Wenn du willst, werde ich dir helfen. Freilich – auch ich kann nicht rückgängig machen, was geschehen ist. Aber eine neue Bleibe kann ich dir bieten. Allerdings wirst du dabei deine Freiheit verlieren. Überleg es dir. Du kannst meine Magd werden. Meine ganz persönliche Dienerin. Aber keiner darf deine Geschichte erfahren, schon gar nicht der Herzog! Hier, in der Burg, wo man dich kennt, darfst du dich nicht sehen lassen. Geh zur Wirziburg und melde dich dort in meinem Auftrag als meine Magd. In einigen Tagen werde ich zur Wirziburg zurück-

kehren. Und vergiß nicht, dir das Haar abzuschneiden, damit man dir die Leibeigene glaubt! Nun mach dich auf nach Wirziburg! Und«, sie machte eine Pause und fügte dann mit beinahe weicher Stimme hinzu: »Laß dich mit der Fähre über den Main setzen!«
Geilana wartete nicht die Antwort Giselas ab, stand auf und ging. Plötzlich durchzuckte sie ein Gedanke: Wenn die Priester wüßten, daß ich einem solchen Mädchen meinen Schutz angeboten habe! Das spöttische Lächeln lag noch auf ihrem Gesicht, als sie wieder zu ihrem Gefolge stieß.

*

Die Wirziburg. Auf dem Gipfel des steil vom Ufer des Flusses aufsteigenden Berges sah Gisela ihre Mauern, ihre hölzernen Wachtürme. Drohend blickte die Burg flußauf- und flußabwärts, beherrschte das Tal, die Wasserstraße. Dort, hinter diesen Mauern, würde ihre neue Bleibe sein. Keine Heimat mehr, und doch eine Zuflucht.
Gisela faßte sich ins Haar. Strähne für Strähne hatte sie es abgeschnitten, mit der kleinen Eisenschere, die sie am Gürtel immer bei sich trug. Strähne für Strähne hatte es sie Überwindung gekostet, hatte die Hand gezittert bei dem Gedanken, daß sie sich damit selbst unübersehbar als Magd bezeichnete, als Unfreie, Leibeigene. Strähne für Strähne hatte sie die Lippen zusammengepreßt und stumm den Satz wiederholt, den sie sich zurechtgelegt hatte: Lieber als Magd leben als als Bauerntochter sterben!
Tochter – sie war keine Tochter mehr. Denn sie hatte keine Eltern mehr.
Dafür hatte sie eine Herrin, die höchste Herrin, die man überhaupt haben konnte! Und die gütigste dazu. Gütiger als der Mönch und als der Priester. Gütiger als Arnulf. Gütiger als der Vater und als der Schwager. Und gütiger als die eigene Mutter.

Die Mutter hatte dabeigestanden, als der Vater auf sie losgegangen war – nicht Schläge der Strafe, sondern blanker Wut –, als er sie aus dem Haus geprügelt, für immer vertrieben hatte. Die Mutter hatte ihr nicht geholfen, hatte nichts gesagt.
Und Arnulf hatte sie all dem ausgeliefert. Als wäre sie nicht seine Frau. Als wäre alle Liebe nichts gewesen.
Die Liebe verkehrt in Haß. Wie er sie angesehen hatte! Und seine Hände, die sie hatten töten wollen ...
Warum liefen ihr schon wieder die Tränen über das Gesicht, da sie doch eine solche Herrin hatte?! Wenn die Frau Herzogin nur schon da wäre, damit sie ihr ihre Treue, ihre Ergebenheit und ihre Dankbarkeit beweisen könnte!
Gisela ging mit müden Schritten weiter auf dem Weg durch die Siedlung. Und laß dich mit der Fähre über den Main setzen. Konnte man sich ein besseres Wort des Trostes vorstellen?
Plötzlich hörte sie einen fremden Ton. Dünn, hoch und beinahe wimmernd wiederholte er sich immer wieder. Als schlüge Metall auf Metall. Lauschend hob sie den Kopf. Diese Töne schienen aus der Luft zu kommen.
Da sah sie den einfachen offenen Holzturm in der Mitte der Siedlung und auf ihm den Mann, der einen Gegenstand schwang, den sie nicht kannte. Ihr Herz begriff eher als ihr Verstand, was sie sah, es schlug schon rasend, als sie den über der Stirn geschorenen Kopf, den mehrfach geschlungenen hellen Mantel mit der Kapuze sah und dachte: Der Mönch! Er ist hier.
Alles war wieder da, der Mönch, der Arnulf von ihr wegzog, sie anstarrte mit dem Ausdruck tiefsten Abscheus ...
Lange brauchte sie, bis sie begriff, daß der Mann auf dem Turm nicht Bruder Aed war, daß es ein anderer Mönch sein mußte.
Das Läuten verklang. Nun belebte sich der Platz, aus kleinen Hütten traten weitere Mönche, Menschen strömten von allen Richtungen herbei, gingen auf das hölzerne Gebäude auf der Mitte des Platzes

zu. Dies mußte die Kirche sein. War heute Sonntag? Wurde jetzt die Messe gefeiert?
Sie wandte sich ab und ging weg, schlug einen weiten Bogen um die Kirche.
Ihr galt dieser Ruf zum Kirchgang nicht, denn daß dies ein solcher gewesen war, verstand sie. Aber sie würde sich nicht rufen lassen. Nie wieder.
Der Mönch hatte sie verdammt.
Der Mönch hatte sie bei ihren Eltern verklagt. Der Mönch war schuld daran, daß ihre Eltern sie verstoßen hatten.
Der Mönch hatte sie bei ihrem Priester verklagt. Der Priester hatte sie aus seinem Haus gewiesen.
Keine Gnade.
Wenn man sie ausschloß, wollte sie auch nie wieder eine Kirche betreten, nie wieder diese Lieder und Gebete hören, deren jedes wie ein Todesurteil für sie war!
Und nie wieder wollte sie sich dem Zorn eines Priesters aussetzen, der Verachtung und den Anklagen eines Mönches!
Nie wieder zurückgestoßen werden im Namen Gottes!
Hatte sie nicht dem heiligen Martin so viel versprochen, alles versprochen, was immer sie geben konnte? Und er hatte ihr nicht geholfen! So wollte er nicht helfen – oder konnte es nicht.
Waren doch die Götter der Heiden die stärkeren? Vielleicht die Göttin, der Wolfburg diente?
Ah, jetzt wußte sie, wie Waghild sich gefühlt hatte, als sie nicht mehr zur Kirche gekommen war! Zornig hatte sie sich gefühlt und stolz, und den Priester verachtet hatte sie, der sie bloßgestellt hatte! Und Christus abgeschworen und den alten Göttern gehuldigt!
Aber Waghild hatte im Sterben nach dem Priester verlangt, im Angesicht des Todes, in Erwartung des Gerichts . . .
Jetzt rannte Gisela. Weg von hier, weg von der Kirche, weg von den Mönchen!

Sie rannte bis zur Fähre neben der Furt, ohne zurückzublicken. So sah sie nicht Arnulf, der auf die Kirche zuging.
Und Arnulf, den Blick zu Boden gesenkt, sah nicht sie.

*

Die weiße Stute machte ein paar ausgelassene Sprünge, dann galoppierte sie über die Koppel bis zum Zaun, den Zaun entlang, an Heden vorbei. Ihre Mähne und ihr Schweif flogen im Wind. Locker, leicht und doch kraftvoll waren ihre Bewegungen, ein herrlicher Einklang aus Anmut und Stärke.
Heden folgte ihr mit dem Blick. Das war ein Pferd! Das rechte Pferd für einen Führer. Weithin sichtbar würde ihr Fell in der Schlacht leuchten. Das rechte Pferd für einen Herzog. War nicht etwas beinahe Göttliches um so ein Tier? Fast konnte man verstehen, daß die Heiden ... Er verscheuchte den Gedanken.
Er würde die Stute selbst zureiten. Sie war gerade alt genug dafür. Sie sollte von Anfang an wissen, wer ihr Herr war. Kein anderer als er sollte je auf ihr sitzen!
Er schaute hinüber zum Stall. Nein, der war wirklich zu klein und schäbig, begann schon zu verfallen. Gut, daß der Herzog bereits angeordnet hatte, noch diesen Sommer einen neuen zu erbauen, um den wertvollen Tieren des herzoglichen Gestüts hier unten in der rechtsmainischen Siedlung eine angemessene Unterkunft zu sichern, größer und besser als jedes Haus hier.
Beim Gedanken an seinen Vater verzog Heden den Mund. Bald würde der Herzog heimkehren – nie mehr sprach Heden in seinen Gedanken vom Vater, stets nur noch vom Herzog –, dann würde er ihm begegnen müssen. Nun, er würde sich zu wappnen wissen. Er würde nicht vor ihm im Staub kriechen! Wenn nur dieser Killena mit seinen ewigen unerbetenen Ermahnungen und bohrenden Fragen nicht wäre! Demütige dich vor deinem Vater – von wegen!

Heden bedachte das ein Stück entfernte Oratorium mit einem finsteren Blick. Da sah er die drei Männer, die auf ihn zukamen. Er erkannte sie und erschrak. Otrich, Otwin, Gerlach. Drei der bedeutendsten Gefolgsmänner des Herzogs. Alle drei waren sie an jenem Abend dabei gewesen, alle drei waren sie Zeugen gewesen. Nein, er wollte sie nicht sehen, schon gar nicht sprechen, er konnte es nicht ertragen, es war, als würde die Schande neu aufbrechen, Himmel!, wo sollte er hin, wie ausweichen, zu spät, sie waren schon zu nah, hatten gesehen, daß er sie bemerkt hatte.
»Seid gegrüßt, Prinz Heden!« Sie verneigten sich sehr höflich vor ihm. Höflicher als früher? »Wie schön, daß Ihr wieder in der Wirziburg weilt.«
Er antwortete kurz, mit mühsamer Beherrschung, wies auf die Pferdekoppel, froh, ablenken zu können: »Schaut euch die weiße Stute an. Ein herrliches Tier, nicht wahr?«
Die drei folgten bereitwillig seiner Aufforderung. »In der Tat, ein herrliches Tier!« bestätigte Otrich.
»So recht ein Pferd für einen Herzog!« meinte Otwin.
»Das rechte Pferd für Euch!« fügte Gerlach hinzu.
Heden horchte auf. Was war das gewesen? Hatte er sich getäuscht? Er warf Gerlach einen argwöhnisch prüfenden Blick zu, doch dieser erwiderte ihn ganz ruhig und gelassen.
Heden schaute wieder zur Stute. Sie schwiegen.
»Wir haben auf Euch gewartet, uns täglich nach Euch erkundigt«, begann Otrich schließlich von neuem.
»Wir wollten Euch sagen, daß wir Euch bewundern«, sagte Otwin.
»Es gehört viel Kraft dazu, so schweigend wie Ihr zu ertragen, was der Herzog Euch zugemutet hat!« ergänzte Gerlach.
»Wir bitten Euch um Verzeihung. Dafür, daß wir Zeugen waren.«
Heden blickte überrascht auf. Sein Herz klopfte heftig. »Was könnt ihr dafür!« wehrte er ab.
»Wir sind sehr erleichtert, daß Ihr das so seht. Wir danken Euch.

Es hätte uns sehr geschmerzt, wenn Ihr geglaubt hättet, wir würden im stillen dem Herzog recht geben.«
Heden blickte zu den Pferden. Er konnte jetzt nicht antworten, nicht einmal mit den Augen. Er mußte erst Klarheit gewinnen.
Gerlach war es, der nach längerer Pause erneut das Schweigen brach: »Ihr mögt – ich hoffe sehr, Ihr verzeiht mir die Offenheit – dem Herrn Herzog gegenüber die Form nicht gewahrt haben. Aber rechtfertigt das eine so überaus kränkende Erwiderung? Einen solchen Angriff auf Eure Ehre? Nie und nimmer, so meinen wir. Und darum ...« Er zögerte: »Prinz Heden, darf ich wirklich offen zu Euch sprechen?«
Heden nickte, noch immer scheinbar die Stute betrachtend.
Gerlach verneigte sich. »Ich danke Euch. Ich wollte sagen: Und darum drängt sich uns der Verdacht auf, daß die schroffe Antwort Eures Herrn Vaters nicht der Verletzung der Form galt, sondern dem Inhalt Eurer Worte!«
Heden fuhr herum, starrte Gerlach an, dann Otwin, Otrich.
»Ihr meint«, begann er, sprach nicht weiter.
»Wir meinen, Ihr habt das Gebot der Stunde erkannt. Ihr habt die Zeichen der Zeit gedeutet. Ihr habt uns überzeugt. Ihr kennt Seine Hoheit den Hausmeier Pippin. Und Ihr seid ein Mann mit Weitblick, mit begnadeten Fähigkeiten, mit Kraft und mit Mut. Ihr wißt, wo die Zukunft liegt«, fuhr Gerlach für ihn fort.
Bedeutungsvoll setzte Otwin hinzu: »Ganz im Gegenteil zu Eurem Herrn Vater, dem Herzog.«
Heden blickte langsam von einem zum andern.
Blicke, die sich ineinander senkten, die die Grenzen des Aussprechbaren überwanden, jene Schranken hinter sich ließen, die sich – noch – der Mund auferlegte, Eide, geschworen und entgegengenommen mit nichts als den Augen.
In das lange Schweigen fielen schicksalsschwere Worte. »Ihr sollt wissen, wir sind da, wenn Ihr uns braucht!« sprach Otrich.

Heden nickte bedächtig. Über die Köpfe der Gefolgsmänner hinweg blickte er zum Herzogshof über den Fluß, zur Herzogsburg den Berg hinauf, dann über die Siedlung. Zu seinem Hof, seiner Burg, seiner Siedlung. Da sah er den Bischof auf sich zukommen.
»Gottes Segen mit euch allen!« grüßte der Bischof, zeichnete das Kreuz in die Runde, wandte sich dann an Heden: »Ich habe Euch gesucht, Prinz. Das heißt, eigentlich hatte ich gehofft, Euch nicht mehr hier anzutreffen!«
Otrich, Otwin und Gerlach verabschiedeten sich.
Der Bischof sprach weiter: »Prinz Heden, ich kann mir vorstellen, wie schwer es Euch fällt. Aber Schweres wird nicht leichter, indem man es aufschiebt. Warum seid Ihr nicht zu Eurem Vater geritten, wie ich es Euch empfohlen habe?«
»Der Herzog kehrt ohnehin bald zurück!« erwiderte Heden barsch. Daß dieser Killena jetzt stören mußte! In einem solchen Augenblick! Und wieder von vorne anfing! Das vierte Gebot. Du sollst deinen Vater . . . Wenn er jetzt alles ertragen könnte – das nicht!
Bischof Killena sah den Prinzen nachdenklich an. »Ich bin in Sorge um Euch. Früher wart Ihr so offen. Und nun verschließt Ihr Euch. Vergeßt nicht: Vor dem Einen könnt Ihr Euch nicht verschließen! Wir müssen alle offenbar werden vor dem Richterstuhl Christi, auf daß ein jeglicher empfange, wie er gehandelt hat bei Leibesleben, es sei gut oder böse!«
Beinahe hätte Heden laut geschrien. Beinahe hätte er sein Schwert gezogen.
Es kostete ihn alle Kraft, sich schweigend umzudrehen, den Bischof stehenzulassen, ohne ihn einer Antwort zu würdigen, wegzugehen.

*

Geilana schloß müde die Augen: liegenbleiben dürfen! Eine Nacht voller Sorgen und Hoffnungen, spät erst ein unruhiger Schlaf. Und

nun aufstehen müssen, in die Frühmesse gehen, die Pflichten einer Herzogin, unerbittlich. Mit dem Tag der Rückkehr in die Wirziburg war sie wieder in die Regeln der herzoglichen Hofhaltung gepreßt, sie, die Herzogin, Herrin über ungezählte Leute, nicht Herrin über ihre eigene Zeit.
Heute war Sonntag. Am Sonntag hielt der Bischof die Messe in der Burgkirche. Gozbert machte zuvor seinen täglichen Morgenritt.
Leise ging die Tür auf, Gisela kam herein, ein Tablett mit Schüsseln und Schalen in der Hand, kniete an ihrem Bett nieder.
Diese Gisela. Sie war sehr anstellig, hatte rasch gelernt. Fast konnte man vergessen, daß sie nicht Arohild war.
Gisela schob ihr ein Polster in den Rücken, hielt ihr eine dampfende Schale hin.
Der Geruch warmer Milch.
Die Übelkeit, eben noch nichts weiter als ein fader Geschmack, ein unbestimmter Druck, stieg wie eine heiße Welle in ihr hoch, packte sie mit einem Griff, der sich unaufhaltsam enger zog. Kein Ausweichen möglich. Ein Beben durchzuckte sie, Würgen. Und sie erbrach sich.
Gisela hielt ihr die Schüssel hin, dann stand sie auf, brachte das Erbrochene hinaus, kam mit Wasser zurück, wusch sie, reichte ihr einen Becher zum Mundspülen, tat alles, was zu tun war, ohne ein einziges Wort, eine überflüssige Bewegung.
Geilana lehnte sich in die Kissen zurück, sehr wohl fühlte sie sich nun, weich und jung. Das Glück, es begann in der Mitte ihres Körpers und breitete sich aus wie Wärme. Sie spürte selber das Lächeln auf ihrem Gesicht.
Gisela kniete nun wieder neben ihrem Bett, schweigend einen Befehl erwartend. Nicht mehr als ein einziges Mal hatte Geilana ihr sagen müssen, daß sie niemals nach Befehlen fragen dürfe, niemals von sich aus das Wort an ihre Herrin richten, sondern stets zu warten habe. »Du darfst mir morgens keine Milch mehr bringen.

Ich vertrage das nicht – in diesen Wochen!« sagte Geilana und beobachtete die Magd.
Gisela nickte: »Ja, Herrin!« und sah sie mit Augen an, in denen Mitgefühl stand, der Wunsch, alles richtig zu machen, und in denen nun langsam, langsam Verstehen dämmerte.
Geilana lachte leise. Nein, sie konnte nicht länger darüber schweigen, einen Menschen mußte sie haben, mit dem sie darüber reden konnte, mit Gozbert noch nicht, er würde gleich fragen: »Ist es sicher?«, ihre Gewißheit in Zweifel ziehen, und ihre Hofdamen, die hatten noch niemals etwas im Vertrauen für sich behalten, einen Menschen, der keine Fragen stellte, sich einfach mit ihr freute. Und sei es nur eine Magd.
Geilana griff unter ihr Kopfkissen und holte das Schneckenhaus hervor, drückte ihre Lippen darauf, zeigte es Gisela: »Weißt du, was das ist?«
Die Magd schaute stumm auf die Schnecke. Ihre Augen wurden ganz groß. »Ich glaube schon!« stammelte sie schließlich.
»Ja, du weißt. Du kommst ja aus der Nähe der Quelle. Die große Göttin. Die Fruchtbare. Warst du einmal dort? Hast du für sie getanzt?«
Gisela schüttelte den Kopf. »Nein, meine Mutter, meine Eltern, Priester Engelbert haben es mir verboten, ich durfte das nicht, aber gehört habe ich davon, nichts Genaues, ich hätte schon gerne ... Wolfburg ist eine der Priesterinnen, sie wohnt in unserem Dorf, sie ist sehr angesehen, bei den anderen. Sie ist die Tante von Arnulf ...« Gisela verstummte.
Ah, die Kleine, jetzt denkt sie wieder an ihren Arnulf!
Geilana stand auf, ließ sich ankleiden, verlangte nach dem beinernen Kästchen, das ihren Schmuck enthielt, schob den Deckel auf, holte eine der großen Perlen mit dem weiß-blauen Auge auf rotem Grund heraus, gab sie der Magd: »Da! Die schenke ich dir. Knüpfe sie an deinen Gürtel, ja, warum schaust du mich so an, die schützt,

nicht nur vor dem bösen Blick, auch vor schlimmen Gedanken! Und, hörst du, sag keinem etwas von dem, was du heute erfahren hast, kein Wort. Noch will ich nicht, daß es jemand weiß.« Sie legte die Hand auf ihren Leib und fügte leise und glücklich hinzu: »Daß ich ein Kind erwarte.«

Gisela sank neben ihr auf die Knie, griff nach ihrer Hand, küßte sie. Lächelnd zog Geilana sie zurück: »Mein Mantel, die Fibel! Beeil dich, die Glocke läutet schon, der Herzog duldet keine Unpünktlichkeit. Gehe ich also in die Kirche, zu unserem Bischof. Wir werden sehen, wozu er uns heute wieder zu ermahnen hat!« Dann, mit einem spöttischen Blick auf die Magd: »Siehst du, von dir verlangt niemand, daß du in die Kirche gehst, da ich es nicht verlange! Du bleibst deinem Vorsatz treu, nie wieder einen Gottesdienst zu besuchen, wie?«

Gisela errötete, blickte zu Boden, nickte.

Da lachte Geilana und ging hinaus.

Gisela stand lange still und betrachtete die Perle in ihrer Hand. Endlich öffnete sie den Beutel am Gürtel und ließ sie hineingleiten. Noch immer läutete die Glocke. Sie nahm den Kamm aus dem Beutel, den zierlichen, reich verzierten Kamm, den die Herzogin ihr geschenkt hatte, weil einige Zinken daran abgebrochen waren. Wenn du noch einmal am Sonntag dein Haar kämmst, wird der heilige Martin dir zur Strafe die Hand lähmen!

Während das Läuten der Glocke verklang, setzte sie den Kamm in ihr Haar. Kurzes Haar, viel leichter als früher ließ es sich kämmen. Längst war es glatt und glänzend. Sie kämmte immer weiter. So lange, bis sich das Schlagen ihres Herzens beruhigt hatte.

Ihre Hand wurde nicht gelähmt.

Gedämpft klang der Gesang aus der Kirche herüber. Gisela fädelte einen Faden durch die Augenperle und legte sie sich um den Hals, verbarg sie im Ausschnitt ihrer Bluse.

Dann machte sie das Bett der Herzogin.

Kapitel 10

Der Gesandte Pippins beendete seine Rede: »Und so bitte ich Euch, Herzog Gozbert, im Namen Seiner Hoheit, unseres Herrn Pippin, Hausmeier des fränkischen Reiches, gebt mir sofort Eure Antwort, damit ich noch heute wieder das Pferd besteigen kann, um unverzüglich zum Hausmeier zurückzureiten!«
Der Augenblick, mit Furcht und verzweifelter Hoffnung erwartet, in ungezählten einsamen Nachtstunden in dem Wunsch beschworen, ihn mit der Macht der Gedanken aufzuhalten, abzuwenden oder aber zum ersehnten Ziel zu führen: Nun war er da, und sie wußte, er hatte sich gegen sie gekehrt.
Geilana sah Gozbert an, suchte seinen Blick. Er erwiderte ihn nicht. Sein Gesicht, verschlossen und sehr fern, war nicht mehr das des Gemahls, nur noch das des Herzogs.
Auch Heden blickte den Herzog an, ebenso die Männer des engsten Gefolges, die dem Empfang des Gesandten beiwohnten. Täuschte sie sich, oder tauschte Heden einen kurzen Blick mit einigen Gefolgsleuten, mit Otrich, Otwin, Gerlach?
Herzog Gozbert stand auf. »Ich, Herzog Gozbert, treu meinem Eide unserem Herrn, dem König aller Franken, leiste Heerfolge meinem König, wie ich es geschworen habe. Da Pippin in des Königs Namen gegen Redbad zieht, erfülle ich meine Pflicht. Sage Pippin: Ich werde zur Stelle sein. Und berichte ihm meine Worte genau so, wie ich sie gesprochen habe! Ich schenke dir für deinen weiten Ritt ein frisches Pferd. Und nun laß dich zu einem Gastmahl laden, ehe du die Mühen der Heimreise antrittst!«
Spürbares Aufatmen ging durch die angespannte Stille. Oder war es Aufstöhnen?

Eine Müdigkeit erfaßte Geilana, die ihr endlos erschien. Sie fiel hinein wie in einen dunklen See.
Gekämpft und verloren.
Sie wollte nichts mehr hören und nichts mehr sehen.
Herzog Gozbert wandte sich an Heden. Dieser streckte sich, nahm die Haltung des Gefolgsmannes ein, der einen Befehl erwartet. Eisern achtete Heden auf die Einhaltung der Höflichkeitsregeln, seit er wieder mit seinem Vater zusammengetroffen war. Früher hatte er das oft vergessen, aber seine Augen hatten dem Vater entgegengelacht oder ihn mit ehrlicher Bewunderung angesehen. Jetzt blickten sie kühl und ausdruckslos.
»Heden, du folgst mir auf den Kriegszug. Du wirst viel Gelegenheit haben, dich auszuzeichnen!« sagte der Herzog.
Ein Angebot? Ein Ausstrecken der Hand?
Zu spät.
Heden verbeugte sich stumm.
Der Herzog reichte der Herzogin den Arm, ging mit ihr in die Halle voraus, wies dem Gesandten den Ehrenplatz zu. Man ließ sich an der Tafel nieder. Heden, Otrich, Otwin und Gerlach blieben zurück.
»Habt ihr gut aufgepaßt?« fragte Gerlach leise. »Habt ihr jedes Wort genau gewogen: Ich, Herzog Gozbert, treu meinem Eide unserem Herrn, dem König aller Franken, leiste Heerfolge dem König . . . Er gehorcht dem Hausmeier. Aber wie er es tut, das ist eine einzige Herausforderung an ihn!«
»So ist es!« pflichtete Otwin bei. »Was sagt Ihr dazu, Prinz Heden? Wie wird Seine Hoheit der Hausmeier das aufnehmen?«
Heden legte die Hand auf den Schwertknauf. »Pippin fordert mehr als widerwillig geleisteten Gehorsam. Und er wird mehr erhalten!«
»Wann, denkt Ihr . . .«, fragte Otrich leise.
»Wenn der Kriegszug vorbei ist«, erwiderte Heden ohne Zögern.
»Es wird nicht nur Zustimmung finden«, sprach Gerlach. »Mancher wird zum Schweigen ermahnt werden müssen.«

Otwin lachte spöttisch: »Vor dem Recht des Siegers verstummt man schnell.«
Sie traten auf den Hof. Mit dem Blick auf die Kirche sagte Heden langsam: »Einer wird nicht verstummen. Einer wird nicht schweigen. Es sei denn ...« Er brach ab.
Sie sahen sich nicht mehr an, als sie sich trennten, die Gefolgsmänner zur Tafel des Herzogs gingen und Heden aus der Burg.
Geilana saß teilnahmslos beim Gastmahl. Sobald als möglich suchte sie ihr Haus auf, wollte allein sein, ließ ein Feuer anzünden – es regnete, der Sommer zeigte sich von der unfreundlichsten Seite, dennoch, so kalt war es doch nicht? –, saß am Feuer, starrte in die Flammen, Stunde um Stunde. In Gedanken haderte sie mit Gozbert, machte ihm Vorwürfe, nannte ihn einen Verräter an der gemeinsamen Sache, einen Feigling, hielt ihm Baderich entgegen, selbst Hruodi, dessen bedenkenlose Grausamkeit ihr plötzlich beinahe besser erschien als Gozberts vorsichtiges Abwägen. Doch dann, spät am Abend, als er endlich zu ihr kam, war von alledem nichts anderes geblieben als Angst.
Als er hinter sie trat, stand sie auf und suchte Trost an seiner Schulter.
Und von allem, was sie gedacht hatte, sagte sie nur das eine: »Und wenn du nun nicht wiederkommst, Gozbert?«
Er lachte: »Was ist mit dir, Geilana? So kenne ich dich gar nicht! Wie oft schon hast du mir zum Abschied den Wein gereicht, wenn ich gegen die Wenden in den Krieg zog, und mich mit solchen Ängsten verschont!«
Sie sagte leise: »Es ist vielleicht, weil ich fürchte, ... weil ich nicht möchte, daß unser gemeinsames Kind ohne Vater aufwächst.«
Er faßte sie an den Schultern, schob sie von sich: »Ist das wahr? Geilana! Ein Kind, unser beider Kind? Und du sagst es mir nicht! So hat der heilige Martin meine Gebete erhört!«
Seine Gebete? Ich wußte nicht, daß auch Gozbert um ein Kind betet.

Zum heiligen Martin! Nein, nicht der hat geholfen. Ich weiß es besser!
»Mach dir keine Sorgen, Geilana. Ich komme zurück. Ich verspreche es dir. Unser Kind wird seinen Vater haben. Und auch sonst hoffe ich auf einen guten Ausgang. Siehst du, wenn Pippin verliert, dann ist sein Heil gebrochen. Dann werde ich auch Heden wieder zur Vernunft bringen! Dann wird nichts mehr meine Herrschaft hier einschränken können, und unser Kind wird aufwachsen in einem Herzogtum von ungebrochener Stärke!«
Sie ließ sich in den Arm nehmen. Sie schloß die Augen. Sie wollte glauben, was er sagte.
Wider besseres Wissen.

*

Sie hatten die Höhe erreicht, und hier, wo der Weg an einem Absturz vorbeiführte, bot sich überraschend ein überwältigender Ausblick: Berge, Täler und Wald, so weit das Auge reichte. Ein leichter Wind blies von Süden, und von der Seite schien rot die Abendsonne und wärmte das Gesicht.
Da fielen Arnulf die Worte ein, die ihm Bischof Killena mit auf den Weg gegeben hatte: Die Straße komme dir entgegen, der Wind stärke deinen Rücken, die Sonne scheine warm auf dein Gesicht, der Regen falle sanft auf deine Felder, und – bis wir uns wiedersehen – berge dich Gott in der Tiefe Seiner Hand.
In der Tiefe Seiner Hand.
Es war ihm sehr schwer erschienen, was der Bischof da von ihm verlangt hatte: Er sollte mit den Mönchen nach Thüringen ziehen, die der Bischof entsandt hatte, damit sie unter den Thüringern lebten und predigten und damit sie erforschten, wie es dort um die Sache des Evangeliums stünde. Ein volles Jahr lang sollte er sie begleiten, die Mühen der Reise mit ihnen teilen, ihnen zur Hand

gehen, ihnen die Lasten tragen helfen, für sie sorgen. Ein ganzes Jahr in der Ferne, ehe er nach Hause zurückkehren dürfe, auch das zur Buße.
Unerträglich?
Heute war der erste Tag gewesen, an dem er nicht an Gisela gedacht hatte, weder voller Haß noch voller Zorn noch voller Erschrecken über sich selbst noch voller Reue noch voller Schmerz noch voller Sehnsucht.
Der erste Tag, an dem er nichts empfunden hatte als Ruhe.

*

Die letzte gemeinsame Heilige Messe. Nächsten Sonntag würde Gozbert nicht mehr anwesend sein. Das Truppenaufgebot ging nach seinem Befehl vonstatten. In wenigen Tagen würde er ziehen. Wann wiederkehren?
»Sanctus, sanctus, sanctus ...« Der Gesang klang heute dünn und dürftig. Die vollen, geschulten Stimmen der meisten Mönche fehlten. Der Mönche, die der Bischof nach Thüringen gesandt hatte.
Nach Thüringen!
Sie werden nicht viel ausrichten dort, versuchte sie sich zu beruhigen. Nur ein paar Mönche.
Aber sie wußte, daß sie sich damit selbst betrog: Die Mönche würden sich nicht damit begnügen, in Thüringen ein unauffälliges, zurückgezogenes Leben zu führen. Sie würden zu missionieren versuchen. Wenn sie Erfolg hätten?! Wenn sie Thüringen noch weiter dem Frankengott gewinnen würden, den alten Göttern entreißen – und damit eine der kraftvollen Wurzeln des Widerstands gegen das Frankenreich zerstören!
Dieser maßlose Eifer für ihren Gott. Diese Mißachtung des alten Kultes. Diese Unduldsamkeit gegen die alten Götter.
Nie würde sie das verstehen.

Wenn nun auch der Bischof selbst seine Mission nach Thüringen verlagern würde! Wenn er dort den gleichen Zustrom fände wie hier! Was nur konnte sie dagegen unternehmen, was sollte sie tun? Geilana preßte die Hände zusammen. Gozbert hatte sie nicht um ihren Rat gefragt, er hatte es ihr nicht einmal mitgeteilt. Er hatte dem Bischof die Erlaubnis dazu gegeben, seine Mönche auszusenden, ohne ihr ein einziges Wort davon zu sagen! Erst am letzten Sonntag, als sie sich verwundert darüber geäußert hatte, daß der Bischof nur in Begleitung zweier Mönche erschienen war, hatte er es ihr beiläufig gesagt.

»Warum hast du das getan! Warum weiß ich davon nichts!« hatte sie unüberlegt ausgerufen.

»Soll ich mir nachsagen lassen, ich stünde der Verkündigung des wahren Glaubens im Wege?« hatte er schroff erwidert. Und dann nach einem langen, mißtrauischen Blick sehr scharf hinzugefügt: »Nimm dich in acht, Geilana! Auch von dir dulde ich nicht alles! Sobald es um Thüringen geht, meinst du, mehr Einfluß nehmen zu können, als dir zusteht!«

Da hatte heißes Erschrecken sie durchzuckt, und sie hatte sich beeilt, sich zu entschuldigen.

Aber er war nicht leicht zu versöhnen gewesen.

Was war mit ihr? Früher hätte sie nur um ihre Macht und ihre Wirkungsmöglichkeit gefürchtet. Jetzt fürchtete sie um seine Liebe. Kein Baderich mehr, nur noch Gozbert.

Ihn verlieren? Unvorstellbar.

Während die Messe ihren Gang nahm, flehte Geilana um die heile Rückkehr ihres Gemahls, betete zu allen, die ihr in den Sinn kamen, zum heiligen Martin und zur Mutter Gottes, zu den Nothelferinnen und zu der Göttin, zu Wodan, Donar und Ziu.

Und wurde immer unruhiger.

Als der Gottesdienst vorüber war, trat der Bischof auf das Herzogspaar zu und bat höflich um eine Unterredung.

Mit kaum verhohlener Ungeduld lud ihn der Herzog in die Halle, forderte ihn auf, sich kurz zu fassen. Bischof Killena verneigte sich.
»Herr Herzog, Frau Herzogin, ich möchte Euch eine Bitte Prinz Theotbalds vortragen. Ich weiß, es ist sein dringendster Herzenswunsch, aber er wagt ihn nicht zu wiederholen, da Ihr, Frau Herzogin, ihn bereits einmal abgelehnt habt. Versteht mich nicht falsch, ich achte die elterlichen Rechte und Entscheidungen hoch, aber in diesem besonderen Fall . . .«
»Worum geht es?« fragte der Herzog knapp.
»Der Prinz ist von dem Verlangen erfüllt, dem Worte Gottes näherzukommen. Und dem, so meine ich, sollte kein Mensch im Wege stehen. Er würde gerne lernen, die Bibel zu lesen. Diakon Totnan . . .«
Jetzt, dachte Geilana, jetzt, wenn du mich jetzt im Stich läßt, Gozbert! Ich habe es dir damals erzählt, als ich Theotbalds Bitte abgeschlagen habe, und du hast gelacht . . .
Der Herzog warf ihr einen kurzen, fragenden Blick zu, dann fiel er dem Bischof ins Wort: »Genug, Bischof Killena. Wir haben deine Bitte und Prinz Theotbalds Wunsch zur Kenntnis genommen. Und lehnen ab. Ein Herrscher ist kein Mönch. Er hat nicht zu lesen und zu schreiben, er hat zu befehlen, zu richten und Krieg zu führen. Im übrigen bin ich ganz sicher, daß das auch der Wille seines Vaters gewesen wäre. Mein Bruder hätte gewollt, daß sein Sohn mit Waffen umzugehen weiß, nicht mit Büchern!«
Der Bischof schwieg, schaute langsam vom Herzog zur Herzogin und wieder zurück zum Herzog. Was hat er, dachte Geilana, warum sieht er so betroffen aus?
Endlich sprach er, und seine Stimme klang, als müsse er schwer um diese Worte ringen: »Euer Bruder?«
Der Herzog runzelte die Stirn, sah ihn scharf an, sagte barsch: »Nun ja, mein Bruder Hruodi, Theotbalds Vater!« Und dann fügte er streitbar hinzu: »Sag nicht, daß du nicht wußtest, daß meine Frau die Witwe meines Bruders ist!«

Der Bischof schüttelte den Kopf. Ein schweres Gewicht schien ihn niederzudrücken. Was stand in seinen Zügen, war es Angst? Was war es, das ihn zögern ließ? Und warum wurde er so blaß, als er nun die Augen hob und den Herzog ansah?
Geilana schaute vom Bischof zum Gemahl und erschrak: Was geht vor zwischen den beiden? Welcher stumme Kampf wird hier gekämpft? O Gozbert, mit diesem Blick kannst du einen das Fürchten lehren. Die ganze Macht des uneingeschränkten Herrschers.
Worum geht es zwischen euch, Gozbert? Doch nicht mehr um Theotbald, der lesen lernen will! Ich sehe, du willst den Bischof in die Knie zwingen, aus welchem Grund auch immer. Es wird dir gelingen.
Der Bischof sprach leise, tonlos: »Herr Herzog . . .«
»Schweig!«
Mehr als ein Abschneiden der Rede war dieser Befehl.
Der Bischof senkte den Kopf. Mit einemmal erschien Geilana, als sei er kleiner geworden.
Als der Herzog ihn entließ, verneigte der Bischof sich schweigend, ging mit müden Schritten zur Tür.
Geilana sah ihm nach: ein gebeugter Mann, ein besiegter, ein gebrochener.
Was immer dies eben bedeutet haben mag: Von Killena droht meiner Sache keine Gefahr mehr.

*

Sonntagvormittag. Gisela ging im Raum der Herzogin hin und her, rückte einen Stuhl, zupfte an einem Teppich. Nein, es gab nichts mehr, was sie hätte tun können.
Arnulf – wo er wohl war? Ob er noch an sie dachte – und wie?
Das würde er dir nie verzeihen, da hilft auch ein Liebeszauber nicht mehr . . .

Nein, er hatte sie nie geliebt, nicht wirklich. Sonst hätte er doch verstanden.
Daß er zornig geworden war, ja, das konnte sie begreifen, aber doch nicht so, so . . .
Und daß er einfach gegangen war. Ohne ein Wort zu ihr. Ohne einen Blick.
Nicht einmal ihren Namen hatte er mehr ausgesprochen.
Er haßte sie.
Und sie haßte ihn auch. Sie haßte ihn erst recht!
Oder?
Wenn sie doch Arbeit hätte, viel Arbeit, so viel, daß sie nicht zur Besinnung käme!
So langsam verging die Zeit wie an jenem Sonntag, als Waghild bei der Geburt ihrer Tochter gestorben war, Waghild, die zu spät bereut hatte . . . Die Worte der Mutter über Waghild: Ein unseliges Ende hat es mit ihr genommen, und verdammt ist sie zur ewigen Hölle.
Zur ewigen Hölle . . .
O nein, nicht schon wieder daran denken!
Die Herzogin kam nicht. Dabei mußte der Gottesdienst längst vorüber sein. Der Gottesdienst!
Trotzig schob sie das Kinn vor, ging aus dem Haus auf den sonnenüberfluteten Burghof, griff nach einem Besen, begann zu kehren. Kehren am Sonntag!
Gerade drum.
Sie sah die Tür der Herzogshalle sich öffnen. Kam die Herzogin heraus? Nein, der fremde Bischof, über den die anderen Mägde so viel redeten: Unermüdlich trete er für den rechten Glauben ein, und streng richte er seine Aufmerksamkeit auf die Einhaltung der Gebote.
Rasend schlug Giselas Herz. Sie sah sich um. Den Besen an die Wand stellen? Weglaufen? Niederknien, wenn der Bischof vorbeikam?

Einen Augenblick stockte der Besen in ihrer Hand. Dann kehrte er gleichmäßig weiter. Genau auf den Weg zu, den der Bischof kam. Aus den Augenwinkeln beobachtete sie ihn. Er ging langsam, mit gesenktem Kopf und hängenden Schultern, schien bei jedem Schritt zu verharren. Hob nicht den Kopf. Sah sie nicht.
Sie grub die Zähne in die Lippen. Mit einem raschen Schritt war sie näher, kehrte nun fast vor seinen Füßen. Er bemerkte sie nicht.
Sie trat ihm vollends in den Weg.
Da blieb er stehen und sah sie an.
Nein, er sah eher durch sie hindurch, mit einem Blick, der in eine qualvolle Ferne gerichtet schien. Schon wollte sie zur Seite weichen, sich enttäuscht abwenden – was habe ich eigentlich von ihm erwartet, er beachtet mich ja nicht einmal –, da endlich fanden seine Augen die ihren, er musterte sie, den Besen in ihrer Hand, fragte, als müsse er sich erst mühsam daran erinnern, daß heute Sonntag war: »Wer hat dich geheißen, heute den Hof zu kehren?«
Sie schwieg. Sie hörte auf ihren Herzschlag.
»Wer bist du?« fragte er neu.
»Gisela«, erwiderte sie. »Die Magd der Herzogin.«
»Die Magd der Herzogin!« Nun schien er aufmerksam. »Befiehlt dir die Herzogin am Sonntag solche Arbeit?«
Sie schüttelte den Kopf, schaute ihn an, groß und unverwandt. Jetzt mußte etwas geschehen, etwas . . . Sie wußte auch nicht, was.
»Bist du getauft?«
Stumm nickte sie.
»Du gehst nicht in die Kirche, ich habe dich nie in der Messe gesehen.«
Sie regte sich nicht.
Würde er ihr jetzt drohen? Nein, seine Stimme klang beinahe traurig: »Willst du mir nicht sagen, warum?«
Endlich kamen kaum hörbare Worte über ihre Lippen: »Ich will nie wieder . . .« Sie konnte nicht weitersprechen.

Da legte ihr der Bischof leicht die Hand auf die Schulter: »Meine arme Tochter. Wie sehr müssen dir die Menschen wehgetan haben, daß du so haderst mit Gott. Aber siehst du, es ist der falsche Weg. Er führt dich nur immer weiter in die Verzweiflung. Du mußt umkehren. Du mußt, sonst bist du verloren. Komm, laß dir dabei helfen.«
Sie sah zu Boden: »Ich kann nicht . . .«
»Ich kann nicht«, wiederholte er leise und nachdenklich ihre Worte, schwieg lange, sprach schließlich langsam weiter: »Ja, ich weiß. Manchmal sind die Wege, die wir gehen sollen, so, daß wir meinen, wir könnten sie nicht gehen. Aber wir müssen sie ja nicht alleine gehen. Gott geht sie mit uns. Und was es auch ist, wir können nicht tiefer fallen als in Seine ausgebreitete Hand.«
Plötzlich schien er ein anderer. Befreit und sicher, ja beinahe heiter. »Gott segne dich, meine Tochter. Fürchte dich nicht. Such mich auf, bei Tag oder Nacht. Aber bald! Zögere nicht zu lange! Vergiß nicht, Gott wartet auf dich. Und nun entschuldige mich – ich muß noch einmal zum Herzog.«
Damit nahm er ihr den Besen weg, lehnte ihn an die Hauswand, schlug das Kreuz über sie und ging mit entschiedenen Schritten auf die Herzogshalle zu, verschaffte sich mit einer Handbewegung Eintritt, verschwand in der Tür.
Gisela stand noch lange reglos im Hof.

*

Geilana starrte den Bischof an: Er ist umgekehrt. Und er kommt nicht als der zurück, als der er eben erst gegangen ist. Dieser Mann hier wird sich nicht mehr von Gozbert beugen lassen. Was immer jetzt geschehen wird, ich spüre, es ist von schrecklicher Bedeutung. Das Schicksal, pflegte mein Vater zu sagen, ist unausweichlich, selbst die Götter erliegen ihm . . .

»Wie kannst du es wagen, unaufgefordert bei mir einzudringen!« herrschte der Herzog den Bischof an.
Bischof Killena erwiderte: »Ich bitte um Verzeihung. Aber ich mußte es tun. Und Ihr wißt, was ich Euch sagen muß: Ihr durftet Eure Gemahlin nicht heiraten, denn sie war die Frau Eures Bruders. Eine solche Ehe ist verboten, Herzog Gozbert!«
»Verboten!« stieß der Herzog höhnisch hervor. »Sie ist uralter Brauch, geübt in germanischen Fürstenhäusern seit Menschengedenken!«
»Ihr seid ein christlicher Fürst. Euch gilt nicht, was seit Menschengedenken war, Euch gelten die Gebote der Kirche! Und Ihr mußtet es wissen, wenigstens Ihr, hat doch selbst König Childebert in Übereinstimmung mit der heiligen Kirche solche Ehen verboten!«
»König Childebert!« fuhr der Herzog den Bischof böse an. »Es gibt Dinge, in die lasse ich mir von keinem Menschen hineinreden, auch nicht von einem fränkischen König, der vor ich weiß nicht wie vielen Jahrzehnten ein solches Gesetz erlassen hat entgegen jedem Herkommen! Von keinem Menschen!« Und dann noch einmal leise und drohend: »Hörst du, Killena, von keinem Menschen.«
»Von keinem Menschen. Nun ja. Das ist Eure Sache.« Von Satz zu Satz bestimmter werdend, fuhr der Bischof nach einer Pause fort: »Aber es geht nicht um Menschen. Es geht um ein Gebot der Bibel, zu lesen in den heiligen mosaischen Gesetzen. Es geht um ein Gebot der heiligen Kirche. Es geht um Gottes Gebot. Und das ist nicht mehr nur Eure Sache! Auch Johannes der Täufer hat es vor Herodes bezeugt: Es ist nicht recht, daß du deines Bruders Frau hast. Er hat sein Zeugnis der Wahrheit mit dem Leben besiegelt. Ihr dürft nicht leben in einer unerlaubten Ehe. Eine Sünde ist sie, und wer in einem sündigt, der sündigt in allem. Herzog Gozbert, ich weiß, ich verlange furchtbar Schweres, aber ich kann nicht anders: Ich muß Euch auffordern, Euch von Eurer Gemahlin zu trennen.«
»Ich habe dir befohlen zu schweigen!«

»Ihr könnt mir nicht befehlen zu schweigen. Ihr könnt die Lehre der Kirche von Gottes Gebot nicht zum Schweigen bringen.«
Da war wieder der Ton in Geilanas Kopf, schriller und lauter als je zuvor. Sie konnte nicht mehr weiter zuhören, sie konnte nicht. Sie tastete nach der Lehne ihres Stuhls, legte eine Hand auf ihren Leib, fragte, Worte, die sie kaum selber hörte, mühsam in dieses Schrillen hinein formend: »Und wenn wir nun ein Kind hätten, gemeinsam?«
Aus weiter Ferne kam die Antwort: »So hätte es zu gelten als unehelich.«
Sie hörte nicht mehr den zornigen Aufschrei des Herzogs und dann, nach gefährlichem Schweigen, seine Worte, in jenem Ton gesprochenen, den jeder fürchtete, der ihn einmal erlebt hatte: »Killena! Ich lasse nicht zu, daß mein Kind zum Bastard gemacht wird durch dich!«
Geilana war schon aus der Halle gegangen, über den Hof, aus der Burg. Etwas war an der Art, wie sie ging, daß keiner es wagte, sie anzusprechen, ihr in den Weg zu treten. Auch nicht der Kommandant der Torwache, zu dessen Aufgaben es gehörte, Sorge zu tragen, daß die Herzogin nur in angemessener Begleitung die Burg verließ.

*

»Geh! Laß mich allein!«
Gisela nickte, beugte das Knie, ging zur Tür, warf noch einmal verstohlen einen besorgten Blick auf die Herzogin. Fahl war deren Gesicht, dunkle Schatten lagen unter ihren Augen, und schon wieder preßte sie die Fingerspitzen gegen ihre Schläfen.
Gestern hatte Gisela gefragt, ob sie nicht den herzoglichen Leibarzt holen dürfe, aber die Herzogin hatte sie angeschrien: »Ich habe dir verboten, mich anzusprechen!« Das einzige Mal, das die Herzogin sie bisher gescholten hatte. Wenn sie sich nur helfen ließe!

Seit Tagen ging das nun schon so. Seit Sonntag.
Überhaupt ging Merkwürdiges vor. Herzog und Herzogin blieben stundenlang jeder für sich allein in ihren Räumen. In der letzten Nacht hatten sie nicht geschlafen, die Kerzen hatten bis zum Morgengrauen gebrannt, und immer wieder hatte man als undeutliches Gemurmel ihre Stimmen gehört ... Eine schwere Sorge schien sie zu quälen.
War es der Kriegszug? In der Burg wurde es von Tag zu Tag lauter und unruhiger, immer mehr adlige Grundherren mit Pferd und Knappen trafen ein, meldeten sich beim Herzog, auch die ersten Adalinge aus Thüringen waren schon gekommen, wurden in der Burg bewirtet, rückten immer enger in den Unterkünften zusammen oder ließen ihre Zelte auf dem Bergrücken hinter der Burg aufschlagen, während unten im Tal die Bauernkrieger lagerten.
Von Stunde zu Stunde nahm die Spannung zu.
Und die Herzogin so blaß und leidend ...
Gisela trat aus dem Haus, lehnte sich im Schatten des überhängenden Daches an die Wand. Drückend lastete die Schwüle eines Sommernachmittages.
Da – war das nicht? Der Mann, der dort auf die Herzogshalle zuging, mit dem Dienstmann sprach, wartend stehenblieb?
Ja, er war es, der Bischof!
Ob sie zu ihm gehen sollte, ob sie es wagen sollte, ob er ihr wirklich zuhören würde, nein, nicht, wenn auch er sie verdammte ...
Vielleicht könnte sie warten, bis er vom Herzog zurückkam, es so einrichten, daß er sie sah?
Nein, nicht sich ihm in den Weg stellen, von ferne bleiben, beobachten, ob er nach ihr Ausschau halten, sie suchen würde. Davon wollte sie es abhängig machen. Oder?
Die Tür der Herzogshalle öffnete sich, jetzt würde der Bischof eingelassen, nein, ein Dienstmann erschien, schüttelte abweisend den Kopf. Der Herzog ließ den Bischof nicht zu sich!

Der Bischof schien es nicht glauben zu wollen, verharrte, wandte sich endlich langsam ab.
Prinz Heden ging über den Hof, begleitet von einigen Gefolgsleuten des Herzogs. Der Bischof bemerkte den Prinzen, holte ihn ein, sprach ihn an.
Verdeckt hinter einem Wagen, der eben über den Hof fuhr, ging Gisela näher. Ob sie sich doch so hinstellte, daß der Bischof sie sehen müßte?
Sie hörte die Stimme des Bischofs: »Ich bin Euer Seelenvater. Ich werde nicht ablassen, mein Augenmerk auf Euch zu richten, Prinz Heden ...«, sah das zornige Hochfahren des Prinzen, lief verschreckt davon, lief bis ins Gesindehaus, warf sich auf ihr Lager, weinte.
Ihr hatte der Mut gefehlt. Immer würde ihr der Mut fehlen.

*

Ruhe war eingekehrt. Der Herzog hatte mit Prinz Heden, mit seinem Gefolge, mit allen Kriegern die Burg verlassen. Einige Stunden noch hatte das laute Verrichten der Aufräumungsarbeiten die Leere übertönt, doch nun, am Abend, war mit der Dämmerung Stille über die Burg gefallen. Stille, die man hören konnte. Keine gute Stille.
Bleiern und tief hingen dunkle Wolken am Himmel, doch das erhoffte Gewitter blieb aus.
Die Herzogin saß seit Stunden auf ihrem Stuhl, ohne sich zu regen, blasser denn je. Wieder einmal hatte sie ihre Hofdamen abgewiesen, wollte allein sein. Schließlich, als es Nacht wurde, schickte sie Gisela zu Bett.
Im Gesindehaus war es heiß und stickig. Gisela fand keinen Schlaf. Leise stand sie auf, ging hinaus, bat den Wächter, sie aus der Burg zu lassen. Er lachte hinter ihr her: »Wer ist der Glückliche?«

Sie gab keine Antwort.
Such mich auf! Aber bald! Bei Tag oder Nacht . . .
Jetzt?
Sie verließ den Weg, ging durchs Gebüsch, setzte sich auf eine Felsstufe, schaute zum Main hinunter. Sie konnte die Hütten der Mönche in der Dunkelheit nicht erkennen, aber sie wußte, sie waren da. Die Hütte des Bischofs.
Sie holte den kleinen Kreuzanhänger aus ihrer Tasche, den sie vor Wochen dort verborgen hatte, hielt ihn in der Hand. Die Zeit verstrich.
Irgendwann hörte sie Schritte und dann eine leise Männerstimme: »Wollen wir es nicht gleich hinter uns bringen?«
Und eine andere: »Nein. Zur Zeit der Nachtvigil. So lautet der Befehl.«
»Im Oratorium, ich weiß. Dennoch – muß es gerade dort sein? Ich meine, nicht daß ich Bedenken habe, mein Schwert zu gebrauchen, aber ausgerechnet im Oratorium, während sie beten . . .«
»Es ist eine Hinrichtung, die Stunde haben nicht wir zu wählen! Nun hab dich nicht so! Befehl ist Befehl! Während der Nachtvigil. Nun komm schon mit, ein Bier ist genau das, was wir jetzt brauchen!«
Das kleine bronzene Kreuz hatte Gisela in die Hand geschnitten. Sie merkte es nicht.
Mit weit aufgerissenen Augen schaute sie in die Dunkelheit. Schwärzer als die Nacht war, was sich ihr auftat.
Endlich sprang sie auf, drängte durchs Gebüsch, fand den Weg, rannte den Berg hinunter, als müsse sie die in der Betäubung verlorene Zeit einholen, stolperte, fiel, rutschte, rannte, erreichte den Main, die Fähre nicht zu sehen, wo war die Furt?, lief in den Fluß, stürzte, raffte sich auf, das Wasser war kühl und viel zu tief, sie hatte die Furt verfehlt, drängte vorwärts, teilte mit den Armen das Wasser, geh in den Main, laß dich auf der Fähre über den Main setzen, würde sie ertrinken?, nein, so tief war es nicht, erreichte

endlich das Ufer, Blitze zuckten auf, Donner grollte, wo war die Hütte des Bischofs?, rannte den Weg entlang, hämmerte verzweifelt an die erste Tür, die sie im zuckenden Gewitterlicht erkannte, keine Antwort, sie drückte die Tür auf, rief hinein, nichts, hastete zum nächsten Gebäude, klopfte und schluchzte: »Ist denn hier keiner?« Die Tür öffnete sich, eine Frau stand da, ein Licht in der Hand, sah sie erschrocken an.

»Der Bischof!« stieß Gisela hervor. »Wo ist der Bischof?«

Die Frau trat heraus, eine Windboe fegte durch die Straßen, das Licht verlöschte, ein schwacher Schein drang aus einem Gebäude am Ende der Straße, schon wieder zuckte ein Blitz, »Da!« wies die Frau, »das Oratorium, geh dorthin, ich glaube, der Bischof und die Brüder, sie beten dort . . .«

Schon rannte Gisela weiter, die ersten Regentropfen klatschten herab, konnten sie nicht noch mehr durchnässen, als sie es war, erreichte das Oratorium, riß die Tür auf.

Drei Stimmen hörte sie gleichförmig und ruhig in einer Sprache sprechen, die sie nicht kannte.

Sie stürzte in den Raum, rief: »Bischof Killena!«, verstummte. Sie sah die drei Gestalten in den hellen Wollmänteln vor den Schranken des Altarraumes knien und beten. »Bischof Killena!« versuchte sie noch einmal um Gehör zu bitten, begriff, daß nichts und niemand diese Männer würde in ihrem Gebet unterbrechen können, dachte plötzlich: Nichts? Niemand? Ich weiß, wer!, zitterte am ganzen Körper, umschlang sich selbst mit den Armen, wurde des Zitterns nicht mehr Herr.

»Amen!« sprachen die Mönche, verneigten sich noch einmal, erhoben sich.

Der Bischof ging auf sie zu, nahm eine Kerze, leuchtete ihr ins Gesicht: »Gisela. So bist du also gekommen. Ich habe jeden Tag darum gebetet, daß du kommst.«

Sie hob beschwörend die Hände: »Herr Bischof, es ist nicht so, ich meine, ich komme nicht meinetwegen, Ihr müßt fliehen, bitte, sofort, alle, Ihr dürft keinen Augenblick Zeit verlieren. Sie, sie, sie wollen Euch töten! Zwei Männer sind es, ich habe es gehört, durch Zufall, es ist eine Hinrichtung, haben sie gesagt, ein Befehl, während der Nachtvigil, im Oratorium, das gilt doch Euch, ich meine, sonst betet hier doch keiner in der Nacht?«

»Du zitterst!« stellte der Bischof fest. »Komm, setz dich hin!«

»Aber Ihr habt keine Zeit mehr!«

»Zeit? Unser ganzes Leben lang haben wir uns vorbereitet auf diesen Augenblick.«

»Ihr – Ihr – müßt doch fliehen!«

»Warum sollten wir fliehen, nun, da wir für würdig gefunden sind, die Wahrheit zu bezeugen!«

»So habt Ihr es erwartet?«

Der Bischof wandte sich von ihr ab, sein Blick traf sich mit dem von Diakon Totnan, von Pater Colman, Gisela sah, es war ein Einverständnis zwischen ihnen, das keiner Worte mehr bedurfte, und wie das Endergebnis eines langen Gesprächs erschien es, als der Bischof sagte: »Der Herr ist mein Helfer, ich will mich nicht fürchten, was sollte mir ein Mensch tun?«

»Amen!« erwiderten die beiden.

Der Bischof sah wieder Gisela an: »Du bist spät gekommen, meine Tochter. Doch nicht zu spät. Vor der Nachtvigil mußt du uns wieder verlassen. Aber bis dahin ist Zeit. Genug Zeit für alles, was du auf dem Herzen hast. Und nun knie nieder und sprich mir nach: . . .«

Kapitel 11

Aed trat aus der Tür seiner Hütte und sah in den Regen. Wie viele Tage regnete es nun schon? Regen, der die braunen Blätter von den Bäumen wusch, kälter und kälter wurde. Regen – doch nicht wie daheim. Regen in Erin, wenn im unablässigen Strömen die Grenzen zwischen Himmel und Erde verschwammen, die Wasser des Himmels die Erde umfingen mit Armen gewaltig und dennoch sanft . . . Herbstregen.

Hier war es Regen, dort ein Geheimnis, das sich dem offenbarte, der sich in ihm verlor.

Herr, ich bin sehr müde. Wenn es dir gefällt, so laß meine Wanderschaft bald ein Ende finden. War sie nicht weit genug?

Oder darf ich so nicht denken?

Er ging zurück in die Hütte, holte aus dem Lederbeutel das Taschenevangeliar und suchte die Seite, an der er am Vortag zu lesen aufgehört hatte. Das Johannesevangelium.

Er zwang seine Gedanken auf die Worte: »Adducent autem scribae et Pharisaei mulierem . . . Aber die Schriftgelehrten und Pharisäer brachten eine Frau zu ihm, im Ehebruch ergriffen, und stellten sie in die Mitte und sprachen zu ihm: Meister, diese Frau ist ergriffen auf frischer Tat im Ehebruch. Mose aber hat uns im Gesetz gesagt, solche zu steinigen. Was sagst du? . . . Als sie nun anhielten, ihn zu fragen, richtete er sich auf und sprach: Wer unter euch ohne Sünde ist, der werfe den ersten Stein auf sie.«

Da sah er wieder dieses Mädchen in den Armen Arnulfs, Gisela, sah ihr Zurückweichen, ihr Erschrecken, ihre weit aufgerissenen Augen, sah sie gekrümmt am Boden, sah sich selbst mit ihrer Mutter reden, ihrem Vater, ihrem Priester . . .

»... Da sie aber das hörten, gingen sie hinaus, einer nach dem andern ...«
Er hörte wieder seine eigenen Worte zu ihren Eltern, ihrem Priester, gnadenlose Worte ...
»... Jesus aber richtete sich auf und sprach zu ihr: Weib, wo sind sie, deine Verkläger? Hat dich niemand verdammt? Sie aber sprach: Herr, niemand. Jesus aber sprach: So verdamme ich dich auch nicht; gehe hin und sündige hinfort nicht mehr.«
Ich habe ihr Leben gerettet. Ich habe sie zu ihren Eltern gebracht und zu ihrem Priester.
Arnulf hast du zu Bischof Killena geschickt. Du hast gewußt, daß ihm dort geholfen werden würde. Warum hast du dem Mädchen nicht geholfen, dieser Gisela?
Ich habe sie zu denen gebracht, die für sie zuständig waren. Ich habe getan, was recht war.
Du hast gewußt, daß sie ihr nicht helfen würden. Du hast gewußt, daß sie sie verdammen würden. So wie du. Warum?
Sie war schuldig.
Wer unter euch ist ohne Schuld ...
Warum wolltest du Arnulf helfen und nicht Gisela? Warum hast du den Stein geworfen?
Aed stand auf, barg das Buch im Lederbeutel, hing ihn sich um den Hals, schloß den Mantel darüber, band die Sandalen an die Füße, löschte das Feuer, steckte sein letztes Brot ein, zog die Kapuze über den Kopf, schloß hinter sich die Tür, zeichnete noch einmal das Kreuz auf sie, warf keinen Blick mehr auf das der Vollendung harrende Hochkreuz, senkte den Kopf und ging gegen den Regen in den Wald.
Er mußte die Antwort finden auf diese Frage. Er mußte seine Schuld bekennen.
Und dann?
Ich werde dasein, wenn du mich brauchst. Komm zu mir, wenn du

nicht anders kannst, doch nur dann, hatte Bischof Killena ihm zum Abschied gesagt.
Jetzt konnte er nicht mehr anders.

*

Da war das Oratorium, dessen Türpfosten er mit Schnitzereien verziert, dort die Hütten, die er mit erbaut hatte, mehr waren es geworden, sie duckten sich im Regen wie daheim im Kloster, Leben auf dem Platz, Schweine und Hühner, lachende, schreiende, durchnäßte Kinder, wenige Erwachsene: Wer bei diesem Regen nicht das Haus verlassen mußte, blieb im Trockenen.
Warum sah ihn dieser Mann so fremd an, drehte sich weg, als er seinen Blick erwidern wollte? Warum starrten dort drüben die Frauen, die eben noch unter dem Dach so lebhaft miteinander gesprochen hatten, nun schweigend zu ihm herüber? Was war mit ihm, daß alle ihn mieden? Sah er so ungepflegt aus nach den Jahren im Wald, daß man ihn fürchtete?
Ein Fremder war er hier.
Aber gleich würde er bei den Brüdern sein.
Er wußte, sie waren im Oratorium und beteten die Non, das Nachmittagsgebet. Auch wenn die Sonne nicht schien, die ihm die Tageszeit künden konnte, wußte er immer, ob Gebetszeit war: der Rhythmus des Mönches, der ihm unauslöschlich eingeprägt war.
Er griff nach der Tür des Oratoriums.
Jetzt war er daheim.
Schwer mußte er sich dagegenstemmen. Mit widerwilligem Knarren ließ sie sich öffnen.
Dämmerlicht. Schemenhaft die Chorschranken, der Altar, das Kreuz.
Stille.
Eine Luft, kalt und doch dumpf. Moderluft.

Aed schauderte. Mir ist kalt, mein Mantel ist durchnäßt, rechtfertigte er sein Zittern.
Er kniete nieder. So war es also noch zu früh für die Non. Sie würden kommen, die Brüder, gleich.
Noch nie hatte er sich in der Zeit getäuscht!
Früher. Er war zu lange im Wald gewesen.
Laut betete er: »Gott, du ewiges Licht ...« Seine Stimme verlor sich im Schweigen des Raumes, wurde immer leiser, versiegte. Schließlich flüsterte sie nur noch: »Licht, das in der Finsternis aufgeht und dem die Finsternis nichts anhaben kann: erhöre, erhöre, erhöre uns.«
Er beugte sich nach vorne, drückte die Stirn auf den Boden, die Hände flach daneben. Er fühlte: Staub.
Betäubt richtet er sich auf, schaute auf seine Hände, versuchte zu erkennen, blies darüber. Viel Staub.
Zu viel Staub für ein Gotteshaus, in dem sich täglich die Mönche zu Boden warfen.
Er sprang auf die Füße. Er hastete aus dem Oratorium, keine Verbeugung vor dem Altar, kein Kreuzeszeichen an der Tür, vergessen alle Regeln, rannte über den Platz – seit seiner Jugend war er nicht mehr gerannt –, vorbei an den Hütten zu jener Hütte dort, deren Dach er gedeckt hatte: die Hütte des Bischofs.
Er klopfte an die Tür.
Nichts.
Nun hämmerte er mit den Fäusten.
Nichts.
Er drückte dagegen.
Sie blieb verschlossen.
Er warf sich dagegen, rannte mit der Schulter gegen sie an.
Sie hielt stand.
Endlich sah er genauer hin, sah den Balken, sah die Nägel, sah, daß die Tür zugenagelt war. Und begriff doch nicht.

Schließlich drehte er sich um.
Eine Frau stand in der Tür der gegenüberliegenden Hütte. Sie schaute ihn an, starr und erschreckt, öffnete lautlos den Mund, fuhr sich dann mit der Hand davor, flüchtete ins Haus zurück, schlug die Tür hinter sich zu.
Der Regen strömte noch immer.
Zwei Kinder unterbrachen ihr Spiel auf der Straße. Ängstlich und doch neugierig kamen sie näher.
Aed machte einen Schritt auf sie zu. Sofort zogen sie sich etwas zurück.
»Wo ist der Bischof? Wo sind die Mönche?« rief er zu ihnen hinüber.
Der Junge steckte einen Finger in den Mund, kaute darauf, schüttelte den Kopf. Das Mädchen rief zurück: »Weg! Alle weg!«
Eine Tür wurde aufgerissen, eine Frauenstimme schrie schrill: »Hab ich euch nicht gesagt, ihr sollt reinkommen, sofort kommt ihr her, sonst ...!«
Die Kinder liefen in das Haus.
Weg, alle weg.
Ich werde dasein, wenn du mich brauchst.
Der Weg zur nächsten Hütte schien endlos weit. Sechs Hütten, die er mit erbaut hatte. Sechs Hütten der Brüder. Und alle verschlossen, vernagelt.
Er wußte nicht mehr, wie er das Oratorium wieder erreicht hatte, fand sich irgendwann dort, am Boden liegend, die Arme ausgebreitet, hörte sich selber schreien: »Gottes Heerschar rette mich!«, konnte nichts anderes spüren als Angst, eine dunkle Angst, der die Worte fehlten, die sich immer enger zog.
Er verbrachte die Nacht im Oratorium, nicht betend, sondern immer und immer wieder die gleichen Gedanken hin und her wälzend:

Sie werden weitergezogen sein. Der Bischof hat den Ruf vernommen, das Evangelium woanders zu verkünden.

Er hat mir versprochen, dazusein.
Er hat es vergessen.
Nie hat er ein Versprechen vergessen.
Er hatte Wichtigeres zu beachten.
Nie war ihm etwas wichtiger als jeder einzelne Mensch.
Es ist nur eine Reise, sie kehren zurück.
Nur eine Reise? Die Menschen hier, ihr Schweigen, ihre Blicke.
Das bilde ich mir nur ein.
Nein, etwas ist geschehen, etwas Furchtbares, ich spüre es . . .
Am Morgen verließ er das Oratorium. Der Regen hatte aufgehört, es war sehr kalt geworden. Ihn fror in seinem feuchten Mantel.
Er ging über den Platz. Dort drüben, bei der Pferdekoppel, sah er einen neuen großen Stall, der damals noch nicht gestanden hatte. Langsam ging er auf ihn zu.
Er sah die Tür des Stalles aufgehen, eine Frau heraushuschen, sich verstohlen nach allen Seiten umsehen, dann sich zur Tür zurückwenden, das Knie beugen, das Kreuz schlagen. Als verlasse sie eine Kirche. Nun hastete sie davon.
Die Frau, die gestern in der Hüttentür gestanden hatte, Killenas Hütte gegenüber.
Er trat ihr in den Weg.
Sie sah auf, erkannte das Mönchsgewand, erschrak. »Segnet mich, Bruder!« flüsterte sie und neigte den Kopf. Und dann leise und schnell: »Geht, Bruder, verlaßt Wirziburg! Dies ist kein Ort mehr für einen Mönch!«
»Warte!« rief er hinter ihr her. Doch sie lief weiter.
Er ging zum Pferdestall, öffnete die Tür, der vertraute Geruch der Pferde, Eintauchen in die alte Welt. Schutz und Trost, den er bei den Menschen nicht fand, suchte er bei den Tieren, klopfte einer Stute den Hals, holte Brot aus seinem Sack, das letzte, das er hatte, gab es ihr. Da sah er den Rappen mit dem Verband am Nacken, er ging zu ihm, sprach mit ihm, streichelte ihn.

»Was wollt Ihr hier?« hörte er eine Männerstimme. Er sah auf, sah einen Pferdeknecht, nickte ihm zu: »Eine Verletzung? Darf ich mal sehen?«
Der Knecht überlegte, dann löste er den Verband: »Vielleicht weiß ja ein Mann Gottes Rat. Es ist das Pferd von unserem Herrn Herzog, es ist im Kampf verletzt worden, jedes andere Tier wäre getötet worden, aber der Herr Herzog liebt diesen Rappen, wir sollen versuchen, ihn zu retten. Ich fürchte nur, es wird nicht gelingen!«
Aed untersuchte die Wunde, gab Ratschläge, fragte: »Wann war die Verletzung?«
»Oh, vor etlichen Wochen. Am Ende des Kriegszugs. Wir sind mit dem Troß erst seit drei Tagen zurück.« Dann, nach einer Pause, fragte er plötzlich mißtrauisch: »Wer seid Ihr? Was wollt Ihr?«
»Ich suche nach den Mönchen. Ich habe zu ihnen gehört, früher. Weißt du, wo sie sind?«
Der Knecht zuckte die Achseln: »Nach Thüringen. Der Bischof hat sie nach Thüringen geschickt, im Sommer, kurz vor dem Kriegszug.«
»Nach Thüringen? Bist du sicher? Alle?« So war all seine Sorge und Angst umsonst gewesen!
Der Knecht bestätigte: »Ja, ganz sicher. Nur der Bischof und zwei Mönche sind noch hiergeblieben, einer war der Diakon.«
Das Herz, das sich eben beruhigt hatte, schlug wieder heftig: »Und sie?«
»Keine Ahnung. Ich habe den Herrn Herzog zu den Friesen begleitet. Gewonnen haben wir, als Sieger sind wir heimgekehrt, und ich habe den Herrn Hausmeier gesehen, der den Friesenkönig bezwungen hat mit unserem Herrn Herzog! Und unser Herr Prinz, ich sage Euch, von dem könnte ich Euch erzählen, alle reden von seinem Mut! Ja, und dann kommen wir zurück, und hier steht ein neuer Stall, gerade recht für unsere Pferde. Aber . . .«
Er schlug hastig das Kreuz, flüsterte: »Etwas geht hier nicht mit

rechten Dingen zu. Die Leute, wie sie den Stall anschaun, und dann, ich habe ein Frau beobachtet, wie sie . . .«

»Was geht hier vor?« rief eine barsche Stimme. Der Stallmeister kam herbei, fuhr den Knecht an: »Los, an deine Arbeit, miste da drüben aus, mach schon!« und sagte dann abweisend zu Aed: »Wir haben zu arbeiten. Geht!«

»Ich wollte nur fragen . . .«

»Ich habe keine Fragen zu beantworten. Geht! Und kommt nicht zurück!«

Da war sie wieder, die Mauer des Schweigens.

Doch ein wenig hatte sie Risse bekommen.

Nachdenklich ging er hinaus, sah draußen einen Stellmacher bei der Arbeit, blieb stehen und fragte: »Hast du ein Stemmeisen, das du mir leihen kannst? Ich bringe es dir gleich zurück.«

Der Mann sah auf, seine Augen irrten an Aeds Gesicht vorbei. »Wenn Ihr sonst nichts wollt, da!« dann beugte er sich wieder über die geborstene Achse des Ochsenkarrens. Wenig später hatte Aed die Tür zur Hütte des Bischofs aufgebrochen.

Staub, die ausgeräumte Feuerstelle, die harte Lagerstatt, keine Decke, kein Mantel, kein Brot, kein Hausrat. Und keine Bücher, kein Meßkelch, keine Flasche mit geweihtem Öl, kein Reliquienschrein. Nichts.

Aed segnete das Haus, dann brachte er das Werkzeug zurück, ging zum Oratorium. Die Sonne war hervorgebrochen, doch noch immer war es sehr kalt.

Er ließ die Tür offen und kniete vor den Chorschranken nieder. Und da, im hereinströmenden hellen Tageslicht, sah er, was er am trüben Nachmittag zuvor nicht bemerkt hatte: die Flecken auf dem Boden. Sehr große, bräunlich-rote Flecken. Vor längerer Zeit mochte jemand einmal versucht haben, sie wegzuwischen, aber sie waren in das Holz des Fußbodens eingezogen.

Drei Flecken so groß wie Lachen.

Das Schaudern kroch langsam in Aed empor. Doch plötzlich überwältigete es ihn.
Blutlachen.
Zum zweiten Mal rannte er aus der Kirche, zum Haus jener Frau, klopfte nicht, riß die Tür auf, stand schwer atmend in der kleinen Hütte, sah sie, die betend vor einem Kruzifix kniete, schrie sie an: »Du weißt es! Warum sagst du es mir nicht! Warum schweigt ihr alle! Blut, ich habe das Blut im Oratorium gesehen!«
Sie stand auf, wich vor ihm zurück, drückte sich zitternd an die Wand.
Er folgte ihr, stützte seine Hände rechts und links von ihr schwer gegen die Wand, schrie nicht mehr, redete nun leise aber sehr scharf: »Du wirst mir jetzt sagen, was du weißt! Was ist mit dem Bischof und den beiden Brüdern?«
Sie öffnete den Mund, schloß ihn wieder, flüsterte: »Bitte, laßt mich erst die Tür zumachen!«, brach in Tränen aus. Und dann stotterte sie: »In der Nacht, als der Herr Herzog mit seinem Heer abgerückt war, ein schweres Gewitter war da, und plötzlich hat es an meiner Tür geklopft, ein Mädchen war draußen, eine Magd, tropfend naß, die hat geschrien, wo ist der Bischof, ich habe auf das Oratorium gezeigt, sie beten, habe ich gesagt, da ist sie hingerannt. Und dann, das Gewitter hat getobt, und mir war so angst in der Nacht, ich wollte beten, aber ich konnte nicht, und endlich, als der Regen aufgehört hatte, da bin ich raus, ich wollte zum Oratorium, mir war so, ich weiß nicht . . . Und da habe ich sie gesehen . . .«
Ihre Stimme versagte. Sie schlug die Hände vor ihr Gesicht. Kein Laut kam über ihre Lippen, aber die Tränen quollen zwischen den Fingern hindurch.
Aed faßte ihre Hände, schob die Frau zur Bank, drückte sie darauf, kniete neben ihr nieder. »Was hast du gesehen?« fragte er leise, fast sanft.
»Zwei Männer. Sie haben, sie haben, sie haben etwas aus der Kirche

geschleift. Und zur Pferdekoppel hinübergebracht. Und dort ein Loch gegraben. Und ich bin, ich bin . . .« Nun schüttelte sie krampfhaftes Weinen. Dennoch sprach sie, kaum mehr verständlich, weiter: »Ich bin in die Kirche und habe das Blut gesehen. Furchtbar viel Blut. Ich habe es aufgetrocknet, mit einem Tuch. Und habe das Tuch begraben. Und am nächsten Morgen, am nächsten Morgen, da wurde mit dem Bau des Pferdestalles begonnen, genau an der Stelle, wo . . .«
»Wo Bischof Killena, Diakon Totnan und noch ein Bruder begraben worden waren. Nein, nicht begraben, heimlich in der Erde verscharrt. Das wolltest du doch sagen, nicht wahr?« Aeds Stimme klang mit einemmal ganz ruhig, fast kalt.
Sie nickte. »Der dritte war Pater Colman«, flüsterte sie.
Er drückte ihre Hände. »Wem hast du davon gesagt?« fragte er.
Sie schüttelte den Kopf. »Niemandem. Nur dieses Mädchen, die Magd, sie war noch mal bei mir, sie hat Angst wie ich. Aber trotzdem, es wird gemunkelt. Ich bin nicht die einzige, die etwas bemerkt hat, viele ahnen etwas, vielleicht wissen sie auch etwas, aber keiner . . .«
Sie sprach nicht weiter.
»Warum schweigt ihr alle? Wovor habt ihr Angst? Wenn ein Verbrechen geschehen ist, warum wird es nicht aufgeklärt? Warum schreit unschuldiges Blut nicht laut zum Himmel!«
Die Frau schaute zu Boden.
»So antworte doch endlich!«
Kaum hörbar sagte sie: »Die beiden Männer, die Mörder, es waren nicht einfach Mörder, es waren«, sie stockte wieder, »Dienstmänner aus der Herzogsburg.«
Lange brauchte er, um zu begreifen, was sie gesagt hatte: »Du meinst, sie haben auf Befehl gehandelt?«
Sie weinte. »Bitte, Bruder, geht! Bleibt nicht hier! Versteht Ihr denn nicht, Ihr seid in Gefahr! Einer, ein Bauer, der Fragen gestellt hat,

am nächsten Tag hat man ihn aus dem Main gefischt, er sei ertrunken, hieß es, aber ... Ihr müßt fort!«
Er erhob sich. »Verstehst du denn nicht, ich muß es wissen. Ich muß wissen, wer sie umgebracht hat. Wer den Befehl dazu gegeben hat. Und warum. Das ist es, was ich muß, verstehst du!«
Sie schüttelte den Kopf.
»Wie heißt du?« fragte er endlich.
»Burgunda!«
»Gottes Macht erhalte dich, Burgunda. Ich gehe jetzt. Ach, noch eins, diese Magd, von der du da geredet hast, du weißt nicht, wer sie war?«
»Sie war aus der Burg«, antwortete die Frau.
Aed ließ sich über den Main setzen, stieg den steilen Berg hinauf.
Wenn du mich brauchst, werde ich dasein.
Bischof Killena kann für keinen mehr dasein. Für mich nicht und für niemanden sonst.
Warum? Ich will es wissen.
Dann stand er im Burghof, hilflos. Sollte er versuchen, beim Herzog vorgelassen zu werden? Wie war das zu schaffen? Oder was sollte er tun?
Unschlüssig ging er in die Kirche. Er mußte im Gebet um Klarheit bitten. Hier, in dieser Kirche, hatte er Bischof Killena predigen hören. Und die Herzogsfamilie hatte dort vorne gestanden ...
»Bruder?« sprach eine junge Frauenstimme ihn an.
Er wandte sich um. Sah die Magd, die ihm nachgegangen war.
Erinnerung, verdichtet in einen Augenblick, Schweigen, beredter als tausend Worte.
Gisela.
Sie war die erste, die wieder sprach: »Bruder Aed. Ihr! Sucht Ihr den Bischof? Wißt Ihr?«
»Er ist ermordet worden, mit Diakon Totnan und Pater Colman«, erwiderte er.

Sie schaute ihn an, groß und ernst: »Ihr seid in Gefahr!«
Er fragte nur: »Weißt du etwas über ihren Tod?«
»Ja. Ich habe sie gewarnt, in der Nacht, weil ich zufällig erfahren hatte, daß sie ermordet werden sollten. Aber sie hatten keine Angst, ganz furchtlos waren sie. Der Bischof sagte ein Wort, ich weiß nur noch den Schluß: Was sollte mir ein Mensch tun ...«
Der Herr ist mein Helfer. Ich will mich nicht fürchten ...
Jetzt wußte er, wie der Bischof und die Brüder gestorben waren. Tief atmete er auf, dann fragte er: »Weißt du, wer den Befehl gab?«
Sie schwieg. Endlich sagte sie leise: »Der Befehl muß hier aus der Burg gekommen sein.«
»Der Herzog? Prinz Heden? Die Herzogin?«
Es schien, als zucke sie bei der Erwähnung der Herzogin zusammen. Sie schüttelte heftig den Kopf. Dann drehte sie die Flächen ihrer vorgestreckten Hände nach oben und hob langsam die Schultern.
Schließlich redete sie weiter, nun klang ihre Stimme gehetzt: »Ich kann nicht hierbleiben. Wenn man mich vermißt! Wenn man uns sieht! Nur eines: Ich weiß, wer der eine der beiden Dienstmänner ist, er ist hier in der Burg, ich habe ihn gehört, er weint nachts in der Kirche. Sucht den, vielleicht erfahrt Ihr von ihm etwas, Wolfram heißt er. Und nun lebt wohl, und paßt auf Euch auf!«
Sie wollte zur Tür hinaus.
»Gisela!« rief er sie zurück.
»Ja?«
Jetzt mußte er die Worte finden, auf der Stelle, die richtigen, doch welche waren das? Plötzlich durchzuckte ihn tiefer Schreck. Er wies auf ihr kurzgeschnittenes Haar: »Dein Haar! Du bist zur Magd geworden! Ist das meine Schuld?«
Sie sah ihn an, sprachlos im Widerstreit der Empfindungen: Einst hatte sie ihn verehrt, diesen Mönch. Dann gehaßt. Und nun? Ein anderes Gesicht schob sich vor seines. Bischof Killena ...

»Eure Schuld?« wiederholte sie leise. »Nein. Mein Haar – das habe ich selbst geschnitten!«
»Ich habe dich verdammt. Damals.«
Sie sah zu Boden. Sie schwieg lange. »Ihr habt mir das Leben gerettet. Damals. Und was ich getan habe – wie solltet Ihr das nicht verurteilen!«
»Aber ich hätte dir helfen müssen!«
»Andere haben mir geholfen. Die Herzogin. Und Bischof Killena.«
Bischof Killena? O Gott, ich danke Dir! Dennoch blieb, was er nun leise in die Worte kleidete: »Ich bin schuldig geworden an dir.«
Sie runzelte die Stirn, dann sagte sie beinahe rauh: »Was wollt Ihr? Ihr seid auch nur ein Mensch!« Leise und sehr ernst fügte sie hinzu: »Aber der Bischof ...« Sie bekreuzigte sich und rannte hinaus.
Als Aed die Tür erreicht hatte, um sie zurückzuhalten, war sie schon verschwunden.
Auch nur ein Mensch.
Er kniete nieder, lehnte den Kopf auf die Chorschranken.
Es war zu viel. Der Bischof ermordet. Er dem ungeheuerlichen Verbrechen auf der Spur. Und nun Gisela, und er zurückgeworfen auf den Grund seines Aufbruchs aus dem Wald, und jetzt diese Antwort, die er noch nicht verstand, und die doch, irgendwie, einen Schlüssel zu enthalten schien ...
Nur ein Mensch.
Unversöhnlich hatte das nicht geklungen, ganz und gar nicht.
»Vater, ich, ich möchte Euch beichten!«
Aed fuhr hoch, wie lange hatte er hier gekniet, vergessend, wo er war, warum er hier war?
Ein Dienstmann stand neben ihm, ließ sich nun auf die Knie nieder.
»Ich bin kein Priester, nur ein einfacher Bruder!« sagte Aed.
»Bruder, so will ich Euch beichten. Hört mich an, ich, Wolfram, habe gesündigt vor Gott ...«
»Wolfram!« rief eine scharfe Stimme von der Tür. Der Mann zuckte

zusammen, sprang auf. »Heute nacht, außerhalb der Burg, am Berg!« flüsterte er hastig, und dann laut: »Ist gut! Ich komme!«, entfernte sich.

Da wußte Aed, daß er nahe am Ziel war.

Er ging aus der Kirche, aus der Burg, den Berg hinunter, zum Oratorium hinüber. Er spürte, er hatte zu viel erfahren, zu viel erlebt, zu viel gedacht. Er brauchte neue Kraft. Er mußte beten.

Er warf sich flach auf den Boden unter dem Kruzifix, hob den Blick. Da sah er es, sah, was man nur sehen konnte, wenn man so unter dem Kreuz lag, so, wie nur die Mönche es tun. Sah die Zeichen, die in die Unterseite des Kreuzes geritzt waren, erkannte die Abkürzung des Namenszuges des Bischofs, wie oft hatte er Killena dieses Zeichen schreiben sehen, mit der Feder auf Pergament, mit dem Griffel auf ein Wachstäfelchen, hier nun war es geritzt, und dahinter: »Rö 8«.

Römerbrief, Kapitel 8.

Aber keine Bibel lag auf dem Altar, und er besaß nur die Evangelien, nicht die Briefe des Apostels.

Aed kauerte sich hin, schloß die Augen, sammelte die Gedanken. Alles hing jetzt von seinem Erinnerungsvermögen ab, alles.

Der Priester Innell, der Lehrer seiner Kindheit. Die Sonne hatte so warm geschienen, und eine Stute hatte gefohlt, das Fohlen hatte rotbraunes Fell und eine Blesse auf der Stirn gehabt, er hatte es vom ersten Augenblick an geliebt, er hatte einfach nicht zum Unterricht gehen können. Und am nächsten Tag hatte er dem Priester gesagt, er sei krank gewesen.

Der Priester hatte ihn mit einem merkwürdigen Blick von der Seite angesehen. »Krank? Ich habe gehört, du warst gestern auf der Weide. Dem Unterricht fernbleiben, mein Junge, das ist eine schlimme Sache. Lügen, das ist eine viel schlimmere. Du weißt doch: Mut im Herzen, die Wahrheit auf der Zunge . . . Was soll ich jetzt mit dir machen? Dich verprügeln? Das vergißt du wieder. Aber etwas

anderes, das sollst du dir dein Leben lang merken. Wenn du das begriffen hast, so reicht es für ein ganzes Leben. Du wirst ein Kapitel aus der Bibel auswendig lernen. Nicht irgendeines. Ein besonderes. Den Römerbrief Kapitel 8. Ach, übrigens, es hat nur 39 Verse!«
Er war fast verzweifelt über diesen 39 Versen. Kaum erst des Lateins mächtig, viele Wörter nicht kennend, Sätze nicht verstehend, geschweige denn den Sinn der Worte begreifend, hatte er dieses Kapitel des Römerbriefes auswendig gelernt und aus tiefster Seele gehaßt.
Wie war der Anfang gewesen? Wenn er den Anfang fände . . . Er war beim Lernen auf und ab gegangen, den Weg am Bach hinauf und hinunter . . .
»Nihil ergo nunc damnationis est his qui sunt in Christo Iesu . . .: So gibt es nun keine Verdammnis für die, die in Christus Jesus sind . . .«
Plötzlich waren sie wieder da, die Verse, reihten sich aneinander. Er sprach sie laut, jetzt verstand er sie, und von Vers zu Vers wurde seine Stimme sicherer, bis sie fast klang wie ein Siegeslied: » . . . Ist Gott für uns, wer mag wider uns sein? . . . Wer will uns scheiden von der Liebe Gottes? Trübsal oder Angst oder Verfolgung oder Hunger oder Blöße oder Fährlichkeit oder Schwert? Wie geschrieben steht: Um deinetwillen werden wir getötet den ganzen Tag, wir sind geachtet wie Schlachtschafe. Aber in dem allem überwinden wir weit durch den, der uns geliebt hat. Denn ich bin gewiß, daß weder Tod noch Leben, weder Engel noch Fürstentümer noch Gewalten, weder Gegenwärtiges noch Zukünftiges, weder Hohes noch Tiefes noch keine andere Kreatur kann uns scheiden von der Liebe Gottes, die in Christus Jesus ist, unserm Herrn: a caritate Dei quae est in Christo Iesu Domino nostro.«
»Amen!« hatte der Priester Innell gesagt, als sein Schüler Aed in stolperndem Latein den 39. Vers beendet hatte.
»Amen!« sprach viele Jahre später der Mönch Aed und wußte, das heißt: Es ist wahr.

Noch einmal legte er sich unter das Kreuz, so daß er die Zeichen des Bischofs sehen konnte, und er dachte dabei: Killena. So warst du also doch da, als ich dich brauchte.
Nichts kann uns scheiden von der Liebe Gottes ... Er würde sich nicht mehr fürchten müssen. Weder vor diesem Leben noch vor jenem.
Für die Stunden, die er dann allein im Oratorium verbrachte, hätte er, ohne zu zögern, sein ganzes Leben in die Waagschale geworfen.
Als es Nacht geworden war, stand er auf und stieg zum Burgberg hinauf, erreichte die Höhe. Es war schwer, sich im Dunkel zurechtzufinden. Er tastete die Mauer entlang, rief ab und zu leise nach Wolfram. Er hörte nichts. Endlich vernahm er gedämpftes Rufen. Er folgte ihm, stolperte voran, merkte, daß er an einen Felsabsturz gelangt war, setzte sich hin, hörte hinter sich Schritte, warnte vor dem Abgrund, sagte: »Komm her zu mir, Wolfram, und fürchte dich nicht!« Er sah in die Dunkelheit hinunter, konnte nicht die zerschmetterte Gestalt sehen, die das Dunkel unter ihm barg, Wolfram, der keine Beichte mehr ablegen würde. Dann plötzlich spürte Aed einen heftigen Stoß in den Rücken, verlor den Halt, schrie nicht auf, fühlte den Schmerz des Aufpralls, etwas war mit seinem Kopf, ein Vers fiel ihm ein: »Fröhlich und dennoch zitternd unter dem Worte Gottes«, was war das?, er wußte es nicht, es hatte keine Bedeutung mehr, nichts hatte mehr Bedeutung außer dem einen ...
Er lächelte.
Das Lächeln lag noch auf seinem Gesicht, als man seinen Leichnam am nächsten Morgen fand, nicht weit entfernt vom Leichnam Wolframs, des Dienstmanns.

Kapitel 12

Die Nonne riß die Unkrautbüschel aus, lockerte die Erde. Sie liebte die Arbeit hier in dem kleinen Klostergarten neben der Küche. Draußen, außerhalb der Burg, lag der große Garten, in dem sie mit Hilfe einiger Schwestern und Novizinnen das Gemüse und Obst für die Klosterküche zog, doch hier, im Klosterbereich innerhalb der Wirziburg, war nur Platz für ein kleines Gärtchen mit Kräutern und Blumen. Das pflegte sie ganz allein.

Blumen. Gisela, die Nonne, lächelte. Immina, die Äbtissin, liebte Blumen. Von Frühjahr bis Herbst verging kein Tag, an dem Immina nicht den Blumengarten besuchte, die Blüten betrachtete, als seien sie die größten Kostbarkeiten. Immer war das schon so gewesen, auch damals, als Immina noch ein ganz kleines Mädchen gewesen war. Kein gewöhnliches Mädchen freilich, eine Prinzessin, die Tochter Herzog Hedens.

Und sie, Gisela, Imminas Kindsmagd.

Der Tag, an dem alles begann, bald nach der Beerdigung der Herzogin Geilana . . .

Die Nonne verlor sich in ihren Gedanken an längst vergangene Zeiten:

Sie kniete am Grab der Herzogin Geilana, konnte nicht beten, nur weinen. Weniger um den Tod ihrer Herrin, mehr um deren Leben. Da trat die junge Herzogin Theodrada neben das Grab und sprach: »Gisela. Ich habe dich beobachtet. Wie du für deine Herrin gesorgt hast. Nicht nur nach deiner Pflicht. Ich habe gesehen, du hast sie treu geliebt, obwohl es nicht leicht war mit Geilana. Wer so gut zu einer«, Herzogin Theodrada stockte, suchte nach dem passenden

Wort: »Besessenen ist, der wird erst recht gut sein zu einem Kind. Ich will, daß du die Kindsmagd wirst für meine kleine Immina!«
Und bald wuchs, was ein Leben lang hielt: das Glück, Immina lieben zu dürfen. Für sie zu sorgen, sie aufwachsen zu sehen, ihr Lachen zu hören, ihre Tränen zu trocknen, ihr Vertrauen zu genießen.

Meine kleine Immina.
Gisela, die Nonne, lächelte. Längst war Immina nicht mehr klein, längst war sie Äbtissin des Klosters, das ihr Vater, Herzog Heden, für sie in der Burg gegründet hatte, längst war sie eine gelehrte Frau geworden, konnte die Bibel lesen und viele andere lateinische Bücher.
Doch noch immer bestand diese Vertrautheit zwischen Immina und Gisela, die ihr gefolgt war, die eine der ersten Nonnen des Klosters geworden war. Des Klosters in der Burg, in der sie, Gisela, einst die Magd der Herzogin gewesen war.
Herzogin Geilana, die Herrin, die immer gut zu ihr gewesen war. Und so hatte leiden müssen ...

Die Monate, als Herzog Gozbert auf dem Kriegszug war, Herzogin Geilana sich um ihn sorgte, von dunklen Ahnungen heimgesucht wurde, über die sie nie sprach, und die ihr doch den Schlaf raubten, keine Nacht, in der nicht Licht brannte im Raum der Herzogin – oder war es etwas anderes als Sorge, was sie quälte? Nur auf ihr Kind freute sie sich. Wenn sie von ihm sprach, strahlten ihre Augen.
Und dann die Nacht, in der der Herzog zurückgekehrt war, ohne Vorankündigung, kein Bote hatte Kundschaft gebracht, noch wußte die Herzogin nicht einmal vom Ausgang des Kriegszuges, und da, an einem dunklen Abend im Herbst, kam plötzlich der Herzog in den Raum der Herzogin, als sie, Gisela, ihr eben das Haar kämmte, die Herzogin sprang auf, lief ihm entgegen, streckte ihm beide Hände hin: »Gozbert, mein Gemahl!«, wie ein Schluchzen dieser

Ausruf, und er, sie heftig umarmend, doch dann vor ihr zurücktretend, sehr fremd, fast finster: »Wir haben den Krieg gewonnen, Geilana. König Redbad ist geschlagen. Dorestad zurückgewonnen. Und Pippin strahlender Sieger, machtvoller denn je.«
Die Herzogin faßte nach einem Stuhl, hielt sich krampfhaft fest. Wie weiß sie aussah! Was hatte sie, hätte sie den Herzog lieber geschlagen aus dem Krieg zurückkommen sehen?!
Dann sprach die Herzogin leise und sehr bitter: »Die Zeit. Du hast gesagt, die Zeit arbeitet für uns. Sie hat gegen uns gearbeitet, Gozbert. Und jetzt ist es zu spät. Oder?«
Da schickte der Herzog sie, Gisela, mit einer herrischen Handbewegung aus dem Raum. Und sie wartete vor der Tür, hörte vieles und verstand nichts, ein Gespräch, das immer lauter wurde, die Stimme des Herzogs immer schärfer, und schließlich Weinen der Herzogin, das in Schreien überging. Da öffnete der Herzog die Tür, rief nach ihr und schickte eine andere Magd nach dem Leibarzt. Sie aber, Gisela, geleitete die Herzogin, die von krampfhaftem Weinen geschüttelt wurde, zu ihrem Bett, hielt sie, wußte sich nicht zu helfen, bis schließlich die Herzogin flüsterte: »Die Wehen, Gisela. Es ist das Kind.«
Viel zu früh.
Es hatte nicht leben können, das Kind.
Die Herzogin danach nur noch ein Schatten ihrer selbst. Und doch war das Schlimmste erst gekommen, einige Wochen später.
Die schwarze Nacht.
Die Nacht des Schwertes.
Die Nacht Prinz Hedens.
In dieser Nacht hatte sich der Geist der Herzogin verwirrt.
Verwirrt? War es Verwirrung, wenn die Herzogin sich nicht damit abfinden wollte, daß der Sohn den Vater ermordet hatte? Nicht er selbst, nein, das nicht, des Herzogs Gefolgsleute waren es gewesen, und dennoch, wie sie danach Prinz Heden auf den Schild

hoben, wie er sich von ihnen huldigen ließ, war klar: Er hatte davon gewußt.

An die Pforte des Klosterzauns wurde heftig geklopft.
Gisela, die Nonne, hob lauschend den Kopf. Eine Unruhe war heute in der Burg! Noch mehr, als man sie hörte, spürte man sie. Auch wenn man nichts sehen konnte durch den dichten hohen Holzzaun, der das Kloster von der übrigen Burg trennte.
Was mochte dort vor sich gehen? Ob Herzog Heden in die Burg zurückgekehrt war, ob er hier Schutz suchte vor den Aufständischen?
Was für Zeiten! Herzog Heden und Herzog Theotbald im Krieg mit ihrem Volk!
Die Schwester Pförtnerin öffnete und ließ einen abgekämpft wirkenden Krieger in den Klosterbereich. War es nicht ein Gefolgsmann des Herzogs? Die Pförtnerin geleitete ihn zum Haus der Äbtissin.
Gisela stand auf, holte Wasser, goß die Blumen und Kräuter, sah immer wieder zum Haus der Äbtissin hinüber. Welche Botschaft dort wohl gegeben und empfangen wurde?
Bald darauf verließ der Krieger wieder das Kloster. Und dann kam die Novizin, die der Äbtissin zur Hand ging, viel zu schnell lief sie – wann würde sie endlich lernen, ihren Schritt dem gemessenen Gang der Nonnen anzugleichen! – und rief schon von weitem: »Schwester Gisela! Schwester Gisela! Die Ehrwürdige Mutter, sie verlangt nach dir! Mach schnell, bitte! Ich glaube, ich glaube, sie hat geweint!«
Gisela wusch ihre Hände und ging zum Haus der Äbtissin.
Der dämmrige Raum, vor dem Fenster das Lesepult, an dem die Äbtissin meist arbeitete, doch jetzt saß sie am Tisch, das Gesicht in die Hände gestützt, stand auf, nicht mehr Äbtissin, Immina, ein junges Mädchen wieder, ein Kind, diese schmalen, zerbrechlichen

Schultern, das verweinte Gesicht. Aufschluchzend lehnte sie sich an die Nonne: »O Gisela, halt mich! Ich brauche dich!«
Gisela nahm Immina in den Arm. Wie früher.
Doch was sie dann hörte, waren nicht mehr die Nöte eines Kindes: »Alle tot, Immina. Mein Vater, mein Bruder Thuring, mein Onkel Theotbald. Alle. Und sogar – meine kleinen Neffen. Thurings Söhne. Theothar, kannst du dir das vorstellen, ein Säugling noch! Und auch ihn haben sie erschlagen. Ganz sicher wollten sie gehen. Kein Mann lebt mehr aus meiner Familie, kein einziger. Und kein Knabe, aus dem einmal ein Mann werden könnte! Die Herzogsfamilie ausgelöscht, für alle Zeiten!«
Gisela hielt die weinende Immina. Mehr konnte sie nicht tun.
Viele Tage lang konnte sie nicht mehr tun für ihre Immina.
Dann, eines Tages, fragte Immina: »Warum, Gisela, warum? Warum wurde meine Familie so verfolgt, so vernichtet?«
Gisela sah zum Kruzifix hinüber. Was sollte sie darauf sagen? Was verstand sie von Politik! »Nun, ich weiß nicht, Herzog Heden und Herzog Theotbald, sie übten eine strenge Herrschaft, vielen war sie zu hart, viele Herren waren aufgebracht gegen sie, die thüringischen Adalinge und auch das einfache Volk . . .«
Immina wehrte ab: »So meine ich das nicht, Gisela. Wie es zu dem Aufstand kam, das weiß ich recht wohl, auch, wie schwierig die Lage meines Vaters und meines Onkels war. Und vieles mehr. Karl Martell . . . Nein, danach frage ich nicht. Es ist etwas anderes, was ich mich frage, und du mußt mir helfen dabei, Gisela, hörst du!«
Gisela nickte. Noch immer verstand sie nicht.
Immina trat vor das Kruzifix, schaute es lange an, dann sagte sie beinahe tonlos: »Warum straft Gott meine Familie so sehr? Warum verfolgt er uns mit solchem Zorn?«
Gisela erschrak: »So dürft Ihr nicht denken, Immina! Das, das ist doch ganz falsch!«
»Falsch? Heißt es nicht, Gott wird machtvoll Recht schaffen? Und

darum frage ich dich: Warum dann also dieses Gericht? Du weißt mehr, als du je gesagt hast! Du bist doch schon so lange bei uns!«
Gisela schwieg.
Immina begann von neuem: »Mein Vater, er war doch ein frommer Mann. Er hat mich von klein auf im wahren Glauben unterrichten lassen. Er war es, der als erster den Wunsch in mich gepflanzt hat, mich ganz Gott zu weihen. Er hat für mich dieses Kloster gegründet, hat es reich ausgestattet mit seinem Besitz. Er hat Willibrord, den Missionar, ins Land geholt. Es war nicht seine Schuld, daß es Willibrord mehr zu den Friesen zog! Reiche Güter hat er der Kirche gestiftet, Güter hier und in Thüringen. Und ein Kloster wollte er gründen in Thüringen. Und meine Mutter, du weißt, bis zu ihrem Tod hat sie keine Messe versäumt. Und mein Onkel, auch er war ein eifriger Christ. Warum also, Gisela, warum?«
Gisela schüttelte den Kopf: »Ich bin nur eine einfache, ungebildete Nonne. Aber ich glaube, Ihr solltet so nicht fragen!«
»Ich frage aber! Und ich will, daß du antwortest! Was war damals, damals, vor meiner Geburt?«
»Euer Herr Vater, Herzog Heden, hat nicht gewartet, bis ihm sein Erbe zufiel. Es gab eine Verschwörung gegen Herzog Gozbert, und Prinz Heden . . .«
Da war wieder die Erinnerung an diese Nacht, an das Klirren der Waffen in der Herzogshalle, an den Schrei: Der Herzog ist tot!, an Herzogin Geilana, die sich über ihren ermordeten Gemahl warf, der aus drei Schwertwunden blutete, jede für sich tödlich, an die drei Gefolgsleute, Otwin, Otrich, Gerlach, die dastanden, unübersehbar ihre blutigen Schwerter in der Hand, die Erinnerung an die Kämpfe, die danach stattfanden, bei denen mancher Getreue seinem Herzog folgte, und dann an Heden auf dem weißen Pferd, nicht mehr Prinz, Herzog . . .
»Das weiß ich alles!« sagte Immina beinahe ungeduldig. »Mein Großvater wollte sich der Herrschaft Pippins nicht unterordnen.

Den Aufstand hat er vorbereitet, mit den Alamannen und Bayern wollte er gegen Pippin ziehen. Weißt du, was das gewesen wäre? Verrat! Mein Vater hat es mir erklärt. Er wollte treu zu Pippin halten, wie er es Pippin geschworen hatte, und die Gefolgsleute mit ihm. Da haben sie meinen Großvater ... O Gisela, weißt du, wie oft dergleichen geschieht? Weißt du, wie viele Fürsten so den Thron bestiegen haben, wie viele Könige?«

Vielleicht kann man es so sehen, dachte Gisela. Ich weiß nicht. Ich weiß so wenig

Nur die Tränen von Herzogin Geilana, ihr Schreien, das weiß ich noch.

Immina begann, im Raum auf und ab zu laufen, die Hände vor der Brust zusammengelegt: »Ich kann mir denken, was du sagen willst, Gisela: Es war dennoch Mord. Ich – oft habe ich mir gedacht, das war vielleicht der Grund, warum meine Eltern wollten, daß ich mein Leben Gott weihe. Um Vergebung zu erbitten, dafür.«

Und dann, sehr leise, zögernd: »Oder wofür?«

Schweigend setzte sie ihre Wanderschaft fort. Viel Zeit verstrich, bis sie am Lesepult stehenblieb, über das aufgeschlagene Buch strich, und, zum Fenster hinausblickend, beinahe beiläufig sagte: »Es soll wieder Wunderheilungen gegeben haben, unten am Pferdestall ...«

Giselas Herz stockte. Das war er, der Augenblick. Sie hatte doch immer gewußt, daß er kommen würde, seit vielen, vielen Jahren darauf gewartet, der Augenblick, in dem das Schweigen bersten würde, in dem innerhalb der Mauern der Herzogsburg der Name ausgesprochen werden würde.

Beinahe schüchtern sah Immina sie an, blickte dann rasch wieder weg: »Es wird gemunkelt im Volk, ich habe wohl davon gehört, auch wenn keiner mir etwas sagen will, aber hartnäckig hält sich ein Gerücht, oder ist es kein Gerücht, daß dort drei Märtyrer ihren Tod fanden. Kilian soll einer heißen ...«

»Killena!« sagte Gisela leise. Und dann noch einmal laut und klar: »Sein Name war Killena. Bischof Killena.«
»So weißt du davon? Hast du ihn gekannt?«
»Ja, ich habe ihn gekannt.«
Immina trat zu ihr, sagte schnell: »Du mußt mir alles erzählen, Gisela, alles. Einmal, vor Jahren, habe ich meinen Vater danach gefragt. Du weißt, wie freundlich mein Vater zu mir war, zu mir immer ...« Ihre Stimme zitterte. »Aber da, an diesem Tag, als ich das fragte – ich habe nie wieder danach zu fragen gewagt.«
»So hört, Immina«, sagte Gisela, »ich habe Euch viel zu erzählen.« Und sie erzählte. Sie erzählte von dem Mönch Aed, sie erzählte, wie sie die Magd der Herzogin Geilana geworden war. Sie erzählte alles, was sie über den Bischof und die Mönche gehört hatte. Und dann erzählte sie, wie sie Bischof Killena kennengelernt hatte.
Immina hatte ihr zugehört, ohne sie zu unterbrechen. Doch nun fragte sie: »Was war er für ein Mensch, dieser Bischof Killena?«
»Wie meint Ihr das, was für ein Mensch?« fragte Gisela.
»Ich meine, du sprichst von ihm in einem ganz besonderen Ton, kaum wie von einem Menschen. Aber er war doch ein Mensch, nur – was für einer? Was hat er geliebt und worunter hat er gelitten, worüber hat er sich gefreut und worüber war er traurig, was stimmte ihn weich und was zornig? Er kann doch nicht nur stark gewesen sein, er muß doch auch Schwächen gehabt haben, Fehler begangen haben, in manchem gescheitert sein, Zweifel und Angst gekannt haben. Ein Mensch eben, aber was für einer, verstehst du, Gisela, was ich meine?«
Gisela sah den Bischof wieder bei ihrer ersten Begegnung vor sich, als sie zunächst enttäuscht von ihm gewesen war, bis er sich ihr zugewandt hatte. Irgend etwas war damals mit ihm vorgegangen, sie wußte nicht, was. Und dann sah sie ihn in jener Nacht vor seinem Tode, sah seinen ruhigen, offenen Blick, und spürte wieder dieses Gefühl, wie sollte man es beschreiben, diese Gewißheit, daß alle

Verwirrung ein Ende haben würde. Daß dies Hände waren, in die man alles legen konnte. Keine sanften Hände, nein. Aber Hände, die einen nicht fallenlassen würden. Hände, von denen Heil ausging. Langsam schüttelte sie den Kopf: »Ich weiß es nicht, Immina. Ich weiß es wirklich nicht. Für mich war er eben der Bischof. Und ein Heiliger.«

»Wie mein Vater für dich der Herzog war. Und für mich war er doch mein Vater!« sagte Immina, und Tränen liefen über ihr Gesicht.

Doch dann umfaßte sie Giselas Hände: »Bitte, erzähl weiter! Ich will das jetzt wissen.«

Da brach die Macht der Erinnerung über Gisela herein, und sie erzählte von jener Sommernacht, in der der Bischof und seine beiden Gefährten ermordet worden waren, als würde sie sie neu erleben. Erst als sie bei der Beichte angelangt war, die der Bischof ihr vor seinem Tod abgenommen hatte, stockte sie: Es gibt Dinge, die kann ich nicht einmal Immina erzählen, nicht einmal meiner Äbtissin.

Was sollte ich sagen? Er hat mich angehört. Er hat mich nicht verdammt. Mein Handeln, ja, das hat er verurteilt, aber nicht mich. Er hat mir gezeigt, wie ich Vergebung erlangen kann. Und plötzlich mußte ich nicht mehr davonlaufen. Und konnte den Gedanken wieder ertragen, den Gedanken an das göttliche Gericht. Er hat mir den Mut gegeben, an Gottes Liebe zu glauben. Und mein Leben neu zu beginnen . . .

Oder soll ich sagen: Durch ihn begann ich zu ahnen, daß der Glaube nicht nur aus Formen besteht – den richtigen Gesängen und Gebeten, der Messe, der Sonntagsheiligung –, sondern daß hinter den Formen ein Sinn steht? Wenn einer wie er dafür sogar in den Tod geht, freudig in den Tod . . .

Oder soll ich sagen: Er hat meine Seele vom Abgrund gerettet?

Ich habe erfüllt, was er mir aufgetragen hat. Die Buße. Das schwerste war nicht das jahrelange Fasten bei Wasser und Brot, sondern das eine: nach Ablauf der drei Jahre noch einmal nach Hause zurückzugehen.

Lanchheim. Das Dorf unverändert, jedes Haus, jeder Baum bekannt, nur die Hecke dort höher geworden, und auf Wolfgers Hof ein neuer Speicher, nein, nicht zu Wolfgers Hof hinübersehen, rasender Herzschlag, wenn ich ihm begegnen würde, Arnulf, seine Stimme hören, seine Hände sehen, diese Hände, die mich ... o Killena, was hast du von mir gefordert!

Und dann der Hof des Vaters, hier hat er mich mit Schlägen vertrieben, nie wieder darf ich zurückkehren, hat er geschrien, Killena, du hast es so gewollt, jetzt schütze mich, verlaß mich nicht!

Sie öffnete die Tür, sie wußte, es war um die Abendmahlzeit, alle würden da sein, trat ein.

Augen, die sie stumm musterten, in denen langsam das Erkennen dämmerte, ein Schweigen, das sich greifen ließ, und in dieses Schweigen hinein ein merkwürdiger Laut, was war es, ein Aufschluchzen? Von wem?

Sie sagte die Worte, die der Bischof ihr aufgetragen hatte: »Ich bin gekommen, um um Verzeihung zu bitten.«

Der Vater stand langsam auf: »Da ist die Tür. Geh und komm nicht zurück!«

Sie ging und dachte: Killena, jetzt habe ich alles erfüllt.

Sehr rasch lief sie nun durch das Dorf, weg sein, ehe die Häuser sich wieder öffnen, die Mahlzeit vorbei ist! Doch am alten Friedhof verweilte sie. Das Grab Waghilds ...

Sie sah den großen Grabhügel an der Stelle von Waghilds Grab, nicht mehr neu. Vor Jahren schon mußte Wolfger seiner Frau gefolgt sein. Beerdigt nach Heidenart, wie er es angekündigt hatte.

»Gisela, mein Kind«, hörte sie leise eine Stimme hinter sich.

Mutter!

Sie drehte sich um. Und dann lag sie in den Armen der Mutter. So

wie damals. Doch heute schob die Mutter sie nicht weg. Heute drückte die Mutter sie fest an sich. Und Gisela fühlte, nicht mehr sie suchte Trost bei der Mutter, sondern die Mutter Trost bei ihr.
»Danke, Gisela, danke, daß du gekommen bist. Damals, als es geschehen war, du warst noch nicht lange weg, vertrieben, was hätte ich darum gegeben, wenn ich dir geholfen hätte, wenn ich dir wenigstens nachgegangen wäre! Jeden Tag habe ich darum gebetet, daß du lebst, jeden Tag habe ich darum gebetet, daß ich noch einmal von dir höre . . .«
Killena, dachte sie, hast du das deshalb von mir verlangt? Damit die Gebete meiner Mutter Erhörung finden?
Da erzählte sie ihrer Mutter alles.
Längst war es dunkel, als sie schließlich zögernd fragte: »Und Arnulf?«
»Er ist zurückgekommen, nach einem Jahr, als Christ. Sein Vater war schon tot. Wolfburg hat dafür gesorgt, daß Wolfger so beerdigt wurde, wie er es gewollt hat. Sein Pferd ist geopfert worden nach den alten heidnischen Bräuchen, und nicht nur Heiden haben an der Totenfeier und dem Totenmahl teilgenommen. Wolfburg schürt mächtig den Widerstand gegen unseren Glauben. Und viele hören auf sie. Aber den Arnulf hat sie nicht wieder auf ihre Seite ziehen können.« Die Mutter schwieg lange, dann fuhr sie mit sehr vorsichtiger Stimme fort: »Arnulf hat inzwischen geheiratet. Er hat einen Sohn.« Arnulf verheiratet.
Der Augenblick, in dem greifbar wurde, was sie schon lange gefühlt hatte: Es ist vorbei.
»Ich wünsche ihm viele Kinder!« sagte Gisela.
Merkwürdig, es tat gar nicht so weh, nicht so sehr.
»Gisela«, begann die Mutter neu, »du mußt verstehen, dein Vater, wir hatten viele Schwierigkeiten deinetwegen, mit Wolfger, mit Graf Matto, nein, ich sage das nicht zum Vorwurf, nur damit du deinen Vater verstehst. Obwohl ich, wenn es nach mir . . .« Sie verstummte.

Gisela faßte nach der Hand ihrer Mutter, drückte sie schweigend.
»Wo gehst du denn jetzt hin, Gisela?«
»Jetzt«, sagte sie ganz fest, »jetzt gehe ich zu meiner kleinen Immina!«

»Warum sprichst du nicht weiter, Gisela?« fragte die Äbtissin.
Gisela fuhr zusammen. »Entschuldigt, die Erinnerung, versteht Ihr. Wo habe ich aufgehört zu erzählen?«
»Bischof Killena hat dir die Beichte abgenommen.«
»Ja. Und dann sagte er: Jetzt geh, meine Tochter. Wir wollen die Nachtvigil beten.
Das ist alles, Immina. Am nächsten Tag bin ich wieder zum Oratorium und habe das Blut gesehen, und Bischof Killena war weg, Diakon Totnan war weg, Pater Colman war weg. Und ihre Bücher und Sachen und heiligen Geräte auch. Aber eine Frau, Burgunda, hatte gesehen, wo man sie begraben hatte. Und da, an der Stelle, wurde noch am gleichen Tag mit dem Bau des herzoglichen Pferdestalls begonnen. Jetzt wißt Ihr alles, was ich weiß, Immina, mehr kann ich Euch nicht sagen.«
Ob der Mönch noch mehr erfahren hat, bevor er starb, Bruder Aed? Es hieß, es sei ein Unfall gewesen, nachts im Dunkel. Ich habe es nie geglaubt . . .
»Aber du mußt doch mehr wissen, Gisela! Wer hat den Befehl gegeben? Und warum? Muß es denn wirklich jemand aus meiner Familie gewesen sein?«
Nach langem Schweigen erst sagte Gisela: »Ich fürchte ja!«
»Aber wer?! Meinst du, das Gerücht stimmt, das ich gehört habe: daß es Herzogin Geilana gewesen ist?«
Nein! wollte Gisela schreien. Nicht die Herzogin!
Sie schwieg. Wußte sie es denn? Konnten nicht die Schmerzen und Ängste, unter denen die Herzogin gelitten hatte, auch das Entsetzen vor ihrer eigenen Schuld gewesen sein? Und doch, sie glaubte es nicht.

Was sollte sie dann glauben?
Herzog Gozbert?
Herzog Heden?
Sträubte sich nicht bei jedem Namen das Gefühl, wollte man nicht bei jedem sagen: Nein, unmöglich!, um dann zögernd hinzuzufügen: Oder vielleicht doch?
Nun waren sie alle tot. Herzogin Geilana, Herzog Gozbert, Herzog Heden. Und sicher auch jener zweite Dienstmann, dessen Namen sie nie erfahren hatte.
Keiner mehr, der die Wahrheit kannte.
Aber nun plötzlich, in diesem Augenblick, begriff sie: Killena würde leben. Und Totnan und Colman. Und – vielleicht – auch Aed. Leben schon vor dem jüngsten Tag in der gläubigen Verehrung.
Immina, die letzte aus dem Geschlecht, das den Tod Killenas und seiner Gefährten befohlen hatte, hatte die Mauer des Schweigens durchbrochen. Und nun, einmal geborsten, würde diese Mauer in sich zusammenfallen wie nichts, und von allen Seiten würden sich die Stimmen derer erheben, die die Männer aus dem fernen Hibernien im stillen als heilige Märtyrer verehrten und nie gewagt hatten, laut von ihnen zu sprechen.
Und sie selber, sie, Gisela, einst eine Bauerntochter, dann eine Magd, jetzt eine Nonne, würde den Anfang machen.
»Hört zu, Immina. Ihr wolltet wissen, warum sie getötet wurden, Killena, Totnan und Colman. Das, glaube ich, kann ich Euch sagen: Sie sind gestorben, weil sie Zeugnis ablegen wollten für das Wort Gottes.«
»Ja«, sagte Immina, »ja, das glaube ich.«
Dann, nach langer Zeit, fügte Immina hinzu: »Aber die Wahrheit, wer sie hat töten lassen, die Wahrheit . . .«
»Die Wahrheit«, erwiderte Gisela, »die Wahrheit weiß nur Gott.«

Namensübersicht

Erin (Irland, latinisiert »Hibernien«):
Aed mac Nechtain: Sohn aus angesehener Sippe, später Mönch im Kloster Iona
Fergus mac Nechtain: sein Bruder, Mönch
Cet mac Conaill: Oberhaupt einer Nachbarsippe
Finda: dessen Tochter
Lugaid mac Colbai: mit Aed gleichaltriger Sohn einer anderen Nachbarsippe
Priester Innell: Lehrer von Aed

Kloster Iona (auf einer kleinen Insel vor der schottischen Küste):
Aed: Mönch aus Erin
Willibert: Mönch aus Northumbrien
Adomnán: Abt von Iona
Killena (Kiliana): Mönch und Bischof aus Erin

Wirziburg (Würzburg im heutigen Franken):
Herzog Gozbert: Herzog über die Mainlande und Thüringen
Herzogin Geilana: seine Gemahlin in zweiter Ehe
Herzog Hruodi, verstorben: Bruder Gozberts und in erster Ehe Gemahl Geilanas
Prinz Heden: Sohn von Herzog Gozbert aus erster Ehe
Prinz Theotbald: Sohn von Herzogin Geilana aus erster Ehe
Baderich: Jugendliebe Geilanas
Prinzessin Theodrada: Verlobte Hedens, Prinzessin aus dem Moselraum, versippt mit dem Hausmeier Pippin
Arohild: Magd der Herzogin
Die Mönche aus Hibernien bzw. Erin:

Bischof Killena
Bruder Aed
Diakon Totnan
Pater Colman
Bruder Tadg

Drei Gefolgsmänner von Herzog Gozbert:

Otwin
Otrich
Gerlach

Nordegar: ein Freund Hedens, Gefolgsmann Pippins
Burgunda: eine Frau in der Nähe Bischof Killenas

Frauenkloster in der Wirziburg, fast dreißig Jahre später:
Immina: Äbtissin, Tochter von Herzog Heden und Herzogin Theodrada
Gisela: Nonne, ehemals Kindsmagd Imminas und zuvor Magd von Herzogin Gailana

Lanchheim (Kleinlangheim, ca. 30km östlich von Würzburg, vor dem Rand des Steigerwaldes gelegen)
Eine christliche Familie:

Giselheri: Hofbauer
Fridburg: seine Frau
Gisela und Gudrun: beider Töchter
Guntheri und Gerold: beider Söhne

Eine heidnische Familie:

Wolfger: Hofbauer
Waghild: seine Frau in zweiter Ehe
Arnulf: sein Sohn aus erster Ehe
Wolfburg: seine Schwester, Priesterin der »Göttin«

Sigiheri: Dienstmann des Herzogs, Meier der Burg auf dem Schwanberg, Verlobter und später Ehemann von Gudrun
Graf Matto: Grundherr, Herr der Eigenkirche zu Lanchheim
Priester Engelbert: Priester der Eigenkirche zu Lanchheim
Hedwig: eine »Hexe«

Wichtige Namen aus dem politischen Umfeld:
Neustrien: westlicher Teil des Frankenreichs
Austrasien: östlicher Teil des Frankenreichs
König Theuderich III.: König des gesamten Frankenreichs, jedoch ein bedeutungsloser »Schattenkönig«, da die Macht in den Händen der Hausmeier lag

Berchar: Hausmeier über das neustrische Teilreich, 687 von Pippin geschlagen
Pippin: austrasischer Großer aus dem Haus der Arnulfinger, später Hausmeier des gesamten fränkischen Reichs (historisch bekannt als *»Pippin der Mittlere«*)
König Redbad: König der Friesen (historisch bekannt als *»Radbod«*)

Die Personen des »politischen Umfelds« sind historisch verbürgt, ebenso ein Teil der anderen Personen; einige sind jedoch auch frei oder entsprechend archäologischer Ergebnisse erfunden. Hinweise hierzu finden sich in den Anmerkungen sowie in dem Nachwort von Klaus Wittstadt.

Anmerkungen

1. Zeitliche Einordnung des Romans

Die Handlung spielt im ausgehenden 7. Jahrhundert, einer Zeit, die als »späte Merowingerzeit« bezeichnet wird. Sie ist charakterisiert durch den Niedergang der Macht des fränkischen Königshauses der Merowinger. Mit dem Hausmeieramt Pippins des Mittleren (eines Ahnen Karls des Großen) über das gesamte Frankenreich begann der Aufstieg der späten Karolinger. Wesentliche Daten der Handlung sind die Schlacht bei Tertry sur Somme im Jahre 687, durch die Pippin die Macht errang, und die Ermordung Killenas und seiner Gefährten um das Jahr 689.

2. Historisch verbürgte Personen der Handlung

Mehrere schriftliche Quellen bezeugen das Martyrium Killenas, der bekannt ist und verehrt wird als St. Kilian – siehe das Nachwort von Klaus Wittstadt.

Die Personen aus Irland sind, soweit sie sich auf die Jugend von Aed beziehen, erfunden. Aed und Tadg sind Namen von im Martyrolog des Klosters Tallaght genannten Mitmärtyrern des heiligen Kilian. In der »passio minor«, der Leidensgeschichte des heiligen Kilian, heißen die Gefährten, die mit St. Kilian ermordet werden, Totnan und Colonat (dem der irische Name »Colman« entspricht.)

Abt Adomnán ist als Abt des Klosters Iona und als Verfasser u.a. der Vita des heiligen Columban bekannt.

Herzog Gozbert, seine Gemahlin Geilana und sein Sohn Heden (auch »Hetan«) sowie dessen Gemahlin Theodrada und Tochter Immina sind – wie im Nachwort ausgeführt – durch schriftliche Quellen überliefert, ebenso ein Theotbald, von dem jedoch unklar bleibt, ob er mit dem Herzogshaus der »Hedene« verwandt war, und wenn ja, wie. Auch daß Heden nicht der leibliche Sohn Geilanas war, sondern, wie von mir angenommen, ihr Stiefsohn, ist nicht belegt.

Denkbar, aber nicht nachgewiesen, ist es, daß Geilana aus einem thüringischen Adelsgeschlecht stammte, auch gibt es keinerlei Nachweis für die

von mir dargestellten politischen Ambitionen Geilanas. Doch sind die in Geilana dargestellten politischen Spannungen der Zeit nicht aus der Luft gegriffen, und aus der Geschichte des merowingischen Königshauses verfügen wir über Beispiele von politischem Handeln von Frauen (das oft nicht weniger machtorientiert – und gnadenlos – war als das der Männer). Strittig unter Historikern bleibt die Herkunft von Theodrada, der urkundlich erwähnten Gemahlin Hedens; ihre Verwandtschaft mit Pippins Gemahlin Plektrudis ist jedoch eine häufig diskutierte Möglichkeit.
Frei erfunden habe ich Geilanas Jugendfreund Baderich.
Otwin, Otrich und Gerlach sind Namen, die aus dem Urkundenmaterial des 8./9. Jahrhunderts für das Mainland bekannt sind – als Gefolgsmänner und Mörder Herzog Gozberts sind sie erfunden; doch berichtet die »Passio minor«, Gozbert sei von seinen Dienern mit dem Schwert getötet worden.

Historisch überliefert sind die Namen und die Geschichte der thüringischen Königsfamilie, die im Roman Geilana ihrem Sohn Theotbald erzählt. Die »Klagelieder der Radegunde«, vermutlich verfaßt von Radegundes Freund Venantius Fortunatus, sind ein erschütterndes Dokument ihres Schicksals.

Erfunden habe ich alle Personen aus Lanchheim (dem heutigen Kleinlangheim), jedoch nicht willkürlich.
Das Geschlecht der »Mattonen«, ein bedeutendes Adelsgeschlecht des frühen Mittelalters mit weitgestreuten Besitzungen, hatte in Lanchheim Grundbesitz. Nach Alfred Wendehorst (mündliche Mitteilung) darf vermutet werden, daß die Mattonen die Kirche von Lanchheim als Eigenkirche besaßen. Der Name und Titel des Grundherren im ausgehenden 7. Jahrhundert ist jedoch nicht überliefert.
Die weiteren Personen aus Lanchheim sind entsprechend den von Christian Pescheck erarbeiteten archäologischen Ausgrabungsergebnissen des Reihengräberfriedhofs von Kleinlangheim erfunden (hierzu z.B. Christian Pescheck: Zum Beginn des Christentums in Nordbayern. In: Bayerische Vorgeschichtsblätter 51, 1986). Die besondere Bedeutung dieser Ausgrabung liegt darin, daß durch sie das gleichzeitige Nebeneinander von Christentum und Heidentum in Nordbayern archäologisch faßbar wurde. Bezogen auf das Heidentum schreibt Pescheck: »Die Vergrabung enthaupteter

Pferde, einer Wölfin, von Schaf und Ziege etc. geben weitere Einblicke in Totenrituale des frühmittelalterlichen Heidentums. Ohne daß ihre Bedeutung in allen Einzelheiten schon jetzt geklärt ist, zeigen die Spuren solchen Brauchtums an, daß neben der Totenverbrennung offenbar auch andere heidnische Rituale ausgeübt wurden.« (a.a.O., S. 223). Besonders bemerkenswert ist, daß an diesem gleichen Ort, an dem sich solche Manifestationen des Heidentums nachweisen lassen, zugleich eine frühe christliche Kirche existierte: Nach archäologischer Erkenntnis bestand die erste Kirche von Kleinlangheim, ein kleiner Holzbau, bereits seit der Mitte des 7. Jahrhunderts (Christian Pescheck: Frühchristlicher Sakralbau in Mainfranken. Wegweiser zu vor- und frühgeschichtlichen Stätten Mainfrankens, Heft 7, 1989).

Die christliche Hofbauernfamilie, aus der Gisela stammt, ist in den Nachfahren der Familie aus dem von Pescheck so benannten »Areal I« zu suchen, die auf dem Reihengräberfriedhof durch die Gräber mit den reichsten Beigaben gekennzeichnet ist. Diese Gräber brechen vor Mitte des 7. Jahrhunderts ab, ihre Nachfolger vermutet Pescheck auf dem beigabenlosen christlichen Friedhof bei der Kirche: ein deutlicher Hinweis auf das christliche Bekenntnis der Familie – führte doch das Christentum zu einer allmählichen Aufgabe der alten Sitte, die Toten mit ihrem persönlichen Besitz ausgestattet zu begraben.

Die Familie Wolfgers ist entsprechend den Ausgrabungsergebnissen der Familie aus dem »Areal III« erdichtet. Deren heidnisches Bekenntnis darf beispielsweise aus den mehrfach nachgewiesenen Pferdebestattungen und dem (als heidnisch interpretierbaren) Grabhügel über den Gräbern 108 und 20 erschlossen werden. 108 ist das Grab eines im Alter von 30-40 Jahren verstorbenen wohlhabenden Mannes, der mit seinem Pferd benachbart bestattet wurde. Grab 20, das Grab einer jungen Frau, fasziniert besonders durch das Nebeneinander von Schmuck mit christlicher Symbolik und von heidnischen Amuletten – es wurde zum Ausgangspunkt für die Geschichte der Waghild.

3. Wirziburg und der Schwanberg

Wirziburg, das heutige Würzburg, erscheint nicht nur durch die »passio minor«, sondern auch bereits durch eine im Jahr 704 dort ausgestellte Urkunde als befestigter herzoglicher Herrschaftssitz und Verwaltungsmittelpunkt. Während somit an der Bedeutung Wirziburgs kein Zweifel besteht, ist es aufgrund der nur spärlichen archäologischen Quellenlage schwierig, sich ein genaues Bild von dem Aussehen dieses »Castellum Wirciburc« zu machen. So wird beispielsweise diskutiert, ob die »Residenz« der Herzöge in der Höhenburg auf dem heutigen Marienberg zu suchen ist oder ob die Burg vorrangig Verteidigungszwecken diente und die Herzöge gewöhnlich in der befestigten Talsiedlung zu Füßen der Burg residierten (dem »Herzogshof« meiner Erzählung). Auf der gegenüberliegenden Flußseite hat nach gegenwärtigem Erkenntnisstand ein mehrgliedriger Siedlungsbereich bestanden, mit einer Kernsiedlung auf dem flachen, sich aus wasserführenden und sumpfigen Niederungen erhebenden Hügel. So können denn meine Schilderungen von Wirziburg nicht den Anspruch der genauen Wiedergabe von Tatsachen erheben – sie sind der Versuch, aus einigen Puzzleteilen ein vorstellbares Bild zu gewinnen. Zur Information hierüber sei auf den Beitrag von Ludwig Wamser im unten angegebenen Aufsatzband »Kilian – Mönch aus Irland« verwiesen.

Ähnliches ist zu meiner Beschreibung der Burg auf dem Schwanberg zu sagen, die auf dem Bergsporn des heutigen »Iphöfer Knuck« gelegen war. Durch Grabungen an den Wallanlagen und durch Einzelfunde beispielsweise von Schmuckstücken und Teilen eiserner Gerätschaften ist sie als merowingerzeitliche Bergstation ausgewiesen, doch müssen Aussehen und genaue Art der Nutzung gegenwärtig noch offenbleiben – die deutende Phantasie geht über das Nachweisbare hinaus. (Siehe hierzu: Ludwig Wamser: Zur Bedeutung des Schwanbergs im frühen und hohen Mittelalter. In: Festschrift für Peter Endrich: Aus Frankens Frühzeit. Würzburg 1986. Mainfränkische Studien 37.)

4. Angaben zur Zitierweise

Ohne besondere Kennzeichnung wurden in den Roman gelegentlich wörtliche Zitate eingeflochten, seien es Stellen aus der Bibel, aus altirischen Gebeten oder Hymnen oder aus der Mönchsregel, der Klosterregel oder den geistlichen Ansprachen des heiligen Columbanus.

Die lateinischen Bibelzitate sind der Vulgata entnommen, die deutschen einer Bibelausgabe nach der Übersetzung Martin Luthers (beides Württembergische Bibelanstalt, Stuttgart).

Die weiteren Stellen wurden nach folgenden Werken zitiert:
Ludwig Bieler: Irland. Wegbereiter des Mittelalters. Olten-Lausanne-Freiburg i. Br. 1961.
Ernst Knoll: Croagh Patrick. Der heilige Berg der Grünen Insel. In: Würzburger Diözesan-Geschichtsblätter, 51. Band, Würzburg 1989.
Paul-Werner Scheele: Die Stimme der Iren. Würzburg 1989.
Paul-Werner Scheele: Motive altirischer Spiritualität in der Passio Kiliani. In: Würzburger Diözesan-Geschichtsblätter, 51. Band, Würzburg 1989.

Bei dem in Kapitel 1 von Aed vorgetragenen Lied handelt es sich um meine freie Nachdichtung eines Liedes aus der »Táin bó Cúalgne« nach der Übersetzung von Ernst Windisch (Leipzig 1905). Die der Übersetzung zugrundeliegende Handschrift dieser altirischen Heldensage vom Rinderraub von Cooley, das »Buch von Leinster«, wurde im 12. Jahrhundert niedergeschrieben, die Geschehnisse, von denen die Sage berichtet, stammen jedoch aus Irlands vorchristlicher Vergangenheit.
Nach Windisch wurde die Sage zunächst in den irisch-keltischen Dichterschulen ausgebildet und gepflegt, über Jahrhunderte mündlich tradiert und seit dem 6. und 7. Jahrhundert in einem Nebeneinander von mündlicher und schriftlicher Überlieferung bewahrt und weiterentwickelt. Die Forschung geht auch heute davon aus, daß verschollene schriftliche Fassungen der Sage bis ins 7. Jahrhundert zurückreichen (vgl. Michael Richter: Irland im Mittelalter. Stuttgart 1983).
Auch wenn im 7. Jahrhundert das in den Roman eingeflochtene Lied noch nicht, oder nicht in der heute nachlesbaren Form, existiert haben mag – es wirft ein Licht auf Irlands archaische Kultur, auf das Erbe des »heroischen Zeitalters«.

5. Literaturhinweise
Für den, der sich mit dem im Roman angeschnittenen Themenkreis näher befassen möchte, seien als Einstieg einige neuere Veröffentlichungen genannt:
Reiner Butzen: Die Merowinger östlich des mittleren Rheins. Würzburg 1987. Mainfränkische Studien 38.
Johannes Erichsen (Hrsg.): Kilian, Mönch aus Irland, aller Franken Patron. Aufsätze. München 1989.

Peter Kolb & Ernst-Günter Krenig (Hrsg.): Unterfränkische Geschichte. Bd. I. Würzburg 1989..
Heinz Löwe (Hrsg.): Irland und Europa im frühen Mittelalter. 2 Bde. Stuttgart 1982.
Klaus Wittstadt: St. Kilian. Leben – Martyrium – Wirkung. Würzburg, 1984.

6. Danksagung

Mein herzlicher Dank für großzügig gewährte wissenschaftliche Unterstützung, sei es durch kritisches Lesen meines Manuskripts oder einzelner Kapitel, durch Einsichtgewähren in noch unpublizierte Arbeitsergebnisse, durch wertvolle Hinweise oder durch die fachkundige Beantwortung meiner Fragen, gilt:
Frau Dr. Ursula Koch, Herrn Prof. Dr. Christian Pescheck, Herrn Prof. Dr. Michael Richter, Herrn Prof. Dr. Alfred Wendehorst und Herrn Prof. Dr. Dr. Klaus Wittstadt.
Ferner möchte ich herzlich denen danken, die immer zu Gesprächen über meinen Text, zu freundschaftlicher und kritischer Begleitung bereit waren.

Gabriele Beyerlein

Kilian und seine Gefährten

1. Das irische Mönchtum als geistiges und geistliches Umfeld Kilians

Obwohl von Kilian und seinen Gefährten keinerlei biographische Daten bekannt sind, können wir auf indirektem Wege doch sehr nahe an diese herankommen, da wir das irische Mönchtum und seine Strukturen genau kennen.

Das anschaulichste Bild des Mönchs- und Klosterlebens in Irland ist uns in der Regel überliefert, die der irische Mönch, Missionar und Klostergründer Columban der Jüngere niedergeschrieben hat. Diese Regel bildete die Grundlage der Gemeinschaft der Mönche. Sie trugen die keltische Tonsur, die sogenannte Tonsura Sancti Johannis, die von Ohr zu Ohr reichte. Das Haar des Vorderkopfes war geschnitten, während der Hinterkopf behaart blieb. Im Gegensatz dazu stand die auf dem Kontinent übliche Tonsur, die sogenannte Tonsura Sancti Petri, auf der Mitte des Kopfes. Die Kleidung der Mönche bestand aus einem Untergewand, der Tunika, und einem Mantel, der Cuculla; bei der Arbeit im Freien und auf Reisen wurden Sandalen getragen.

Die Zeit, die nicht durch Gebet und Gottesdienst ausgefüllt war, war dem Studium gewidmet: An erster Stelle stand dabei die Beschäftigung mit der Heiligen Schrift.

Wie bereits Columban der Ältere (521-597) verband auch Columban der Jüngere (gest. 615) Seelsorge und Mission mit der freiwilligen Askese im Exil. Ihre Schüler und Nachfolger gingen diesen Weg konsequent weiter. Auch Kilian und seine Gefährten, Kolonat und Totnan, die um das Jahr 689 bei Würzburg das Martyrium erlitten, gehörten zu den Nachfolgern Columbans. Es ist durchaus möglich, daß Kilian seine Ausbildung in einem der irischen Klöster erhielt: etwa in Bangor, Monasterboice oder Armagh. Als eigentliche geistige Heimat Kilians, der um 650 vermutlich in Mullagh im Bistum Kilmore geboren wurde, gilt aber das Kloster Hy/Iona.

Um 685 trat Kilian mit seinen Gefährten die Fahrt über das Meer zum Kontinent an. Der Legende nach soll er in Lauragh im äußersten Südwesten Irlands aufgebrochen sein. Grundlegend für diese Reise war die geistig-geistliche Haltung der irischen Mönche. Für sie spielte die »Peregrinatio pro Christo« (= Pilgerfahrt in die Fremde für Christus) oder die »Peregrinatio religiosa« (= religiöse Pilgerfahrt in die Fremde) eine zentrale Rolle. Der Welt ein Fremder zu werden war von Anfang an ein erklärtes Ziel des Mönchtums. Die Abkehr von der Welt war gleichbedeutend mit der Hinwendung zur himmlischen Heimat. Für die Mönche war die »Peregrinatio« die höchste Form der Askese. Wie Abraham zogen sie »in ein fremdes Land«. Im Abraham-Wort sahen sie drei für jeden Mönch notwendige Entsagungen ausgedrückt: körperlich die Loslösung vom Reichtum, moralisch die Absage an die Begierden des Fleisches und endlich die Erhebung des Geistes vom Gegenwärtigen und Sichtbaren zum Unsichtbaren und Ewigen.

Die Forderung, wie Abraham die Heimat zu verlassen und in die Fremde zu gehen, wurde von vielen irischen Mönchen gehört. Die freiwillige »Peregrinatio« bedeutete ein Leben bei fremden Völkern, denen die Missionare das Heil bringen sollten; fänden sie die Herzen allerdings verhärtet, sollten sie zu anderen Völkern weiterziehen.

Die asketische Forderung, fern von zu Hause bei fremden Völkern zu leben, wurde also mit einem positiven Auftrag verbunden: nämlich für das Heil dieser Völker tätig zu werden im Sinne des evangelischen Gebotes: » . . . lehret alle Völker!« (Mt 28,19).

Für die »Peregrinatio« ergab sich damit ein klarer Verhaltensmaßstab: Ein Verbleiben an einem Ort hing von den geistlichen Wirkmöglichkeiten ab. Jeder Schritt zurück in Richtung Heimat war als Minderung der »Peregrinatio« aufzufassen. Das Wort Christi, nicht zurückzuschauen, begründete schon seit langem in der Mönchsaskese das lebenslängliche Durchhalten.

Die Missionsarbeit der Iren war allerdings weitgehend unsystematisch: Sie säten nur, die Ernte brachten andere ein.

2. Mainfranken zur Zeit Kilians

Im Jahr 531 schlugen die fränkischen Könige (die Söhne Chlodwigs) die Thüringer bei Burgscheidungen links der Unstrut. Dieser Sieg bedeutete das Ende eines selbständigen Thüringerreiches und brachte eine grundlegende Umgestaltung der Machtverhältnisse im Innern Deutschlands mit sich. Thüringen geriet in Abhängigkeit vom Frankenreich. Südthüringen und damit das ganze Würzburger Gebiet kam an die Franken, während Nordthüringen den Sachsen anheimfiel. Mit der Eingliederung Thüringens

in das fränkische Reich war die entscheidende Voraussetzung für die Ausbreitung der fränkischen Macht nach Osten gegeben.
Im 6. Jahrhundert begann eine fränkische Siedlungswelle in Richtung Osten, die ihren Ausgang im Gebiet um Worms nahm und sich bis zum mittleren Main hin erstreckte. Auf diese folgte dann im 7. und 8. Jahrhundert eine systematische Kolonisierung über den Rhein hinweg nach Osten. Dabei stießen die Franken zwischen Rhein und Main und darüber hinaus auf Alamannen und Thüringer, auf urgermanische, noch vorthüringische, Bevölkerung, auf Reste der vor den Germanen hier seßhaften Kelten und im Osten auf die slawischen Wenden. Dieses Völkergemisch siedelte auch östlich des Mains bis hinein ins Fichtelgebirge und in den Böhmerwald.
Anfang des 7. Jahrhunderts kam es im Osten zu einer ersten slawischen Reichsbildung unter Samo. Dessen Konflikt mit den Merowingern führte dazu, daß der fränkische König Dagobert I. nach 630 Radulf, der vermutlich westfränkischem Adel entstammte, als Amtsherzog in Thüringen einsetzte. Strittig ist, ob Radulf nur für Thüringen oder zugleich auch für den würzburgisch-mainfränkischen Raum zuständig gewesen ist.
Über Herzöge in Würzburg berichtet die »Passio minor«, die älteste überlieferte Leidensgeschichte Kilians. Danach sollen in direkter Geschlechterfolge Hruodi (der gelegentlich mit Radulf gleichgesetzt wird), Hetan I., Gozbert und Hetan II. Herzöge gewesen sein. Unter Gozbert kamen Kilian, Kolonat und Totnan nach Würzburg; hier erlitten sie 689 das Martyrium.
Auch wenn die genaue Herkunft Hruodis offenbleiben muß, wird man »mit der Vermutung, Hruodi sei Franke gewesen, nicht fehlgehen« (K. Lindner). Der Sinn der Errichtung des Würzburger Herzogtums kann darin gesehen werden, daß dieses von der fränkischen Zentralgewalt beauftragt war, »die Möglichkeiten für eine systematische politische Erfassung und Durchdringung der östlichen Gebiete des Merowingerreiches zu schaffen« (K. Lindner).
Gozberts Sohn und Nachfolger Hetan II. ist urkundlich belegt für die Jahre 704 und 716, als er Thüringer Besitz bzw. Güter um Hammelburg an den heiligen Willibrord schenkte, die schließlich an das Kloster Echternach gefallen sind. Erwähnt werden dabei Hetans II. Ehefrau Theodrada und sein nicht zur Regierung gekommener Sohn Thuring. Nach der Lebensbeschreibung des ersten Würzburger Bischofs Burkhard (742-753) war auch die heilige Immina, die ihr Würzburger Kloster gegen eines in Karlburg

eingetauscht hat, Tochter von Hetan II. Das Herzogtum der Hetan-Familie scheint jedoch im Jahr 719, bei der Ankunft des heiligen Bonifatius, bereits erloschen gewesen zu sein. Nach der Schilderung der Leidensgeschichte Kilians wurde Hetan, nach der Lebensbeschreibung des heiligen Bonifatius wurden die »thüringischen« Herzöge Hetan und Theotbald von ihren Gefolgsleuten gestürzt.

Das Christentum war vermutlich bereits vor Kilians Auftreten mit der fränkischen Kolonisation nach Ostfranken gelangt. Die Verstärkung des fränkischen Einflusses in Thüringen dürfte ihren Niederschlag auch »in den ersten Ansätzen zu einer Verbreitung des christlichen Glaubens gefunden haben« (M. Werner).

Kilian wuchs im Verlauf der karolingischen Geschichte mehr und mehr aus der lokalen Bedeutung heraus und wurde zu einem der bekanntesten Heiligen; er wurde vom Würzburger Lokalmärtyrer zu einem »Heilbringer des fränkischen Reichsvolkes« (J. Dienemann). Direkt nach dem Martyrium war es allerdings um den iroschottischen Wanderbischof zunächst wieder still geworden. Erst mit der Erhebung seiner Gebeine im Jahre 752 durch Burkard, der 742 durch Bonifatius als erster Bischof von Würzburg eingesetzt worden war, wurde Kilian zum sichtbaren Schutzherren über die mittlerweile im Osten entstandene, für die Zukunft so vielversprechende neue königliche Machtbasis. Im Jahre 788 wurden dann in Gegenwart Karls des Großen die Gebeine Kilians und seiner Gefährten aus der alten Rundkirche auf dem Würzburger Marienberg, der Kathedrale Burkards, in den Salvatordom, der über der Fundstelle der Gebeine der Märtyrer errichtet worden war, überführt. Damit begann der offizielle Kult des Frankenapostels Kilian, der der erste Heilige des fränkischen Reichsgebietes rechts desRheins war

3. Die irischen Missionare in Würzburg nach dem Bericht der »Passio minor«

Zwei handschriftlich gut bezeugte Passiones (= Leidensgeschichten) geben über das Wirken und das Martyrium Kilians Auskunft: Die ältere und kürzere, die »Passio minor« (= kürzere Leidensgeschichte), stammt etwa aus der Mitte des 8. Jahrhunderts, die umfangreichere wurde etwa 100 Jahre später geschrieben. Bei der Interpretation der Passio ist zu berücksichtigen, daß der Zweck hagiographischer Quellen (= Heiligengeschichten) eben nicht Geschichtsschreibung im eigentlichen, unmittelbaren Sinn ist, sondern die Darstellung vorbildhafter Persönlichkeiten aus der Sicht und im Interessengeflecht späterer Generationen. Die Themen, die in der »Passio minor« angesprochen werden, vermitteln ein anschauliches Bild über die Gedanken ihres Verfassers, der wohl aus dem geistlichen Stand stammte.

a. Romreise

In der »Passio minor« reisen Kilian und seine Gefährten nach Rom, um die Erlaubnis des Papstes zur Verkündigung zu erbitten, werden vom Papst empfangen und erhalten von ihm die Vollmacht zu predigen.

Die Romreise Kilians ist allerdings »eher als Rückprojektion bonifatianisch-angelsächsischer Romverbundenheit denn als Tatsache zu werten, zumal sie nicht Bestandteil des ursprünglichen Textes gewesen, sondern späterer Einschub zu sein scheint« (A. Wendehorst). Sie soll Kilians Ehrfurcht vor dem Papst und seine Verbindung zu Rom unterstreichen.

b. Bekehrung und Taufe

Über die Art der Predigt Kilians und ihre Wirkung geben die Quellen keine Auskunft. Überlegungen, ob Kilian sich lediglich der Vertiefung eines bereits vorhandenen Christentums widmete oder ob er als erster der Bevölkerung Mainfrankens das Evangelium predigte, führen nicht weiter. Wie bereits gesagt, waren vermutlich Elemente frühen Christentums schon vor Kilian in Mainfranken vorhanden.

Der Adel soll bereits vor dem Ende des 7. Jahrhunderts christlich gewesen sein, wobei die Spuren frühen Christentums sehr dürftig sind. Obwohl die Passio minor die Herzogsfamilie als heidnisch bezeichnet, war sie zweifellos getauft.

Neben dem Motiv der Heimatlosigkeit um Christi willen war für die Frankenapostel ein weiterer Beweggrund, möglichst viele Menschen zum Christentum zu bekehren und zu taufen. Daß sich Kilian auch Würzburg als Betätigungsfeld aussuchte erklärt der Verfasser der Passio minor, indem er im vierten Kapitel Kilian folgende Worte in den Mund legt: »Brüder, ihr seht den herrlichen Ort und die uns angenehmen Menschen.« An diesen Menschen wollten die Frankenapostel in radikaler Weise den Auftrag des Herrn erfüllen: »Geht zu allen Völkern und macht alle Menschen zu meinen

Jüngern, indem ihr sie tauft auf den Namen des Vaters und des Sohnes und des Heiligen Geistes« (Mt 28,19).
Die nach der »Passio minor« erfolgte Taufe Herzog Gozberts entschied nach deren Bericht auch über die Religionszugehörigkeit der Untertanen. »Denn vom Fürsten, (als der Spitze eines Personenverbandes), nahm die Christianisierung den (Weg von oben nach unten) und vollzog sich weniger individuell als vielmehr korporativ. Eine solche Taufe mußte infolgedessen als der entscheidende und auch bekrönende Akt in der Missionierung eines Volkes erscheinen« (A. Angenendt). Die Taufe war demnach keine Entscheidung eines einzelnen. Dieses frühmittelalterliche Verständnis der Taufe war weit entfernt von der frühchristlichen Auffassung, die der heilige Paulus mit seiner Antwort auf die Frage: »Wie tritt der einzelne in die Gemeinschaft mit Christus, um so durch ihn und in ihm das göttliche Leben und die göttliche Herrlichkeit zu gewinnen?« beschreibt: »Durch den Glauben und die Taufe.« Für die Germanen bedeutete die Taufe dagegen nicht den Abschluß, sondern stets den Anfang der Mission.

c. Die Eheauffassung der Kirche zur Zeit Kilians

Der Anlaß für das Martyrium Kilians war nach dem Bericht der »Passio minor« sein Widerstand gegen die Ehe Herzog Gozberts mit seiner Schwägerin Gailana, die gegen das damalige Kirchenrecht verstieß. Dies erscheint nicht völlig unglaubwürdig, wenn man bedenkt, daß sich noch aus dem Briefwechsel des heiligen Bonifatius die Schwierigkeiten erkennen lassen, die sich aus der Unvereinbarkeit der Forderungen der Kirche mit einer offenbar weitverbreiteten Ehepraxis ergaben. Bei der gesamten Germanenmission waren so die Vorschriften über das Schließen und die Auflösung der Ehe wichtige Fragen.
So ist in der Konfrontation Kilians mit dem Herzog »kein prinzipieller Gegensatz zum Christentum mehr zu erblicken oder eine Abneigung gegen die iroschottische Ausprägung christlicher Formen, sondern weit eher eine Folge des Aufeinanderprallens der christlichen ethischen Forderungen mit den Anschauungen einer ungestümen Zeit« (H. Büttner). Nach der »Passio minor« hatte Gozbert, einer alten Sitte folgend, die Frau seines Bruders geheiratet. Der allgemeinen fränkischen Überlieferung nach war diese verwitwet.
Die damalige kirchliche Eheauffassung ist aus den Gesetzen des Alten

Testamentes zu verstehen. Nach jüdischem Recht war die Ehe mit der Frau des Bruders verboten, allerdings gab es die sogenannte Leviratsehe (= Schwagerehe). Starb der Bruder, ohne Kinder zu hinterlassen, so mußte der Schwager die kinderlose Witwe seines Bruders heiraten, um demselben Nachkommen zu geben (nach Deuteronomium = 5. Buch Mose 25,5-10).
Die katholische Kirche hat diese Vorschrift nie in das Kirchenrecht übernommen. Für sie war die Schwagerschaft ein trennendes Ehehindernis, wobei man sich auf das Alte Testament berief: »Mit der Frau deines Bruders darfst du nicht verkehren, sie ist deines Bruders Fleisch« (Leviticus = 3. Buch Mose 18,16) und »Wenn jemand die Frau seines Bruders nimmt, so ist dies Blutschande. Er hat sie entehrt, sie sollen kinderlos sterben« (Lev 20, 21).
Die Ehegeschichte der »Passio minor« zeigt, daß die Frage nach den Vorschriften über die Eingehung und Auflösung der Ehe von großer Bedeutung war. Dabei ging es vor allem um das Bemühen der Kirche, bei Römern und Germanen eine höhere Auffassung von der Ehe durchzusetzen und dem Ideal der unauflöslichen Einehe näherzukommen. Besonders häufig mußten sich dabei die Missionare dafür einsetzen, daß das Ehehindernis der Blutsverwandtschaft und Verschwägerung beachtet wurde. Die sittlichen Forderungen, die damit erhoben wurden, waren strenger als die Auffassungen der Germanen und griffen damit entscheidend in das menschliche Leben ein. Es ist so kein Zufall, daß Kilian gerade über die Ehefrage mit dem Herzogspaar in Konflikt geriet.
Nach dem Theologen und Schriftsteller Rhabanus Maurus (gest. 856) erlitt Kilian sein Martyrium »ob veritatis confessionem« (wegen des Bekenntnisses der Wahrheit).
Schon der Kirchenlehrer Gregor der Große (590-604 Papst) hatte für ein solches Martyrium auf Johannes den Täufer hingewiesen, denn Christus hat gesprochen: Ich bin die Wahrheit, und Johannes ist für die Wahrheit gestorben. Wie Josef Schreiner ausführt, spielte es für Johannes den Täufer, als er gegen die Ehe des Herodes Antipas mit Herodias, der Frau seines Bruders, Einspruch erhob, keine Rolle, ob die frühere Ehe der Herodias rechtmäßig gelöst war oder nicht. Es kam ihm nur darauf an, daß Herodias die Frau des Bruders war. Er trat damit für eine strenge Auffassung der Gesetze ein.

d. Martyrium

Der Verfasser der »Passio minor« läßt Kilian kurz vor dem Martyrium sagen: »Meine geistlichen Söhne! Nunmehr ist der längst ersehnte Tag da. Gehet mit mir in den geistlichen Kampf, ohne Furcht, ohne Zittern, gemäß dem Wort des Herrn: ›Fürchtet nicht diejenigen, die zwar den Leib töten, die Seele aber nicht töten können‹ (Mt 10,28). Nach diesen Worten wurden alle in gleicher Weise enthauptet und mit dem Martyrium gekrönt.«

Im Vergleich zum direkten Zeugnis der Märtyrer der frühen Christenheit für Christus geht es bei Kilian um eine sittliche Forderung der Kirche Christi, die jedoch nach der damaligen Auslegung der Schriftstelle über Johannes den Täufer auf einem ausdrücklichen Gebot Gottes beruhte. Das Recht der Kirche wurde als Gottesrecht empfunden, und Kilian wurde zum Märtyrer für das Gottesrecht, wie es durch die Kirche repräsentiert und interpretiert wurde. Sein Tod war ein Tod für den christlichen Glauben und das christliche Sittengesetz.

e. Gottesgericht

Die Strafen, welche die Verfolger der Frankenapostel am Ende der »Passio minor« als Gottesgericht treffen, sollen Kilian und seinen Tod verklären. Da beim Gottesgericht des Mittelalters der himmlische Richter persönlich eingreift, läßt auch in der »Passio minor« Gott selbst den Mörder in Raserei verfallen: Von Gailana ergriff ein böser Geist Besitz, Gozbert wurde von seinen Dienern mit dem Schwert erschlagen, und sein Sohn Hetan wurde vertrieben. Alle, die direkt oder indirekt mit der Ermordung der Frankenapostel zu tun hatten, wurden von Gott bestraft.

Gott erscheint als der Hüter des Rechts; er duldet nicht, daß in einem irdischen Rechtsstreit der Schuldige ungestraft davonkommt. So ist der böse Geist, der in Gailana fährt, ein himmlisches Zeichen: »Gott rächt machtvoll seine Diener.« Daß in der »Passio minor« ein Untertan auf das Gottesurteil hinweist, zeigt, wie sehr dieses im Volksbewußtsein verankert war.

4. Die Kiliansverehrung

Unter dem Begriff Kiliansverehrung soll im weitesten Wortsinn die Wirkungsgeschichte verstanden werden, die ihren Ausgangspunkt im Leben und Martyrium des Frankenapostels nahm und ihren Niederschlag in

Brauchtum, Patrozinien (= Zuordnungen zu einem Schutzheiligen) und in vielen bildlichen Darstellungen fand.
Kilian wurde der Schutzheilige der Würzburgischen Kirche. Vom Würzburger Dom aus fand Kilian als Schutzheiliger seinen Weg zu den Landkirchen. Bereits zur Zeit der Karolinger wuchs er so aus seiner lokalen Bedeutung heraus und wurde zu einem der bekanntesten Heiligen der fränkischen Kirche.
Die Gebeine Kilians sind von 800 bis 855 im ersten Würzburger Dom, dem Salvatordom, bezeugt; beim Brand von 855 wurden sie gerettet. »Während der Bauarbeiten trug man sie, wunderwirkend, durch das Diözesangebiet ... Etwa im Jahre 890 weihte Bischof Arno den neuen Dom ein, wobei sich bei den Reliquien verschiedene Wunderzeichen ereignet haben sollen ... Was sich schon vor dem Dombrand allmählich abgezeichnet hatte, tritt beim neuen Dom deutlich in Erscheinung: das Kilianspatrozinium hat den Salvatortitel (= Christus als Heilsbringer) verdrängt« (H. Dünninger).
Seit der zweiten Hälfte des 8. Jahrhunderts ist das Fest Kilians der »fränkisch-würzburgische Volksfeiertag« schlechthin. Damals wie heute besaß und besitzt dieser Volksfeiertag einen großen Stellenwert im Leben der gläubigen Bevölkerung. Den Brauch der Pfarrei-Prozessionen zum Grab des Märtyrers führt der fränkische Chronist Lorenz Fries auf die Zeit der Bistumsgründung zurück. Nach ihm lud schon im Jahre 994 Bischof Bernward deutsche Fürsten nach Würzburg ein, damit sie »das Heiligtum daselbst sehen«.
Hans Dünninger hat zur Entwicklung des Kiliansfestes bis zum 15. Jahrhundert folgende Perspektiven herausgestellt: »Wunderheilungen am Grabe Kilians vor und teilweise auch nach der Elevation (= Erhebung der Gebeine), pfarrechtliche Prozessionen zum Dom am Kirchweihtag, Pfingsten und – erst vom ausgehenden 19. Jahrhundert an greifbar – auch an Kiliani, Kilianstag als Sühnetermin (neben Ostern, Pfingsten und Weihnachten) 1202, offensichtlicher Rückgang des Kilianskultes in der ersten Hälfte des 13. Jahrhunderts, Wiederaufblühen vielleicht im Anschluß an die Schlacht bei Kitzingen und die anderen ›sub vexilla Killiani‹ (= unter dem Kiliansbanner) erfochtenen Siege, Aufkommen der Kiliansprozession in Würzburg unter dem Einfluß der Cyriakusprozessionen, die den liturgischen Prozessionen (Markus-Bittwoche) gleichgesetzt wird. Wir sehen also alle Momente, die eine Wallfahrt ausmachen, sind vorhanden, und trotzdem können wir

noch nicht recht von einer Kiliani-Wallfahrt reden: Die auswärtigen Prozessionen werden noch nicht deutlich genug am eigentlichen Zentrum, dem Grab St. Kilians greifbar; wir ahnen nur, daß sie dorthin gehen, wissen es aber noch nicht mit Sicherheit.«

Unter Bischof Embricho (1127) wurde die religiöse Feier genau geregelt und ihre Dauer auf acht Tage (= Oktav) ausgedehnt. Der Dom zu Würzburg war in dieser Zeit geschmückt, die Priester trugen Kränze aus Immergrün, um auf den Sieg der Märtyrer hinzuweisen. Die Mittel für die Feierlichkeiten wurden durch Opfergaben der Stifte, der Klöster und des Adels aufgebracht.

Die Diözesansynode von 1214 verlangte, den Tag des heiligen Kilian feierlich zu begehen.

Papst Bonifaz IX. förderte im Jahre 1401 die Kiliansfeier durch die Verleihung eines vollkommenen Ablasses an deren Besucher. Diese Ablaßverleihung gab den Kiliansfeiern gewaltigen Auftrieb. Auch waren die Ablässe ein Ansporn dafür, sich wieder erneut an das Martyrium der Frankenapostel zu erinnern und damit die eigene Rolle als Christ besser zu verstehen.

Im 15. Jahrhundert entfaltete die Feier des Kiliansfestes ihre ganze Pracht. Priester, Ordensleute und Gläubige pilgerten am Fest ihres Heiligen zu dessen Grabstätte, um hier seine Reliquien zu sehen und zu verehren.

Bevor am Nachmittag des 7. Juli eine große Prozession zum Dom zog, holten die Domkirchner die im Stockhaus (beim Grafeneckart) einsitzenden Gefangenen, die mit der Prozession unmittelbar vor dem Kreuz gingen; nach den Feierlichkeiten erhielten sie nach Schwören der Urfehde die Freiheit. Der Brauch zeigt, daß alle in die Freude der Festtage miteinbezogen sein sollten, auch die durch eine Schuld von der Gesellschaft Ausgeschlossenen. So weist diese Geste auf die vergebende und versöhnende Kraft des Martyriums hin.

Am 8. Juli um 9 Uhr begann die feierliche Prozession vom Dom zum Grabe des heiligen Kilian. Von der sich an der Prozession beteiligenden Domer-Schuljugend erhielt jedes Kind einen Weck und einen Dreier.

Eine weitere Akzentuierung des Kiliansfestes nahm Papst Sixtus IV. vor. In seiner Bulle vom 30. April 1479 heißt es, daß »jedem Christgläubigen die Gewinnung eines durch uralte Papsturkunden bekräftigten vollkommenen Kiliansablasses als besonders verdienstvolles und lohnendes Werk« vor Augen stehen sollte.

»Ein schöner religiöser Brauch verbirgt sich hinter dem sogenannten ›Kiliansalmosen‹. Dies hatte der jeweils gewählte Bischof vor der Besitznahme von Bistum und Hochstift vor dem Schloßtor der Marienburg und später vor dem mittleren Eingangstor der Residenz zu erbitten.
Für die volkstümliche Verehrung des heiligen Kilian an seiner Grabstätte zeugen im Spätmittelalter die vielen Kiliansbrunnen. Er erscheint als Patron von Quellen und Brunnen, nicht der Winzer, wie vielfach seit V. v. Scheffel zu lesen ist. Ferner wurde Kilian Patron der Tüncher, Weißbinder und Büttner sowie der Augen-, Gicht- und Rheumaleidenden. Dies läßt sich aus dem spätmittelalterlichen Brauchtum an seinem Grabe erklären.
Denn dort in der Kiliansgruft, nahe beim Altar, befindet sich der ›Kiliansbrunnen‹, der bis in die jüngste Vergangenheit manchem Kranken geholfen ... hat. 1525 mußte das Heiligtum vor den aufständischen Bauern versteckt werden. Im Markgrafenkrieg 1553 wurden die silbernen Büsten mit den Reliquien der drei Frankenheiligen ... ›zerbrochen, geschmelzt und vermüntzet‹.« Der auf Veranlassung Julius Echters angefertigte Kilianssarg wurde erstmals bei der Karsamstagsprozession 1594 mitgetragen.
1651 verlieh Innozenz X. einen vollkommenen Ablaß, der am Fest- und Oktavtag (= achter Tag der Festwoche) des heiligen Kilian im Würzburger Dom gewonnen werden konnte.
1673 bis 1676 ließ Dompropst Franz Ludwig Faust von Stromberg als Ersatz für die von den Schweden verschleppten silbernen Büsten der drei Frankenapostel drei neue herstellen.
Die Feierlichkeiten der Kiliansverehrung in der ersten Hälfte des 18. Jahrhunderts hat Ignaz Gropp eingehend beschrieben. »Durch alle barocken Zutaten hindurch erkennt man in dieser Schilderung alle Bestandteile des alten Kilianibrauchtums wieder ...: den Kult am Grabe, die ›verordneten‹ Prozessionen mit ihren ›Heiltum-Bildnissen‹, ... die öffentliche Zeigung der Reliquien (Rudiment der spätmittelalterlichen Heiltumschau), die Prozession zum Neumünster, das Geleite bis zum Grünbaum, die Reichnisse an Wein (ehedem den Geistlichen der gekommenen Prozessionen zugedacht) und die ›Kiliansfreiheit‹ sowie der Umgang (am Oktavtag).«
»Seit der Reformation kam die Heiligtumschau im Freien außer Gebrauch, und seit dem Schwedenkrieg (1631/32) ist auch jene im Dom in Wegfall gekommen« (H. Dünninger).
Neben der Heiligtumschau gab es auch sogenannte Heiligtumfahrten. Der

Besuch der Gläubigen am Grabe St. Kilians beschränkte sich nicht nur auf den Kilianstag, sondern wiederholte sich mehrfach im Jahr. Nach der Tradition mußten aus den entlegensten Orten des Bistums die Männer mit ihren Pfarrern einmal im Jahr »in geordneter Prozession singend und betend mit ihren Heiligtümern und ihren Kirchenfahnen die Stätte des Martyriums der Frankenapostel besuchen« (H. Dünninger).
Mit den kirchlichen Feierlichkeiten zu Ehren des heiligen Kilian waren auch weltliche Vergnügungen verbunden; ein besonderes Brauchtum bildete sich heraus. An erster Stelle muß hier die »Kiliansmesse« erwähnt werden. Ursprünglich wurde die Messe am Mainufer veranstaltet. Seit 1328 dienten die Domstraße, der »Markt« und ein gewisser Teil des Kürschnerhofes als Standplatz der Kramläden, Buden und Zelte. Eine besondere Attraktion stellte der »Kilianstanz« dar, der von den jungen Domherren und Hofjunkern im Rathaus zu Ehren des fränkischen Adels veranstaltet wurde. Der Adel veranstaltete Ritterspiele, und das Ritterstift St. Burkard schenkte während der ersten drei Tage der Kilianimesse Wein zum halben Preis aus. Die Kilianimesse bildete einen Höhepunkt im wirtschaftlichen Leben Würzburgs. »Bis weit über das Mittelalter hinaus stand sie im gleichen Range mit den Messen in Frankfurt und Nürnberg« (K.H. Wirsing).
Mit dem Untergang des Hochstifts (1803) schwand zwar die alte Herrlichkeit auch dieses Festes, doch die Franken vergaßen Kilian nicht. Mit dem Diözesanjubiläum 1842 wurde der Ruf nach seinem Fest wieder laut. Der 8. Juli 1850, der Kilianstag, zwei Jahre nach der Würzburger Bischofskonferenz 1848, wird als der »Tag des Wiederauflebens« katholischen Bewußtseins und katholischer »Entschiedenheit in Franken« bezeichnet. Die Häupter der Frankenapostel wurden erstmals wieder seit 55 Jahren in einer Prozession zum Neumünster getragen; anschließend stellte man sie auf dem Hochaltar des Domes auf. Ein Jahr später, 1851, wurde die St.-Kiliansbruderschaft in Würzburg gegründet, die sich besonders um die Kiliansgruft kümmerte.
Der Heilige blieb geistiger Mittelpunkt Frankens auch jenseits der bayerischen Grenzen, die der Wiener Kongreß 1815 gezogen hatte. Dies ist bis auf den heutigen Tag so geblieben. Zu Kiliani trifft sich auch das badische und württembergische Franken am Grabe des heiligen Kilian.
Großen Aufschwung erhielt die Kilianiwallfahrt, als der planmäßige Kampf des Dritten Reiches gegen Christentum und Kirche einsetzte. Seit 1935

pilgerten – die gesamte Kiliansoktav hindurch – die Gläubigen , dekanatsweise für die einzelnen Wochentage eingeteilt, nach Würzburg. 1949 wurden die während des Krieges ausgelagerten Häupter nach Würzburg zurückgebracht.
Besondere Feierlichkeiten fanden 1952 zum Gedenken der 1 200jährigen Wiederkehr der Erhebung der Gebeine des heiligen Kilian durch den ersten Bischof Burkard statt.
Dies alles sind Beispiele für das Weiterleben Kilians in Franken. Man darf ihn getrost den Vater der fränkischen christlichen Kultur nennen, wenn unter Kultur all das verstanden wird, was der Mensch an inneren und äußeren, an geistigen und materiellen Gütern pflegt.
Sehr eindrucksvolle Worte hat Hans Dünninger zur Charakterisierung Kilians gefunden: »Kilian ist uralt und doch immer jung, immer zugkräftig, immer modern. Er hat dem Frankenvolk stets das zu bieten vermocht, was es – stets aufgeschlossen für das Neue – gerade nötig hatte, im geistlichen wie im weltlichen Anliegen ... St. Kilian ist das Herz Würzburgs, ihm verdankt die Stadt ihre Existenz, ihr Entstehen und ihr Bestehen zugleich.«

5. Zur religiösen Bedeutung Kilians

Für uns heute ist Kilians bedingungsloser Einsatz für den Glauben besonders beeindruckend. Dieser Einsatz war nur möglich, da er vom Evangelium durchdrungen war und so Christus immer ähnlicher werden wollte. Kilian wurde heimatlos um Christi willen: Er löste sich von all dem, was ihm liebgeworden war. Er legte keinen Wert auf Karriere, Anerkennung, Ruhm und Besitz; sein einziger Maßstab war das Evangelium.
Kilian wollte nicht berechnend sein Ziel bestimmen, er ließ sich dahin »treiben«, wo er von Gott gebraucht wurde. Neben dem Evangelium waren für ihn die Gebote der Kirche ein wichtiger Orientierungsmaßstab. Kilian sah diese Gebote vor allem als Auftrag Gottes. Für diese Überzeugung ging er in den Tod. Von seinem Aufbruch aus Irland bis zu seinem Martyrium ist Kilian sich selbst treu geblieben.

Klaus Wittstadt

Passio minor

1. Es lebte ein Mann von ehrwürdigem Leben, Killena mit Namen. Das schottische Land hat ihn, aus bedeutendem Geschlechte stammend, geboren. Von früher Jugendzeit an trug er in sich ein starkes Verlangen, die heiligen Schriften kennenzulernen, und so vollständig waren darin seine Fortschritte, daß er aus ihnen lernte, das hohe Amt eines Bischofs zu verwalten. Er wurde schon damals auch mit dem andern Namen Kilian genannt. Er stand in hoher Verehrung beim Klerus und beim ganzen Volke. Denn er wurde nicht müde, in andachtsvollem Sinne und frommem Eifer alles zu tun, was er für den Gewinn von Seelen, für die Ausbreitung des Glaubens als wertvoll erkannte.

2. Eines Tages geschah es, daß an ihn durch das Wort des Evangeliums als der Stimme des Herrn eine Mahnung erging durch die Stelle: »Wer mir nachfolgen will, der verleugne sich selbst, nehme sein Kreuz auf sich und folge mir nach« (Luk. 9,23). In seinem ganzen Geist und Herz davon ergriffen, erwog der selige Mann diese Worte. Und er sammelte seine Gefährten und Schüler um sich, nämlich die Presbyter Colonat und Gallo und Arnuval und den Diakon Totnan, denen sich noch sieben andere anschlossen, und begann sie dafür zu gewinnen, das Eigentum zu verachten, nach dem Evangelium des Herrn Vaterland und Eltern zu verlassen und völlig arm Christus nachzufolgen.

3. Und diese gehorchten sofort der heiligen Mahnung des seligen Mannes, schlossen sich fest zusammen, verließen alles, brachen von ihrem eigenen Vaterlande auf und kamen in das Gebiet der östlichen (Franken) zu dem Kastell, das Wirciburc genannt wird (venerunt in australium partem ad castellum, quod nominatur Wirziburc). Dort blieben sie einige Zeit. Es regierte dort um diese Zeit ein Herzog, Gozbert mit Namen, ein Sohn Hetans des Älteren, der seinerseits ein Sohn von Hruodi war. Gozbert selbst und das ganze Volk, das ihm untertan war, lebten noch nach heidnischer Weise: sie verehrten die Bilder von Dämonen, erkannten noch keineswegs den Gott des Himmels und der Erde.

4. Als der heilige Mann den Ort in seiner wunderbaren reizenden Lage und die in ihrem Aussehen sehr schöne Menge von Menschen von edler Art

sah, die aber vom alten Feinde besessen war, überkam ihn unaussprechliches Mitleid mit ihrer Blindheit, und er ging mit den Seinen zu Rate. »Brüder«, sprach er, »ihr seht den herrlichen Ort und seht die uns gefallenden Menschen, mögen sie auch im Irrtum befangen sein. Wenn es euch gut dünkt, wollen wir es so machen, wie wir's verabredet, als wir noch in unserm Vaterlande waren: lasset uns nach Rom ziehen und die Schwellen des Fürsten der Apostel besuchen und uns dem seligen Papst Johannes vorstellen. Und wenn es Gottes Wille ist und wir vom Apostolischen Stuhl die Vollmacht erhalten, wollen wir mit seiner Zustimmung wieder zurückkehren und vertrauensvoll den Menschen hier den Namen unseres Herrn Jesus Christus verkündigen.«

5. Sie zögerten nicht, sie setzten das Wort in die Tat um und kamen zu den Schwellen des heiligen Apostelfürsten Petrus. Aber dorthin gekommen, trafen sie den apostolischen Mann Johannes nicht mehr an, da er schon gestorben war. Doch der Bischof Gottes Killena wurde von dem heiligen Papst Konon freundlich und ehrenvoll empfangen. Und als dieser selige Papst hörte, woher er gekommen und zu welchem Zweck er gekommen und an welchen Ort er wieder zu gehen fest entschlossen war, hörte er sein Glaubensbekenntnis und seine Lehrart an und erteilte ihm im Namen Gottes und des heiligen Apostelfürsten Petrus Erlaubnis und Vollmacht zu predigen und zu lehren: bei allen, die er durch seine Lehre bekehren könne, geschehe das aufgrund freier und fester Vollmacht.

6. Sie brachen nunmehr auf, trennten sich aber auf der Reise; doch nur dem Leibe nach, nicht dem Geiste. Ihrem Bischof Kilian schlossen sich an der Priester Kolonat und der Diakon Totnan. Und sie kamen in das Gebiet der östlichen Franken zu dem Kastell, das Wirziburc genannt wird (venerunt in partem australium Francorum ad castellum, quod dicitur Wirziburc). Und dort vornehmlich predigten sie das Wort Gottes. Als Herzog Gozbert davon hörte, ließ er sie zu sich rufen.

7. Als sie bei ihm erschienen, hatten Bischof Kilian und der herrliche Herzog Gozbert eine Unterredung. Und es dauerte nicht lange Zeit, bis der fromme Bischof Gottes Kilian den letzteren dafür gewann, Christ zu werden. Und da er sich nach Gottes Wollen dessen heiligen Ermahnungen fügte, wurde er von ihm getauft und gefirmt und ebenso das ganze Volk, das unter seiner Herrschaft stand.

8. Aber Herzog Gozbert war vermählt mit der Gattin seines Bruders, wie es

von alters her Gewohnheit war. Der heilige Bischof Gottes wollte, wie ja ein weiser Mann auch immer weise handelt, sie ihm nicht versagen, bevor er gut und sicher im christlichen Glauben feststünde. Dann aber wandte er sich an ihn mit folgenden Worten: »Geliebter Sohn Gozbert, du bist nun Christ und in allem Gott wohlgefällig, wenn du noch das Eine tust, was du besonders tun mußt: du mußt deine Frau, mit der du zu Unrecht vermählt bist, entlassen. Denn es ist dir nicht erlaubt, das Weib deines Bruders zu haben« (Mark. 6,12). Auf diese Worte war es Herzog Gozbert, als ob er aus einem schweren Schlaf erwache (vgl. Gen. 45,26), und er erwiderte: »Nun rätst und predigst du Größeres und Schwereres als früher. Aber ich habe aus Liebe zu dem allmächtigen Gott, den du gepredigt hast und noch predigst, alles verlassen, was mir an Besitz lieb und liebenswert war. Und aus derselben Liebe heraus werde ich auch meine liebende Gattin entlassen, wenn es nicht erlaubt ist, sie zu haben. Denn nichts ist mir teurer, nichts liebenswerter als die Liebe Gottes.«

9. Als aber die Gattin des edlen Herzogs Gozbert davon erfuhr, entbrannte sie in Zorn und Eifersucht und Tag und Nacht sann sie, wie sie die Heiligen Gottes vernichten könnte. Die genannten Märtyrer Christi aber gaben sich, als die Zeit ihres Leidens und des Lohnes für ihre vorhergehenden Verdienste herannahte, Tag und Nacht dem Gebet und dem Fasten hin: fröhlich ohne Traurigkeit, ergeben ohne Angst, an heiterer Erwartung des Tages, den sie schon lange ersehnt, der sie zur Krone des Martyriums führen werde.

10. Und als der allmächtige Gott wollte, daß seine Krieger ihren zeitlichen Kampf beendigen sollten, geschah es: In einer Nacht, zur Nachtzeit, als sie einmütig zum Lobe Gottes vereinigt waren, trat der Henker zu ihnen, das Schwert gezückt, gleichsam gerüstet, die Freunde Gottes damit zu enthaupten, in Ausführung der Befehle der Geilana, der Frau des Herzogs Gozbert. Als der Bischof Christi Killena es sah, sprach er zu den Seinen: »Nun, meine geistlichen Söhne, ist der längst ersehnte Tag gekommen. Gehet nun mit mir in den geistlichen Kampf, ohne Furcht, ohne Zittern, nach dem Worte des Herrn: ›Fürchtet nicht diejenigen, die zwar den Leib töten, die Seele aber nicht töten können.« (Matth. 10,28). Nach diesen Worten wurden alle auf die gleiche Weise enthauptet und mit dem Martyrium gekrönt. Und noch in derselben Nacht wurden sie in aller Eile an demselben Ort heimlich bestattet; aber auch ihre (kirchlichen) Gefäße, ihr Kreuz, ihr Evangelien-

buch und ihre anderen priesterlichen Gewandstücke wurden mit ihnen ins Grab gelegt.
11. Eine Matrone, die das sah, mit Namen Burgunda, erzählte die Geschehnisse. Denn man kann für gewöhnlich im Herbst oder Winter, aber auch im Frühjahr oder im Sommer, wenn es etwas regnet, an diesem Orte nicht mehr als zwei Fuß tief graben, ohne daß Wasser hervorbricht. Aber durch die Gnade göttlichen Erbarmens fand sich damals, als Gott der Allmächtige ihre Leiber von dem Begräbnisort zu größerer Ehre erheben wollte, zwar das Fleisch an ihnen, wie es zu sein pflegt, verwest, aber die übrigen Teile wurden heil und gut erhalten aufgefunden, und zwar so gut, daß von den Büchern nicht ein Blatt, von den Kleidern nicht eine Faser verfault war.
12. Als Herzog Gozbert kam und Nachfrage hielt, wo die Diener Gottes sich befänden, erwiderte seine ungläubige Gattin, sie wisse nicht, wohin sie gegangen oder wo sie sich aufhielten. Aber der Unglückselige, der als schuldig an ihrem Tode galt, konnte die Strafe nicht verheimlichen, die als Rache für die Märtyrer über ihn kam: er lief bald dahin, bald dorthin, unstetig und flüchtig, gleichsam wahnsinnig und klagte sich an, daß er die Schuld trage an deren Tode und zitternd und jammernd rief er's hinaus: »Killena, der Heilige Gottes, brennt mich mit furchtbarem Feuer.«
13. Als Herzog Gozbert das hörte, ließ er das ganze Volk, das zugleich mit ihm von dem heiligen Bischof im geweihten Quell der Taufe gereinigt worden war, zusammen und stellte an die Versammelten die Frage, was man mit dem Unglückseligen beginnen solle. Und es war einer dabei, redegewandt und auch für eine Antwort im Sinn der unglückseligen Frau Gozberts Geilana vorbereitet, und er sprach: »Mein Herr Herzog Gozbert, geh in deinem eigenen Interesse von uns allen, die wir zugleich mit dir die Taufe von jenen Männern empfangen haben, mir dir zu Rate, und mache nun die Probe, ob deren Gott so stark und so übermächtig ist, ob er die Guten wieder mit Gutem belohnt, den Bösen aber zuletzt mit Bösem vergilt, wenn sie sich nicht vorher durch Buße bessern: laß diesen Unglücklichen von seinen Fesseln befreien und überlaß ihm vor allem Volk die Freiheit zum Handeln. Wenn der Gott von jenen Männern wirklich so ist, wie sie es gesagt haben, so wird über ihn seine Strafe von oben kommen: machtvoll wird er seine Diener rächen. Wenn aber nicht, so möge mir mein Herr nicht zürnen, wenn ich nun Folgendes sage: Dann wollen wir der großen Diana dienen, wie es auch unsere Ahnen getan haben und dabei bis heute vom Glück begünstigt

waren.« Und es geschah nach dem Vorschlag des tyrannischen Menschen: der Unglückselige wurde vor den Augen des Volkes freigelassen. Aber als er frei war, fing er plötzlich an, in Raserei zu verfallen und sich selbst mit seinen eigenen Zähnen zu zerfleischen, bis er das gegenwärtige Leben aufgab. Als diejenigen, die im heiligen Quell der Taufe gereinigt waren, solches sahen, rühmten sie sich einstimmig mit der Freude, daß sie der Lehre der Genannten Folge geleistet; denn sie sahen, daß ihr Gott sie auf wunderbare Weise gerächt hatte.

14. Denn nach all diesen Ereignissen folgte die Strafe des göttlichen Zornes auch für die Henker der heiligen Märtyrer. In Geilana fuhr ein böser Geist und quälte sie so lange, bis sie ihr Leben aufgab. Gozbert töteten seine Diener mit dem Schwert. Seinen Sohn Hetan vertrieb das Volk der Ostfranken aus dem Reiche. So sehr verfolgten sie seine Nachkommenschaft, daß auch nicht einer aus seinem Stamme übrig blieb.

15. In der langen Zeit danach erhielten nach dem Willen Gottes an dem Orte, wo die Leiber der Heiligen bestattet waren, Blinde das Gesicht, Lahme das Gehvermögen, Taube das Gehör wieder. Alle, die infolge verschiedener Gebrechen erschöpft dorthin kamen, wurden wieder gesund. Und da der Herr so ihre Verdienste ins Licht stellte, wurden sie nach dem Rate und der Weisung des Papstes Zacharias, durch Vermittlung des Erzbischofes Bonifatius, von Burchard, dem ersten Bischof der Würzburger, aus ihrem Grabe ehrenvoll erhoben: zur Zeit, da Pippin, der erste König der Ostfranken, glücklich regiert(e?).